中国民间文学对域外文学影响

张方明 ◎ 著

吉林出版集团股份有限公司

图书在版编目（CIP）数据

中国民间文学对域外文学影响 / 张方明著. — 长春：
吉林出版集团股份有限公司，2022.7

ISBN 978-7-5731-1653-6

Ⅰ. ①中… Ⅱ. ①张… Ⅲ. ①民间文学—文学研究—
中国②文学研究—外国 Ⅳ. ①I207.7②I106

中国版本图书馆 CIP 数据核字 (2022) 第 117166 号

中国民间文学对域外文学影响

著　　者	张方明
责任编辑	滕　林
封面设计	林　吉
开　　本	787mm×1092mm　　1/16
字　　数	220 千
印　　张	10.5
版　　次	2022 年 7 月第 1 版
印　　次	2022 年 7 月第 1 次印刷
出版发行	吉林出版集团股份有限公司
电　　话	总编办：010-63109269
	发行部：010-63109269
印　　刷	北京宝莲鸿图科技有限公司

ISBN 978-7-5731-1653-6　　　　　　　　　　定价：65.00 元

前　言

民间文学是劳动人民的语言艺术，是最古老的文学，有悠久的历史和优秀的传统；又是最有群众性的文学，始终受到亿万人民的热爱。从世界上最长的长诗到最短的谚语，民间文学有众多的体裁，它的优秀之作可以同第一流大作家的作品媲美。我们看到许多神话和史诗具有永恒的艺术魅力，《诗经·国风》与乐府民歌确为我国古典文学的典范之作，无数优秀的民间文学作品集中了群众的智慧，是如此深刻而精美，令人不能不惊叹劳动人民创造力之伟大。中国民间文学同样对域外文学影响巨大，本书也重点论述了二者的关系。

民间文学在文学史上有崇高的地位。我国历史上的重要文学形式，不管是四言诗、五言诗和七言诗，还是词、曲和戏曲、小说，几乎都无例外地起源于民间文学之中；历代的文学高潮，不管是诗经、楚辞、建安文学、唐代诗歌，还是宋词、元曲、明清小说，都同民间文学有深刻的渊源；古今中外几乎所有卓有成就的伟大作家都受过民间文学的哺育……

本书基于中国古代作家与民间文学两个方面进行研究，首先概述了民间文学的定义与范围、中国民间文学的发生与发展，然后详细分析了中国神话、英雄史诗、抒情诗、戏剧等对域外文学的影响。

另外，本书在写作的过程中参考了大量的相关著作的理论与研究文献，在此向相关的专家学者表示衷心的感谢。最后，限于作者水平有不足，加之时间仓促，本书难免存在疏漏和不足之处，在此，恳请同行专家和读者朋友批评指正！

目 录

第 一 章　概论

第一节　民间文学的定义与范围

一、民间文学的性质

民间文学属于文学的一个特殊类别,是与作家文学、通俗文学相并行的一门独特的语言艺术。"文学"可以从不同角度划分为许多细小的门类,如从时间上可以分为古典文学、近代文学、现代文学和当代文学;从体裁上可以分为诗歌、小说、散文和剧本;从国别上可以分为中国文学、外国文学;从民族上可以分为汉族、苗族、壮族、白族和满族等许多民族的文学。这里,我们将文学分为作家文学、通俗文学和民间文学,主要是依据文学作品的创作主体、流传方式以及其他内容和形式上的特点来划分的。

民间文学是一个民族世代传承的文化遗产,是民族文化传统的重要组成部分。早在原始社会时期,体力劳动与脑力劳动的分工尚未出现,阶级分化也未形成,民间文学就已经产生,并成为原始社会中唯一的文学。随着历史的演进,民间文学不仅在其所属民族中像火炬接力一样世代传递,而且不同时代的人们不断为其增加新的内容。一个民族的历史越悠久,民间文学的积淀也就越丰厚。许多传统的民间文学形象,例如盘古、女娲、龙、凤、愚公、精卫、刘三姐、阿凡提等等,已经成了一种全民族的或地区性的文化符号。

民间文学具有悠久的历史,但它与静态的历史文物不同,它是一种"活"着的、始终保持着新鲜生命力的文化现象。民间文学与现实生活血肉相连:人民在利用和改造大自然的劳动与斗争中,有许多经验需要总结,有许多愿望希求实现;人民在不平等的社会制度下受着沉重的压迫与剥削,他们的痛苦需要倾诉,他们的愤怒需要宣泄;人民在平凡而丰富的日常生活中,过着深沉的内心生活,他们需要抒发自己的情感,描绘自己的理想。所有这一切,使得他们在创造了人类赖以生存繁衍的物质生活资料的同时,也以自己独特的艺术方式,创造了大量美丽动人的神话、传说、故事、歌谣等我们统称为"民间文学"的作品。正如拉法格所言:民间文学是"人民灵魂的忠实、率直和自发的表现形式;是人民的知心朋友,人民向他倾吐悲欢苦乐的情怀;也是人民的科学、宗教和天文知识的备忘录"。当然,作为一种历时久远的口承文化,民间文学也必然会打上历史的烙印,并且受到统治阶级思想的浸染,所以其中也会泥沙俱下,夹杂着一些旧时代的、或者迷信、庸俗的成分。但它的主流始终积极、清新、健康,与时俱进,具有无穷的创造力与顽强的生命力。

民间文学作为一个民族共有的文化传统,固然包含了该民族各个阶层的共同创造,但从创作主体来讲,它主要还是占人口大多数的下层人民的作品,是独立于官方文化和作家文学之外的一种民间文化形态。在阶级社会里,每个民族的文化中都含有不同阶层的文化成分,其中既有占有优越的政治、经济地位的统治阶级所创造和保持的上层文化,也有处于社会下层地位的被统治阶级创造和传承的民间文化,还有社会中层阶级(如自由知识分子、商人和技术人员等)的文化。各个阶层的文化之间相互交流,相互影响,共同构成了一个民族的文化传统,民间文化是这个文化传统的基础部分。

民间文学创作和传播的主要载体是口语。之所以如此,是因为民间文学在发生之初,可凭借的信息手段主要是口语。文字发明之后,在漫长的阶级社会中,统治阶级掌握和控制了文字,以其作为压迫和控制人民的工具,绝大多数人被剥夺了受教育的权利,他们只能以与生俱有的口语作为主要的创作手段。久而久之,就形成了口耳相传的历史传统,并积累了许多以口语为媒介的创作形式与艺术技巧。当代社会正在发生急剧变化,人民受教育的程度普遍提高,信息传播的手段也日渐多样化,民间文学的创作、传播手段是否已发生根本变化,学术界还在观察与研究之中。

民间文学不仅具有民族性,而且是一种世界性的文学现象。世界上每个国家,每个民族都有民间文学。《大英百科全书》中介绍"民间文学"(Folk Literature)一词时说:"民间文学主要是由不识字的人们所口头传播的知识。它像书面文字一样,由散文的或韵文的叙事作品、诗歌、神话、戏剧、仪礼、谚语、谜语等组成。在所有已知的人群中,无论现在或过去,都在生产着它。"民间文学在世界各国有不同的叫法,在西方国家,一般称它为"Folklore","Folk"为民众,"Lore"为知识,二词相合,意为"民众的知识"。在苏联,它被称为"劳动人民的口头创作"。在日本,它则被称为"口承文艺"。将世界各国民间文学进行比较研究,由此探寻各民族的不同文化性格和共同的人类本质,追溯历史上各民族之间的文化交流,是国际民间文艺学界极感兴趣并取得了许多成就的一个领域。

根据民间文学的上述性质，我们给民间文学下这样一个定义：民间文学是一个民族集体创作、口耳相传的语言艺术。它既是该民族人民的生活、思想与感情的自发表露；又是他们关于历史、科学、宗教及其他人生知识的总结；也是他们的审美观念和艺术情趣的表现形式。

二、民间文学的范围

一个民族所集体创造和传承的口头文学，主要体裁有神话、民间史诗、民间传说、民间故事、民间歌谣、民间长诗、民间谚语、民间谜语、俗语、歇后语、民间说唱、民间小戏等，这些体裁我们将在后面分别加以介绍。

民间文学与非民间文学，有时常常混淆不清。最常见的一种情况，是将通俗文学统统看成是民间文学。如郑振铎在 1938 年出版的《中国俗文学史》中曾说："俗文学就是通俗的文学，就是民间的文学，也就是大众的文学。"郑先生的意见发表于半个世纪之前，今天，随着学术研究的日益深入，民间文学与通俗文学的界限一般已不难划分。二者共同之处只是形式上的通俗易懂，主要差别表现在三个方面：一是创作者不同，民间文学是人民大众的集体创作，通俗文学则是个人的创作；二是创作流传形式不同，民间文学是口头创作和流传的，通俗文学则是书面创作和流传的；三是内容与思想倾向不同，民间文学是一个民族集体的创作，反映了整个民族或某一个群体的思想与情趣，通俗文学是个人创作，它反映的内容出自个人的生活感受，创作的动机多与商业因素相关，其思想和艺术水平也参差不齐。

民间文学与非民间文学相混淆的另一种情况，是将个人取材于民间文学的创作成果，简单地看作是民间文学。如将壮族作家韦其麟取材于民间故事《百鸟衣》而创作的长诗《百鸟衣》，看作是民间叙事诗。个人对民间文学素材的处理，如果只是在忠实于原作的前提下，进行出土文物式的科学整理，再发表出来，仍属于民间文学。如果是吸取民间文学素材，重新改编和再创作，那就属于作家文学了。

当然，这些区别都是相对的，在民间文学与非民间文学之间，有时很难划出一条截然不同的分界线，无论在民间文学与通俗文学之间，还是在民间文学与作家文学之间，都存在着少量彼此交叉的"模糊地带"。有的作品虽然是个人书面创作，如一些当代新故事和新歌谣，但它们脱离了文献记载，在人们口头不胫而走，故事和歌谣的作者出处早已被人遗忘，变成了口头故事和民谣，这些作品就可以说既是通俗文学，也是民间文学。另一方面，作家吸取民间文学素材而创作的作品，回到民间又变成新的民间文学，这样的例子也屡见不鲜。像《水浒传》《西游记》《三国演义》《三言二拍》和《聊斋志异》这些古典名著，其中的许多故事情节和艺术形象最初都是产生于民间，后来经过文人提炼加工，成为雅俗共赏的书面作品。这些书面文学被民众接受之后，他们又在此基础上编讲新的关于三国、水浒、西游、聊斋等的口头传说。可以说"你中有我，我中有你"。

当然，上述"模糊地带"毕竟只是少数情况，绝大多数民间文学作品是可以明显地与通俗文学、作家文学区别开来的。了解民间文学的性质与范围，把不同性质、不同类型的作品加以正确的分类，这是我们鉴赏和研究民间文学作品的前提与基础。

第二节 中国民间文学的发生与发展

一、中国民间文学的起源

民间文学源于原始社会时期的口头文学活动。在原始社会，人类的文化还是混沌一团的统一体，所以民间文学不是一种单纯的文学活动，它与初民的劳动、语言、宗教、游戏、风俗等紧密连成一体。鲁迅曾形象地描绘过口头文学与劳动的关系，他说："我们的祖先的原始人，原是连话也不会说的，为了共同劳作，必须发表意见，才渐渐地练出复杂的声音来。假如那时大家抬木头，都觉得吃力了，却想不到发表，其中有一个叫道'杭育杭育'，那么，这就是创作；大家也要佩服、应用的，这就等于出版；倘若有什么记号留存了下来，这就是文学，他当然就是作家，也是文学家，是'杭育杭育'派。"

原始形态的民间文学具体说来，主要有三个方面：一是建立在劳动节奏基础之上，渗透于生活各个方面的歌谣活动，二是宗教活动中叙述性的神话，三是休闲时借以消遣的传说与故事。原始的口头文学当然不可能原封不动地保留到今天，我们现在只能根据考古文物、古籍上的零星记载和当代原始民族的口头文学来推测它们的形态。

先说原始歌谣。我国古文献上多有古人歌舞活动的记述，例如《吕氏春秋·古乐篇》中就说"昔葛天氏之乐，三人操牛尾，投足以歌八阕：一曰载民，二曰玄鸟，三曰遂草木，四曰奋五谷，五曰敬天常，六曰建帝功，七曰依地德，八曰总禽兽之极"。考古文物为原始歌舞活动提供了许多实物证据，新石器时代马家窑类型的彩陶舞蹈纹盆，云南沧源一带发现的古代崖画等，可以说都是先民歌舞的形象图解。我国民族学家们新中国成立前和解放初期考察边疆一些尚处于原始社会阶段的少数民族，发现歌舞在他们生活中有着比在现代人生活中重要得多的作用。这些事实都说明：原始社会时期，我们的先民曾经有过无数歌谣创作，可惜他们那原始的歌声，早已随着时间飘逝了。

神话也是原始社会中十分繁盛的民间文学形式之一。马克思说："在野蛮时期的低级阶段，人类的高级属性开始发展起来……开始于此时产生神话、传奇和传说等未记载的文学，而业已给予人类以强有力的影响。"神话的起源，既与先民们为争取生存而与大自然的斗争有关，也与人类心理的特定发展阶段联系在一起。人类在自己的童年时代，遵循着生存与自卫的本能，赤手空拳与自然搏斗，在自然的伟力面前感到惶惑、赞叹和神往。他们的原始思维还不能将自己与大自然区别开来，因此按照自己的形象，将种种自然力量人格化、神圣化，创造出了形形色色的神的形象，对其信仰敬畏之。由这种信仰与敬畏，他们又编出了许许多多关于神的故事，这就是我们今天所说的"神话"。我们今天所见到的神话，只是远古时代的残存物。在中国的汉文古籍中，有关神话的记载虽比较零碎，但从《山海经》《楚辞》等书里，可以窥见中国古代的神话世界丰富多彩。近几十年来的考古发掘与各民族口头文学的调查，更是将一个千姿百态的古老神话世界展现在我们面前。中国许多少数民族的神话，都有自己独特的神话系统。中国少数民族的神话形态之古朴、保存之完好，在世界上是罕见的。即使是有着两千多年书面传统的汉族，近20年来也新发现了不少口传神话。

对民间传说和故事的起源，过去有一种解释，就是以为传说和民间故事产生于神话之后，现在看来，这种解释的正确性值得怀疑。原始人关于神的故事，即神话，其讲述多与特定的宗教活动有关。因为对神的虔诚，使他们在讲述这类神圣故事时存在着许多禁忌，这一点已为大量的田野调查所证实。因此，他们在平日的闲暇中，很可能会讲一些较为轻松的、带有传奇色彩的传说与故事。随着时间的推移，原始的神话逐渐衰亡，民间传说和民间故事逐渐成了民间文学中数量最多的一种叙事作品。

中国民间文学的源头，发轫于原始时代生活在中国大地上的那些直系先祖们的创造。考古发掘表明，中国出土的古人类文化遗迹，从腊玛古猿到北京猿人，从旧石器文化到青铜时代，从无文字社会到狭义的历史时代，有一条较明晰的文化进化链，中华文化是世界上唯一没有中断过的一个文化传统。因此，中国的民间文学扎根于本土文化之上，它是值得我们自豪的一份宝贵的民族文化遗产，是中华民族的一条源远流长的文化之"根"。

二、中国民间文学的丰富遗产

中国历史悠久，地广人多，长期的创作与积淀，使中国民间文学成为一个令世界钦羡的巨大宝库。几千年来，尽管民间文学由于口耳相传而不断有所丧失，但通过文献辑录、民俗活动、工艺美术以及口头传承等方式，仍有无以数计的作品被保存下来。尤其是那些民间文学珍品，人民不仅精心地保护和传承它们，而且在漫长的历史中不断加工和完善，"人民好比淘金者，他们所选择的、保存的、相传的、并且在几百年中加以琢磨的，只是最宝贵、最天才的东西"。那些经历代人民反复琢磨的代表作，如中国少数民族的三大英雄史诗和汉族的四大传说，不仅成为历久弥新的文学精品，而且成了民族灵魂的象征符号。

在中国民间文学的宝库中，最先映入我们眼帘的是那些犹如遍地野花的民间歌谣，从远古时代起，民谣就世世代代生生不息，伴随着各民族人民的劳动与生活。在最早的甲金文字以及《易经》的卜辞里，就有很好的歌谣。从周代起，中国已有采录民歌的制度。远在两千五百年前结集的中国第一部诗歌总集《诗经》中，就收录了许多古代民歌。后来见于文学史的汉代乐府，南北朝民歌，唐代的敦煌曲子词，宋代的时政歌谣，明清民歌，直到近现代民谣，都表明人民大众一天也没有停止过歌唱。

中国民间歌谣不仅是文学史的一个重要组成部分，而且直接哺育了诗歌的创作，正如鲁迅所言，在诗歌形式方面，歌、诗、词、曲原来都是民间之物，四言、五言、七言、杂言各种诗体，最初均起源于民间。中国古代一些最伟大的诗人，如屈原、李白等，都从民歌中汲取了大量营养。

民歌是诗歌创作的奶娘，民间故事则是叙事文学的源头。在中国古代神话中，充满了积极昂扬的精神，雄奇瑰丽的想象。从盘古开天、女娲造人，到后羿射日、大禹治水、精卫填海，这些神话中所反映的我们远古祖先那开创世界的伟力，不屈不挠的意志，不仅铸造了中华民族最早的精神脊梁，而且成为我国浪漫主义文学的滥觞。在一些先秦古籍中，保存了许多古代神话、传说、故事和寓言，它们是中国最早的叙事文学。在汉代，不仅《史记》《汉书》等史书中采用了不少神话与民间传说，而且在神仙思想影响下产生的一大批有关仙人及仙境的著作，如《列子》《淮南子》《神仙传》《神异经》《十洲记》等，形成了一种具有中国特色的宗教故事——神话，其中有不少是古代民间口头传说的辑录。

公元2世纪时的三国时代，出现了第一本古代笑话专集《笑林》，收入了许多民间笑话。3世纪之后，由于神仙思想的兴盛与佛教的传播，专门记录各种神怪异事的志怪笔记之书不断涌现。在卷帙浩繁的佛经和道教经典中，也包含着大量的宗教传说与故事。这些宗教故事有的来自印度，有的出自我国民间，有的也出自僧人之手，它们广泛流传，影响很大，成为中国民间文学的一个重要组成部分。从魏晋南北朝到唐宋,可以说是中国民间故事发展的一个黄金时代。

从唐宋开始,中国一些民间说书艺人受佛教"俗讲"的启示,举行专门的讲故事活动——"说话"。他们用于讲故事的底本叫"话本",对中国小说(特别是长篇小说)的形成起了决定性的作用。"说话"本身也成为今天许多曲艺形式的起源。我国一些著名的古典长篇小说,如《西游记》《水浒》《三国演义》等,都是在民间话本的基础上,经过前后几百年的民间创作、加工、提炼之后,才由文人最终写定的。中国文学史上一些影响较大的叙事作品,如唐代传奇、宋代话本小说、明代的《三言》《二拍》、清代的《聊斋志异》等,不少是取材于民间故事改编而成的。中国四大传说《牛郎织女》《孟姜女》《白蛇传》和《梁祝》,分别于春秋战国到唐宋时期发源,然后像滚雪球般发展,到明清时期基本定型,并通过戏曲、说唱等形式,在城乡广为流传。

除了汉民族之外,中国其他少数民族也有许多民间:艾学珍品。西部和北方少数民族以《格萨尔》《江格尔》和《玛纳斯》为代表的英雄史诗群,西南地区少数民族以《人类迁徙记》《阿细的先基》《遮帕麻与遮米麻》等为代表的创世神话系列,都是具有悠久历史和深广内涵的经典之作,它们只能在特定的时代背景下由全民族共同参与才能产生,由于这种条件现在已经永远一去不返,因而显得弥足珍贵。少数民族的传说与长诗,如《嘎达梅林》《阿诗玛》《孔雀公主》,少数民族的歌舞和格言谚语等等,都是我国民间文学宝库中的重要组成部分。

纵观中国文学史,五四运动是一个分水岭。在五四之后,中国文学较多受到外国文学的影响。而在此之前,对中国文学的主要影响来自民间文学。民间文学对中国文学所做出的贡献巨大。如果没有上述的众多民间文学精品,没有在民间文学基础上改编和创作的作品,没有民间文学从题材、形象到体裁和语言对作家的启发,中国文学史的面貌将很难设想。正因为如此,鲁迅、闻一多都将民间文学看作是影响中国文学史发展的基本力量之一。从胡适《白话文学史》以来,一些有影响的中国文学史都将民间文学列为其中重要的一部分。

三、中国民间文学的新发展

五四运动将中国历史翻开了新的一页,也使中国民间文学的命运发生了根本的变化。这种变化一方面表现为民间文学本身的转变,另一方面表现为人们认识上的转变。我们先谈后一种转变。

在封建时代,除了封建统治者因为统治和享乐的需要而采录民歌外,只有少数文人为了创作借鉴和猎异搜奇偶尔记录民间文学,而从1920年北京大学成立的歌谣研究会起,我国学术界已经有意识地将民间文学看作一种科学研究的对象而认真收集了。以刘半农、沈尹默、周作人等人为中坚的北京大学歌谣研究会，在其发行的《歌谣周刊》发刊词中，曾明确宣称：搜集民间歌谣的目的有两个：一个是学术的，即将民歌作为民俗学的一种重要资料，以此来观察中国的社会；另一个是文艺的，即从民歌中，引出将来的民族的诗的发展道路。从"五四"前后的歌谣学运动开始，中国学术界对民间文学资料的收集与研究工作，进入了一个新的阶段。

五四运动以后，西方现代社会科学的理论与方法不断被引入中国。从1928年起，蔡元培主持的中央研究院民族学组开展了对广西瑶族、台湾高山族、黑龙江赫哲族、湖南苗族、浙江畲族、海南岛黎族、云南彝族等民族的实地调查①。从20世纪30年代起，一些在国外学习文化人类学、社会学、民族学的留学生，如吴文藻、杨堃、林惠祥、杨成志、费孝通、李安宅等，纷纷回国从事教学和研究工作，他们将国外现代人文科学多种学派的理论方法传入中国，或培养学生，或开展研究，为建立现代科学意义上的中国人文科学打下了坚实的基础。从20世纪20年代到40年代，一些学者深入偏远地区和少数民族地区进行社会调查，记录了一些极有价值的民间文学资料。如芮逸夫《苗族的洪水故事与伏羲女娲的传说》、马长寿《苗瑶之起源神话》、马学良《苗族史诗》等等。此外，在吴泽霖、陈国钧、陶云逵、凌纯声等人的民族调查报告中，也有不少珍贵的原始民间文学记录，这些材料在今天已成为珍贵的历史文献。在此期间，一些以现代人文科学方法写作的研究论著，如闻一多《伏羲考》，徐旭生《中国古史的传说时代》，杨堃《灶神考》等等，都达到了很高的学术水平。

1942年延安文艺座谈会召开，毛泽东发表《在延安文艺座谈会上的讲话》，号召革命文艺工作者深入群众，学习人民的思想感情，包括他们那"萌芽状态的文艺"，中国民间文学工作进入了一个新的发展阶段。尽管当时限于战争环境，只出版了少数几本民间文学作品集，如鲁艺师生采录的《陕北民歌选》等，但随着解放战争的胜利，人民掌握了政权，在全国范围内采录民间文学的活动，就以空前的规模开始了。

1950年3月，中国民间文艺研究会成立，郭沫若为会长，老舍、钟敬文任副会长。出版了《民间文艺集刊》和《民间文学》杂志，大学里纷纷开设民间文学课程，培养专门人才。在毛泽东主席的几次号召下，全国开展了大规模的采风活动，截至"文革"前，共出版民间文学集2400多种，还编印了大量的内部资料，中国民间文学的丰富资源令学术界刮目相看。

十年浩劫，民间文学领域深受其害。1979年，中国民间文艺研究会恢复活动，民间文学领域迅速出现繁荣的景象。1984年，文化部、国家民族工作委员会和中国民间文艺家协会联合签发了《关于编辑出版（中国民间故事集成）、（中国歌谣集成）、（中国谚语集成）的通知》，在全国艺术科学规划领导小组的具体领导下，全国展开了规模空前的民间文学普查工作。参加的人数以千万计，收集到的民间文学作品总字数达 40 亿。它们与另七套中国民间文化集成一起，被誉为中国文化的"万里长城"。

近 10 多年来，在我国向社会主义市场经济转型的进程中，残酷的市场竞争使那些在现代化方面处于弱势的地区，越来越重现包括民间文学在内的传统文化所具有的独特经济价值。人们发现，正是他们祖祖辈辈传下来的这些"土得掉渣"的东西，在市场竞争中却具有神奇的力量，一个地方由于发掘某一富有特色的民间文化事项而开发旅游业，在极短时间内就一举摆脱了贫穷面貌，这并非"天方夜谭"。即如深圳这样向现代化都市看齐的城市，靠从其他地区引进传统文化而创办的"民俗文化村"，其巨大经济效益人们也有目共睹。可以预期，在我国实施开发大西北战略的过程中，各族民间文学将会得到更大规模的开发，民间文学将以新的形式迎来一轮新的发掘和保存的热潮。

当今世界处在人类文化从未有过的大交流、大汇通时代，多元文化在这个狭小的"地球村"中并存、冲突、沟通、互惠，每个人都不得不从自己的文化"根"中寻找自己在这个世界上的角色与定位，与自己所属的文化群体相认同。在这个多元文化大比拼的时代，每个民族都在努力高扬自己的文化旗帜。于是，民间文学作为民族文化中最鲜明的认同符号，受到了来自政府和民间的共同重视。

百年沧桑，中国人思想境界所发生的巨大转变，在对待民间文学遗产的态度上得到了最集中的体现。那些自古以来野生野长、像一阵阵"风"样刮过的民间口头创作，从未得到过如此重视，也从未像今天这样引起国内外、学界内外的高度关注。

我们再来看另一个方面，即近年来民间文学本身发生的急剧变化。

改革开放以来，中国的面貌发生了天翻地覆的变化。随着中外文化的猛烈碰撞，人民物质生活方式的迅速改善，人民大众文化水平在普遍提高，信息传播手段也不断更新，人们对中国民间文学的未来产生了种种疑虑。对这种巨变，民间文学界存在着两种不同的看法：有人认为民间文学正在无可挽回地衰亡，因为唱山歌、讲故事等传统的民间文学活动正空前冷落，被电视、电影及舞会、卡拉 OK、网吧之类的娱乐所替代。另一种意见相反，认为民间文艺正走向复兴，理由是许多民间文学作品通过电视、报纸、刊物等新的传播媒介在前所未有的范围内获得了新的接受者。

要解释这种乍看起来非常矛盾的现象，我们必须具体地分析民间文学变化的各个层次与侧面。民间文学可以分为原生态、再生态和新生态三种类型。原生态民间文学，指现在仍活在民众口头和实际生活中的传统民间文学，这一类民间文学正在逐渐衰亡。再生态民间文学,指经过整理和改编,转化为书面或视听文学样式的民间文学,这一类民间文学转变形态后,重新走向千家万户,比以前传播更为广泛。新生态民间文学,指从当代社会生活中自然产生,反映人民某些意愿与时代风尚的新的故事、笑话、歌谣、谚语等。它们将不断涌现,恐怕永无枯竭之日。

民间文学就像一块多棱宝石,当它的某个侧面由于光线的变幻而暗淡下来时,另外的侧面却因这种变化而放射出奇异的光彩。今天,民间文学在生活中的许多实用功能,如谈情说爱、婚丧礼俗,协调劳动节奏、调解纠纷等,已经完全丧失或大大减弱。但是,它的另外一些功能却得到了强化。例如,在娱乐方面,民间笑话这一体裁在现代社会得到了极大发展,不仅传统笑话仍在广泛流传,而且新笑话不断涌现,并且有许多国外的笑话译介进来。在反映社情民意方面,新时政歌谣的大量涌现,也为政府部门和学术工作者及时提供了大量关于政策得失、民众政治态度的生动资料。

总之,民间文艺尽管是旧时代甚至是古老时期的产物,却具有久远的生命力。它是一座积累深厚、开挖不尽的宝山,随着人文科学的进步与科学技术的发展,人们正由表层到深层、由单一角度到多角度地对其加以开发和利用。

第三节　中外文学的比较与研究

一百多年来,中国比较文学从早期艰难的起步到中期的沉寂,再到后期的复兴与迅速发展壮大,既显示了跨文化的中西比较文学在东西方文化剧烈碰撞中的艰难与曲折,更日益展示出其文化沟通与整合的强大文化功能。中国比较文学的发展,其根基是建立在中西方文化剧烈碰撞、交流与对话的基础之上的,认识到这一点至为关键。因为这是我们正确认识和评价并进一步展望中国比较文学研究的根本立足点,是制定我们21世纪长期的研究战略和指导中国比较文学进一步深入发展的基本立场。

中国近现代比较文学的兴起,具有自发性,其根本驱动力在于中西文化的碰撞。从1904年王国维发表《〈红楼梦〉评论》到1908年鲁迅在《摩罗诗力说》中倡导"比较既周,爰生自觉"。我们不难发现这样一个基本特征:早期中国比较文学的产生,主要起因于中西文化的撞击与交汇,而不是受西方比较文学学科的影响。众所周知,法国第一个比较文学讲座设立于1897年(戴克斯特,里昂);第一部全面阐述法国学派观点的著作,即梵第根的《比较文学论》1931年才出版。事实上,西方比较文学刚刚在西方兴起之时,王国维的《〈红楼梦〉评论》和《人间词话》已经出版,鲁迅已在

《摩罗诗力说》中倡导并实践了"比较既周，爰生自觉"。而那时候，美国比较文学创始人之一威勒克才满五岁，法国比较文学泰斗艾金伯勒才刚刚出生。因此，我认为，中国比较文学的产生，具有自发性特征，并有其内在的驱动力。这种驱动力在于：中国比较文学是在近代中西方文化的激烈碰撞中诞生的，从她呱呱坠地之日起，便带着中西文化碰撞的胎记。她的发展，是伴随着中华民族的救亡图存，伴随着中西文化论战，伴随着社会政治文化改良运动而发展的。因而，中国学者的比较意识，不是"记文化功劳簿"、斤斤计较文学"外贸"的法国式的文化沙文主义（或法国中心），也不是美国式的非民族化的"世界主义"，而是面对中西文化激烈碰撞的文化焦虑，是寻求中国文化发展新途径的企求。这种焦虑和企求，最终演化为中西文化大论战。这种文化论战又大大强化了中西跨文化比较意识，大批学者企图在中西文化碰撞之中寻求中西文学互比、互释、互补、沟通、融汇，乃至重构文学观念。显然，中西文化碰撞与冲突，直接导致和决定了中国比较文学的产生和发展，这是中国比较文学合乎逻辑的发展轨迹。

"告诸往而知来者"，中国比较文学今后走向何方？我们可以肯定地说："跨文化研究"，或者说着眼于在中西文化冲突、对话与交流的跨越东西方文化的比较文学研究，仍将是中国比较文学发展的必由之路。不过，今天的中国已不同于20世纪初的中国，这最大的不同，就在于新一轮东西方文化冲突的兴起。与20世纪初西风猛烈，横扫东方文化之况相比较而言，今天的东西方文化的新较量，已经悄然开始。国内有学者指出：今天毕竟不同于20世纪初。"五四"时期"打倒孔家店"，以西学取代中学的情形，在今天已经不可能再现，恰恰相反，随着世界文化的转型，非西方文化大有东山再起的复兴之势。亚洲四小龙经济上的成功，激起了人们对儒家文化的信念。海外新儒学的兴起，国内对民族文化的寻根与反思，这一切无不显示了一种与"五四"相左的学人努力："21世纪的中国文化将从中华文化传统的母床里获得再生。"作为学术泰斗的季羡林先生，曾提出石破天惊的预言："到了下一个世纪，东方文化之光必将普照世界，这就是我们的信念。"与此同时，美国学者亨廷顿提醒西方学者注意东方文化的重新崛起："一方面，西方正处于权力高峰，但与此同时，又可以看到非西方文化正出现回归根源的现象。冷战结束后，国际政治运动迈出西方阶段，重心转到西方与非西方文明以及非西方文明彼此之间的作用上。在涉及文明的政治中，非西方文明不再是西方殖民主义下的历史客体，而像西方一样成为推动、塑造历史的力量。"无论我们是否同意以上学者的看法，都无法否认今天由于非西方文化的崛起而产生的新一轮文化较量的兴起。这种兴起，必将对21世纪比较文学产生重大的甚至是决定性的影响。这种影响,将直接把比较文学推上"跨文化"(跨越东西方异质文化)这一新阶段;比较文学将承担起东西方异质文化之间的文化对话、文化沟通和文化交融的神圣使命。亨廷顿曾预言东西方文明的剧烈冲突将导致"第三次世界大战",这种耸人听闻之言,我们不能赞同。但从某种意义上说,跨文化的比较文学研究恰恰可以通过东西方异质文化的对话与交流,起到加强相互理解、缓解文化冲突的巨大作用。这样说来,21世纪的跨文化比较文学研究,还是一支在东西方文化冲突中维护世界和平的力量:它将是东西方多元文化和谐共生、互相理解的通道、异质文化互相沟通的桥梁。西方有识之士已开始认识到跨越东西文化比较文学的价值和意义;美国著名学者厄尔·迈勒(EarlMiner)写出了跨越东西方文化比较的《比较诗学》以研究实绩打破了西方中心论;意大利比较文学家阿尔蒙多·尼希(Armando Gnisci)提出了"作为非殖民化学科的比较文学",倡导一种革命性的西方文化的自我批评,主张西方文化必须深刻反省,并和其他文化相协作来实现比较文学的发展,美国比较文学协会会长伯恩海姆也明智地提出"放弃欧洲中心论,将目光转向全球"。可见,比较文学"跨文化"(跨越东西方异质文化)研究的兴起,乃时势使然,并非某位学者或某国学者的一厢情愿。

可以预见,跨越东西方文化/文明圈的跨文化比较文学研究,是21世纪中国比较文学乃至整个世界比较文学研究的主潮。21世纪,我们不但不必担心所谓将导致"第三次世界大战"的文化/文明冲突,而且我们应当欢迎多元文化时代的到来,因为人类文化史常常提示我们,世界文化的高峰,往往是在文化大交汇,尤其是在异质文化大交汇处产生的。在这多元文化碰撞与融通的文化大交汇中,"跨文化"的比较文学研究必将登上一个更加辉煌的高峰!

自20世纪70年代开始,中国比较文学研究的迅速崛起,为开拓比较文学的领域尤其是东西方文学的跨文化比较做出了实绩。这种跨越东西方异质文化的比较文学研究,将全世界比较文学引向了一个更加广阔的领域,为比较文学拓展了更加宽广的视界,将比较文学导向了又一个新的历史阶段。在这一阶段,中国学术界正在探索并建构跨越东西方异质文化的比较文学学科理论新体系。台、港学者对跨越东西方文化"模子"的比较文学研究和对比较文学"中国学派"的探索,已迈开了比较文学新的学科理论建设的步伐。近年来中国学者对比较文学中国学派基本理论特征——"跨文化(跨越东西方异质文化)研究"的提出及其方法论体系轮廓的初步勾勒更进一步奠定了学科理论建设的坚实基础。可以说,全世界比较文学正面临着一个重大的战略性转变,新的比较文学学科理论正如旭日般冉冉升起,这是一个更加广阔的视界。也正是这种重大的战略性转变，促使了所谓比较文学"危机"的产生。

早在20世纪50年代，比较文学研究就曾出现过严峻的"危机"，而恰恰是那次"危机"，导致了当时比较文学研究的重大转机与重大突破，产生了比较文学美国学派及其所倡导的"平行研究"方法，将全球比较文学研究推向了一个崭新的阶段。

反观今日中国比较文学界，在学科研究内容和方法论方面，也已呈现茫然和困惑之现象。再看当今世界比较文学界，由于研究领域的不断扩展，原有的学科理论已经不能适应新的发展，比较文学学科理论日益趋向不确定，甚至有人认为根本不用确定，或不屑确定。这种失去学科理论的茫然、困惑，这种不能确定或不屑确定学科理论的消解态度，必然将比较文学导向严峻的学科危机。国际上已有学者公然声称："比较文学在某种意义上已经死亡""比较文学作为一门学科已经过时"。如果说威勒克称1958年的"危机"为"一潭死水"的话，那么，我们目前的学科理论和方法论则堪称"一头雾水"。辨不清方向，不知何去何从的现状，导致了当前全球性的比较文学的新危机。

比较文学真的死亡了吗？比较文学作为一门学科真的已经过时了吗？事实上，我们不难发现，国际上四年一度的比较文学大会，一次比一次兴盛；中国的比较文学研究也越来越红火，并日益走向专门化、正规化和学科化。事实胜于雄辩，学界客观事实告诉我们，比较文学不但没有死亡，而且日益显示出极为旺盛的生命力。

既然比较文学在实践中仍保持着旺盛的生命力，那么为什么会走向理论上的"危机"呢？这正是我们必须回答的基本问题。

近年来，国际比较文学研究的一个基本倾向，就是走向"泛文化"，其突出的表现是1994年于加拿大埃德蒙顿召开的国际比较文学协会第14届大会上，学者们已明显地意识到，文学研究有被文化淹没的危险。有学者明确指出："第14届国际比较文学学会年会给人最深的总体印象就是文学研究被文化研究所'淹没'。似乎前不久因概念的定义界说而引发的'比较文学的危机'，现在又以新的形式第二次悄然降临了。"正是在国际比较文学研究日益走向文化研究的学术背景下，有学者公开打出了泛文化的旗帜，主张比较文学走向比较文化。美国比较文学学会会长伯恩海姆主持了一个题为《跨世纪的比较文学》学科现状报告，对比较文学的发展方向提出两点建议：第一，应放弃欧洲中心论，将目光转向全球；第二，研究中心应由文学转向文化。该报告随即引起了学术界的激烈论战。美国康奈尔大学比较文学系主任、著名学者乔纳森·卡勒认为，如果将比较文学扩大为全球文化研究，就会面临着其自身身份的又一次危机。因为"照此发展下去，比较文学的学科范围将会大得无所不包"。显然，当一个学科发展到几乎"无所不包"之时，它也就在这无所不包之中泯灭了自身。既然什么研究都是比较文学，那比较文学就什么都不是。从这个意义上来说，我们前面所引苏珊·芭丝奈尔关于"比较文学已经死亡""比较文学作为一门学科已经过时"的断言，似乎并非空穴来风。比较文学的"泛文化"化，必然导致比较文学学科的危机，甚至导致比较文学学科的消亡。因此我认为，比较文学的"泛文化"化，是比较文学研究的歧途。

然而，当我做出这一断言之时，并不意味着否定比较文化。比较文学必然要与比较文化联姻，不过，这种联姻，是以文化研究深化比较文学，而不是以比较文化取代比较文学。怎样通过比较文化来深化比较文学研究呢？我的主张就是"跨文化"研究，尤其是跨越东西方异质文化的研究，这将是比较文学研究从危机走向转机的一次重大突破，是全球比较文学研究的一次意义深远的战略性转移。

前面我们谈到，美国著名学者乔纳森·卡勒反对将比较文学扩大为文化研究。但他开出的药方却是退回文学自身："如果拒绝走向文化研究，比较文学将会发现一个新的自我身份。比较文学将会以文学研究作为自己的中心任务。"应当说，卡勒主张退回文学，或以文学为"中心"的看法，确有其合理性，中国国内也有不少学者持这种看法，但这种看法却并不合时宜。在比较文化大潮涌起之时，要想回避文化研究，既是不可能的，也是不可取的。那么，比较文学究竟是应当走向比较文化，或者说走向无所不包的"泛文化"研究，还是干脆退回文学，固守文学"中心"这块领地？看来，国际国内的比较文学界似乎都面临着两难的抉择，面对这一艰难的局面，众多比较文学学者似乎陷入了困惑与茫然之中……

难道除了走向"泛文化"或退回"文学本身"，我们就没有别的选择了吗？非也！"跨文化"的比较文学研究，就是一条从危机走向转机的通天大道，是一条将全球比较文学推向又一新阶段的坦途。

"跨文化的比较文学研究"，既不走向以比较文化取代比较文学的"泛文化"，又不退回保守和封闭的"文学中心论"。我们不应当反对文化研究介入文学之中，而应当将比较文学与文化研究相结合。这种结合，是以文学研究为根本目的，以文化研究为重要手段，以比较文化来深化比较文学研究。如果我们能正确认识并正确处理文学与文化的这种目的和手段的关系，那么，文化研究不但不会淹没比较文学，相反，它将大大深化比较文学研究，并将比较文学推向一个更高的阶段，一个跨越文化尤其是跨越东西方异质文化这第三堵"墙"的更加广阔的研究领域。这种跨文化研究，至少有两大基本的优势或特征：第一，它将使比较文学研究更加深入、更加深刻；第二，它将使比较文学成为更具有真正国际性（与过去西方中心相比较而言）的胸怀和眼光的学术工作。因此，它不仅仅是中国比较文学的新阶段，而且是全世界比较文学发展的又一新阶段，是继法国学派、美国学派之后的世界比较文学的又一个汇通东西方文化与文学的崭新阶段！

下面，让我们首先来看看"跨文化研究"的第一个优势或特征：为什么说"跨文化"研究不但不会淹没比较文学，相反，它将大大深化比较文学呢？兹略举一例。在比较文学研究中，常常会产生令人诟病的"比附文学"。人们或许还没有忘记，在中国比较文学研究的学步阶段，这种"比附文学"情况尤为严重。为什么会产生"比附文学"？根本原因之一就在于研究者们就文学而论文学，往往忽略了文学背后的文化背景与文化根源的探索，因而不可避免地出现了浅度的、形似或貌同的比较研究。袁鹤翔先生曾严厉批评过有人将西方"巴洛克"格调用到中国诗评方面，得出了"浅度的"乃至错误的结论；在中国大陆，由于忽略了深层文化的探源，而出现了肤浅者居多的"X 与 Y 模式"。文化的探源比较，在一定程度上可以避免由于不同文化模式而产生的文学上的许多误解、隔膜与歪曲。例如用西方悲剧观来讨论中国戏剧，引起了中国有没有悲剧等问题的论争。如果仅仅从文学层面来比较，简单地就作品而论作品，就悲剧观谈悲剧观，必然是"浅度的"，甚至会越争论越糊涂。事实证明，不从文化根源上探寻，不从中西不同的文化内涵、中西不同的人生观、生命悲剧意识等方面做跨文化的比较研究，就无法探讨中西悲剧观等问题。其他如学界常常碰到的屈原的"浪漫主义"问题、白居易的"现实主义"问题等无不如此。显然，文化的探源和比较，深化了文学的比较，因此，我们说"跨文化的比较文学方法"必将大大深化比较文学研究。但这种深化，不是以文化取代文学；文化研究只是手段，目的在于加深比较文学研究。

其次，再让我们来看看"跨文化研究"的第二个优势或特征：为什么说跨文化比较文学研究将使比较文学成为更具有真正国际性的胸怀和眼光的学术工作呢？因为跨文化研究使全世界的学者将目光转向了不同文化的比较，更加关注异质文化的撞击、误读，寻求异质文化的交流与并存、理解与汇通。

众所周知，国际上早期的比较文学研究是"欧洲中心论"，随后是"西方中心论"。所谓的比较文学研究，实际上是西方文化圈内的文学比较。美国比较文学研究的权威学者韦斯坦因在一部教材中曾这样写道："我不否认有些研究是可以的，……但却对把文学现象的平行研究扩大到两个不同的文明之间仍然迟疑不决。因为在我看来，只有在一个单一的文明范畴内，才能在思想、感情、想象力中发现有意识或无意识地维系传统的共同因素……而企图在西方和中东或远东的诗歌之间发现相似的模式则较难言之成理。"这一看法,典型地体现了"西方中心"的比较文学观。这种狭隘的观念,极大地限制了比较文学的国际化或全球化。叶维廉指出:"事实上,在欧美系统中的比较文学里,正如韦斯坦因所说的,是单一的文化体系。"因此,文化模式问题,跨文化问题,"在早期以欧美文学为核心的比较文学里是不甚注意的"。

然而,"时运交移",随着东方国家的崛起,西方比较文学界再也不可能关起门来唯我独尊。美国著名学者厄尔·迈纳的《比较诗学》,通过东西方诗学的比较研究,打破了韦斯坦因的"疑惑"。近年意大利著名比较文学家阿尔蒙多·尼希提出了"作为非殖民化学科的比较文学",它倡导一种革命性的西方文化的自我批评,主张西方文化必须深刻反省,并和其他文化相协作来实现比较文学的发展。美国比较文学协会会长伯恩海姆的"学科现状报告",也明智地提出"放弃欧洲中心论,将目光转向全球"。因而,比较文学"跨文化研究"的提出,正是时势使然,而并非某个学者或某国学者的一厢情愿。"跨文化研究"将比较文学的基本立足点,由过去西方单一文化/文明圈,转移到全球不同文化/文明圈之间,倡导跨越异质文化的比较文学研究。这种跨越异质文化的比较文学研究,与同属于西方文化圈内的比较文学研究,有着完全不同的关注焦点,那就是把文化的差异推上了前台,担任了主要角色。它更加关注异质文化的撞击、对话、误读与沟通。从根本上说来,比较文学的基本功用,或者说比较文学的安身立命之处,就在于"跨越"和"沟通";如果说比较文学的第一阶段(法国学派)所倡导的"影响研究"跨越了国家界线(或称国家"墙"),沟通了各国文学之间的影响关系;第二阶段(美国学派)所倡导的"平行研究"则进一步跨越了学科界线(学科"墙"),并沟通了互相影响的各国文学关系;那么,正在形成的比较文学的第三阶段(中国学派)所倡导的"跨文化研究必将跨越东西方异质文化这堵巨大的墙,必将穿透这数千年文化凝成的厚厚屏障,沟通东西方文化与文学,以真正国际性的胸怀和眼光来从事比较文学研究"。在这一点上,"跨文化研究"与伯恩海姆等国际学者所倡导的"将眼光转向全球"的精神是一致的,只不过它不是以文化取代文学的"泛文化"研究,而是以文化研究深化比较文学研究的新方法。它既顺应了国际比较文学发展的基本趋向,又深化和推进了比较文学研究,促进了学科理论的发展,使我们从"一头雾水"的困惑之中走出来,辨明方向,阔步前进。

我认为,当前比较文学的重大转机,就在于"跨文化"(跨越异质文化)。

中国比较文学当下的主要任务,就在于探讨这种跨越中西方异质文化的文学碰撞,文化浸透,文学误读,并寻求这种跨越异质文化的文学对话、文学沟通,以及文学观念的汇通、整合与重建。

中国比较文学正是在中西文化碰撞、交流、交汇的激流中崛起的一支文化生力军，一支在中西文化碰撞中寻求中西文学互释、互照、互补、沟通、融汇乃至重构文学观念的"架桥"大队。中国比较文学所面临的主要任务，不是法国式的文化"外贸"，不是文学作品"输出"与"输入"的斤斤计较；也不是美国式的文化"大同"，不是强调"警惕民族特色"、主张"非民族化"的西方中心式的"世界主义"，而是在跨越异质文化的阐释之中认识中国文学与文论的民族特色，在民族特色的基础上寻求跨文化的对话和沟通，寻求中西文论的互补与互释，在民族特色探讨与共通规律寻求的基础之上，达到中西的融会贯通以及文学观念的重建。总而言之，中国比较文学的基础和基本特色是"跨文化研究"，是在跨越中西异质文化中探讨中西文学的碰撞、浸透和文学的误读、变异，寻求这种跨越异质文化的文学特色、文学对话、文学沟通以及文学观念的整合与重建。

无论是法国比较文学或美国比较文学，都没有面临跨越巨大文化差异的挑战，他们同属古希腊-罗马文化之树所生长起来的欧洲文化圈。因此，他们从未碰到过类似中国人所面对的中国文化与西方文化的巨大冲突，更没有救亡图存的文化危机感。

作为现当代世界的中心文化，他们对中国等发展中国家的边缘文化并不很在意，更没有中国知识分子所面对的中西文化碰撞所产生的强烈危机感和使命感。正如叶维廉所说："事实上，在欧美系统中的比较文学里，正如威斯坦因所说的，是单一的文化体系。"因此，文化模式问题、跨文化问题，在早期以欧美文学为核心的比较文学里是不甚注意的。这种状况决定了早期法、美比较文学不会也不可能在跨越东西方异质文化的文学比较中做出令人瞩目的成就，更不可能去发现并创建系统的跨文化的比较文学理论体系。

然而，从整个世界比较文学发展来看，东西方文化的碰撞与浸透、对话与沟通，乃至重建文学观念，已经是不可避免的大趋势。我在《比较文学史·序》中曾谈到，整个比较文学发展的一个基本特征和事实，就是研究范围的不断扩大，一个个"人为圈子"的不断突破，一堵堵围墙的不断跨越，构成了整个比较文学发展的基本线索和走向。早期的法国学派，关注并执着于各国影响关系的研究，然而比较文学便被拘囿于"事实影响"的小圈子里。美国学派树起了无影响关系的跨国和跨学科的平行研究大旗，取得了辉煌的成绩。然而，随着时代的前进，比较文学已经面临着一个跨文化的时代，面临着东西方异质文化的跨越问题。著名比较文学家雷马克曾对比较文学的跨越有一个十分形象的比喻："国别文学是墙内的文学研究,比较文学越出了围墙,而总体文学则居于围墙之上。"如果我们同意这种"围墙"比喻,那么可以说法国学派和美国学派已经跨越了两堵"墙":第一堵是跨越国家界线的墙,第二堵是跨越学科界线的墙。而现在,我们在面临着第三堵墙,那就是东西方异质文化这堵墙。跨越这堵墙,意味着一个更艰难的历程,同时也意味着一个更辉煌的未来。实际上,一些有识之士已经意识到这一点。美国学者克劳迪奥·纪廉指出:"在某一层意义说来,东西比较文学研究是,或者应该是这么多年来(西方)的比较文学研究所准备达到的高潮,只有当两大系统的诗歌相互认识,互相观照,一般文学中理论的大争端始可以全面处理。"西方持这种观点的还有威勒克、艾金伯勒、宇文所安等著名学者。然而,倡导最力,见解最深,并且为之献身的,应首推李达三,他将正在崛起的中西比较文学研究视为"比较文学的新方向"。李达三先生已经明智地意识到了中国比较文学的历史重任和辉煌前景。他说:"我相信东西比较文学研究无论在时间或空间上,都处于转折点的十字路口。"中国比较文学学会现任会长乐黛云教授则明确指出:"中国比较文学的觉醒无疑将对世界比较文学的发展做出伟大贡献。艾金伯勒教授几十年来一直研究比较文学,他是这一领域内最杰出的学者之一。他选择《比较文学在中国的复兴》这个题目来做他的退休前带有总结性的讲演,正说明他以锐利的眼光洞察了世界比较文学的发展趋势,预见到中国比较文学的前景。如果说比较文学发展的第一阶段主要成就在法国,第二阶段主要成就在美国,如果说比较文学发展的第三阶段将以东西方比较文学的勃兴和理论向文学实践的复归为主要特征,那么,它的主要成就会不会在中国呢?"近年来中国比较文学的丰富实践,以其丰硕的成果做出了令人欣慰的回答。跨越东西方异质文化这堵"墙",将比较文学推向又一个高潮,并在这种"跨越"之中创立比较文学的又一新学派这一历史重任,似乎已经担在了中国比较文学学者的肩上。

从"跨文化研究"这一基本理论特征出发,我们从中国比较文学已有的学术实践中,可以概括或总结出这样一些方法论:"双向阐发法"(或称"阐发研究")、"异同比较法"(简称"异同法")、"文化模子寻根法"(简称"寻根法")、"对话研究"、"整合与建构研究"。下面分别述之。

一、阐发研究

尽管"阐发研究"是由中国台湾学者古添洪、陈慧桦(陈鹏翔)于1976年正式提出来的,但"阐发研究"作为一种研究手段或方法,早已出现在中国学者(如王国维、吴宓、朱光潜等)的学术实践之中。刘介民先生在他最近出版的《比较文学方法论》

一书的"阐发研究"一节中,甚至将张隆溪的《诗无达诂》,以及笔者的《风骨与崇高》等论文都作为"阐发研究"的范例,这是笔者始料未及的。看来,连笔者也被拉进了"阐发派"的行列。然而,大规模的阐发研究潮流,是中国港、台及海外学者和留学生掀起的。在笔者赴美访问讲学期间,所接触到的华裔学者及留学生,绝大部分加入了"阐发研究"的队伍。正如余国藩先生指出的:"过去20年来,运用西方批评观念与范畴于中国传统文学的潮流愈来愈有劲。这股潮流在比较文学中预期了许多使人兴奋的发展。"作为中国比较文学主要方法论的"阐发法",正是在这种比较文学研究的实践中产生的。

"阐发法"虽然"不比较"或不直接比较,但却因"跨文化"(跨中西异质文化)而获得了与比较文学研究相一致的"效果"(杨周翰语),成为中国学派独树一帜的比较文学方法论。但需要指出的是台湾学者所提出的"阐发法"仅具雏形,远未成熟,还需要进一步深入研究和探讨,使之日趋完善。在这方面,学术界已经有了一些可喜的进展。例如,针对古添洪、陈慧桦二人否定中国古代文论的"一边倒"的片面性,大陆学者不但提出了善意的批评,同时也提出了建设性意见。陈惇、刘象愚在所著的《比较文学概论》中,提出了"双向阐发",对古、陈二位的论点加以补救。"阐发研究无疑应该在比较文学的方法中占一席之地,但它之所以遭到了一些学者的批评,症结不在方法本身,而在台湾学者的提法尚有极不周密、极不完善的弊端。因为阐发研究绝不是单向的,而应该是双向的,即相互的。如果认定只能用一个民族的文学理论和模式去阐释另一个民族的文学或文学理论,就如同影响研究中只承认一个民族的文学对外民族文学产生影响,而这个民族文学不曾受过其他民族文学的影响一样偏激,这在理论上是站不住脚的。"

二、异同比较法

我们实际上已经道出了中西比较文学"异同比较法"的一些基本特征。当然,其最根本的特征在于"跨文化"。这是"异同法"与美国学派所倡导的"平行研究"最本质的区别。在美国学派那里,尚未面临大规模的异质文化的挑战,所以雷马克(H.Remark)在著名的《比较文学的定义和功能》一文中所开列的可供平行比较的作家与作品名单,全都是西方的。威斯坦因(UlrichWeisstein)甚至对东西方文学比较,即"对把平行研究扩大到两个不同的文明之间"持怀疑态度。因此,美国学派所倡导的"平行研究",客观上不可能形成一种跨越异质文化的理论和方法论体系。而中国比较文学从一开始,就面临着跨文化(跨越中西方异质文化)的严峻现实。从某种意义上说,威斯坦因的怀疑和忧虑并非没有道理。因为跨越中西两大文明圈的比较文学研究,确实非常棘手。一些有关中西比较文学的异同研究的论著,之所以受到学界的批评和责难,多半是由于忽略了东西方异质文化差异这个根本问题。例如,袁鹤翔先生说:"以西方'形上诗'、'诗格'或'巴鲁克'、格调用到中国诗的评论方面,究竟有点勉强。"因为"形上诗"是有其西方文化之根的,其中有两个重要因素,一是宇宙观的哲学化,一是"生存伟剧"中人类精神所占的地位。袁先生指出:"中国诗中是否可以找出像邓约翰、赫伯特、马尔维等诗人的作品,表现出对传统宇宙人生观的怀疑、彷徨和矛盾,是很有问题的。"同样,比较中西异质文化的差异,则很可能成为袁鹤翔先生所批评的"浅度的""形似""貌同"的比较,甚至得出错误的结论。这从反面证明了中西比较文学"异同法"的基础和特征,首先在于跨越异质文化。抓不住这一点,就抓不住"异同法"的灵魂,抓不住它与美国学派所倡导的"平行研究"的区别及其特征。这一点,中国比较文学界实际上已经有了初步的共识。刘介民先生在《比较文学方法论》一书中列专节讨论了"中西比较文学研究法"(即本文所说的"异同法")。他指出:中西比较文学研究法注重"文化模式",这一点区别于法国派和美国派。西方有着同一文化模式,那就是希腊、罗马、基督教文化,因此西方比较文学涉及文化背景的探讨不多。而当比较文学接触到东方时,文化模式的殊异,给这种研究带来了巨大困难。研究者不得不考虑"文化的诸模式"等问题。古添洪指出:"中国派之成为中国派,我以为除了对法国派、美国派加以调整运用并创出阐发研究外,主要是调整背后的精神,那就是文化模式的注重。在欧洲比较文学里,无论是法国派或美国派,都没有特别注重文学背后的文化模式。"因此,"跨文化"决定了"异同法"不同于美国学派的基本特征,使之在美国学派"平行研究"的基础上,另创出一种以跨文化为特征的类似平行研究的方法,即"异同比较法"。

"异同法"有一些什么具体的特征呢?刘介民指出:"中西比较文学的出发点是发现其共同性,而探求其'异'的价值则是它的主要精神。"显然,异同的辨析是其主要的方法和特征。从求同出发,进而辨异,是"异同法"的基本操作方式。袁鹤翔先生指出,"文学无论东西有它的共同性,这一共同性即是中西比较文学工作者的出发点。可是这一出发点也不是绝对的,它只不过是一个开始,引我们进入一个更广的研究范围",那就是进一步辨异,"故而我们做中西文学比较工作,不是只求'类同'的研究,也要做因环境、时代、民族习惯、种族文化等因素引起的不同的文学思想表达的研究"。这种"异"与"同"的比较辨析,与美国平行研究的另一个显著区别在于它更注重"异"的探讨。古添洪指出:"美国派做类同研究(平行研究),其目的在寻求'综合',寻求所谓文学的共通性。"正因为美国派的平行研究注重求"同",所以才引起了威斯坦因对东西文学比较的忧虑和怀疑,他说:"因为在我看来,只有在一个单一的文明范围内,才能在思想、感情、想象力中发现有意识或无意识地维系传统的共同因素。"威斯坦因担心在中西方之间难以找到"同",而中国的同人们却更看重"异",这正是中国比较文学研究对美国学派的修正。古添洪指出:把重点移于异而不限于综合(同),这在"中西比较文学"的特定领域里,有此修正的必要。因为中西文化及文学传统的差异,综合(同)极为难得,"要避免外国学者动辄以'综合'来责难,倒不如先声明'综合'并不是唯一的量度标准……与其肤浅危险的'同',倒不如坚深壁垒的'异'。……鉴于中西方长久的相当隔绝,中西方文化的迥异,中西比较文学毋宁应着重'异'"。重"异",还意味着对中西方文学民族特色的关注,对中西文论独特价值的探寻,其效果不仅仅是沟通和融汇,而且是互相补充,取长补短。这又是"异同法"区别于美国派平行研究的一大特征。国际上曾有人怀疑甚至反对我们对民族特色的探讨和强调,这是毫无道理的。从根本意义上来说,比较文学恰恰具有两方面的功能,一方面是沟通,寻求各国文学之间、各学科之间、各文化圈之间的共同之处,并使之融会贯通;另一方面则是互补,探寻各国文学之间、各学科之间、各文化圈之间的相异之处,使各种文学在互相对比中更加鲜明地突出其各自的民族特色、文学个性及其独特价值,以便达到相互补充,相互辉映。绝不可想象世界文苑中只有一种色彩,万紫千红才是真正的世界文学。强调民族特色,恰是比较文学之正途。李达三先生所提出的中国学派五大目标中,第一个目标就是强调民族特色:"第一个目标一在自己本国的文学中,无论是理论方面或是实践方面,找出特具'民族性'的东西,加以发扬光大,以充实世界文学。"中国大陆学者对"民族特色"的探求,更加注重。笔者在《中西比较诗学》一书中总结道:"通过以上的比较,我们可以得到这样一个启示:中国与西方文论,虽然具有完全不同的民族特色,在不少概念上截然相反,但也有着不少相通之处。这种相异又相同的状况,恰恰说明了中西文论沟通的可能性和不可互相取代的独特价值;相同之处愈多,亲和力愈强;相异之处愈鲜明,互补的价值愈重大。中国古代文论的重要价值,正在于它不但提出了一些与西方文论相似的理论,而且还提出了不少西方文论所没有的东西。而这些恰恰可以补充世界文论中的缺憾。"以上这段话,也可视为笔者对"异同法"的总结。

三、文化模子寻根法

文化模子的寻根,还可以通过他国文化模子促进本国文化模子的改变与更新。各文化模子之间的互相介入与互相比照,很可能对促进新文化模子的形成起到推动作用。

关于文化模子寻根法，国内学者也有不少精辟的看法。例如乐黛云大力倡导的文化转型与比较文学研究。笔者本人这些年也努力做文化寻根式的研究，限于篇幅，兹不赘述。

四、对话研究

显然，"对话研究"也是跨文化研究的具体化，也是东西方文化激烈碰撞的产物。这种"对话"，主要是指东西方两大文化系统之间的文学与诗学对话。"关于不同文化体系中的文学对话的研究，为比较文学开拓了新的广阔的研究空间。"

"对话研究"的特征在什么地方呢？与"异同法""寻根法"相比较而言，"对话研究"更注重沟通，或者说对话研究的基本目的就在于沟通。面对中西文化的碰撞，我们不仅仅需要文学及文论的互相阐发，异与同的比较辨析以及文化模子的寻根探源，我们更需要沟通。正如乐黛云先生所说："多种文化相遇，最重要的问题是能够相互理解。……要达到上述目的，就必须有一种充满探索精神的平等对话，为寻求某种答案而进行多视角、多层次的反复对话。"我们所谓的对话研究，就是探讨东西两大文化系统的文学、诗学的互相理解与互相沟通。在对话研究上，大陆的学者正在积极探讨之中。

具体来说，"对话研究"主要有以下几个研究层次。首先是话语问题。对话必须有能够相互沟通的话语。这里说的话语并不单指语言，而是双方为达到某种共识和理解而必须遵守的规则。例如打排球就必须遵守打排球的规则，一方用排球规则，另一方用足球规则，游戏（对话）就不可能进行。构成这种话语是一个非常复杂的过程，它需要对自身文学体系的整理，术语的翻译介绍，双方历史发展的回顾，不同文化社会背景的探讨等。因此，对话研究，首先在于寻找一种双方都能接受而又能相互解读的话语。目前，绝大多数学者首先关注的还是处于文化中心的西方话语，中国等发展中国家所面临的正是多年来西方发达国家以其雄厚政治经济实力为后盾的"文化话语"。作为边缘文化的第三世界，不得不学习和掌握这套西方话语，以便获得与中心文化对话的机会，以及对中心文化进行批判和解构。在美国名气很大的爱德华·赛义德就是这样一位熟练掌握了西方话语的东方学者。他的《东方主义》一书，对西方的文化霸权进行了激烈的批判，在西方引起了强烈反响。然而，仅仅做到掌握西方话语是不够的。东方学者试图用西方话语来进行东西方文化及文学对话，恐怕终将困难重重。西方文论大师海德格尔曾明智地认识到，用西方话语进行东西方的对话，最终还是西方话语的独白。

"对话研究"的第二个层次是平等或对等问题，即东西方文学与文论的对等性和对话的平等性。要做到东西方真正的平等对话,是很不容易的。首先,对话双方必须都是从历史出发,从自己的文化传统出发,并不以某一方的概念、范畴系统来截取另一方。双方都是以对方为参照来重新认识和整理自己的历史,在这一重整过程中既能发现共同规律,又能发现各自文化差异,并使这种差异为对方所利用,以至促成其新的发展。其次,由于对话引入了时间轴而不只是共时性的平面比照,中西诗学对话就有了历史的深度。再次,由于历史的全面开放,中西诗学双方互相选择和吸取的范围大大扩展,不一定新的就是好的,也许旧的倒能在某些方面给予新的启发。例如庞德从中国古诗中获得了新的启示,中国古诗为美国的新诗运动提供了新的契机等。最后,对话本身是一个复杂的概念,它包含着多层面的内容和多元化的理解,平等对话并不排斥有时以某方体系为主对某种理论进行整合。它有时是有关重大问题的思考,有时也只是一些管窥蠡测的意见交换。对话中也可能由一方提出某种设想以便展开对话。只要能成为一种富有启发性而且对话双方都有话可谈的话题,由谁提出并不重要。狭隘虚假的妄自尊大或唯我中心,无论出自何方都是平等对话的大敌。

五、整合与建构研究

整合与建构研究简称"建构法"。这种整合与建构,主要是指理论和文学观念的建构。随着东西方跨文化的文学与文论的互相阐释,异同对比、文化寻根与互相对话的一步步深入,将打破西方文论独霸的局面。东西方文学观念的互释、对比与对话,最终导致一个重新建构世界文学观念的设想,已经展开在我们的脚下。

"建构法"的提出,同样是由于跨越东西方异质文化的比较而产生的。美国已故著名华裔教授刘若愚在这方面较早地提出了很好的见解。在《中国的文学理论》一书中,刘若愚指出:他写这本书的"第一个也是终极的目的在于通过描述各式各样从源远流长,而基本上是独自发展的中国传统的文学思想中派生出的文学理论,并进一步使它们与源于其他传统的理论的比较成为可能,从而对一个最后可能的普遍的世界性文学理论的形成有所贡献"。刘若愚认为,对属于不同文化传统的作家和批评家的文学思想的比较,则或许能揭示出某些批评观念是具有世界性的。对于文学理论的比较研究,可以更好地理解所有的文学。刘若愚指出,提出一个"世界性的文学理论"的观点,可能有人不以为然,但这"并不妨碍我们以试验的方式,去建构一个比现存理论更富有启发性的、更完善和更能广泛应用的文学理论"。刘若愚还指出:"我希望西方的比较文学家和文学理论家注意到本书提出的中国文学理论,而不再仅仅以西方的文学经验为基础去建构一般文学理论。"刘若愚关于融东西方文论重新建构世界文论的设想是具有远见卓识的。今天,人们已经开始尝试着用各种方式与途径,走向世界文论整合与建构之漫漫求索之旅。

寻求东西方文论的建构,首先自然是要打好地基,因为世界性的总体文学理论大厦,首先需要稳固的基础。在中国,我们欣喜地看到,不但中国文论、西方文论有了诸多文论选与文论史专著,而且东方各国的文论也日益受到重视。乐黛云等主编了《世界诗学大辞典》,融西方、中国、印度、阿拉伯、日本、朝鲜等诗学条目为一书,给人一种正在进行世界文论建构的强烈感受。笔者也主编了一部《东方文论选》,选择了印度、阿拉伯、波斯、日本、朝鲜等国文论一百多部(篇),绝大多数是第一次译成汉语,填补了东方文论长期无文论选的空白。拙著《中外比较文论史》,也是为总体文学理论建构而架桥铺路的一个尝试。

在寻求具体的建构方法上,中国同仁也做了许多有益的探索。这些探索可以总结为"理论架构法""附录法""归类法""融汇法"等。

所谓"理论架构法",即以某一种理论框架为主,来重新构筑文学理论体系及观念。例如,不少学者以阿布拉姆斯在《镜与灯》中提出的艺术四要素的理论框架来重新建构文论体系。刘若愚的《中国的文学理论》,就是以这个理论框架来重新构筑中国文论体系的一个范例。在《比较文学丛书总序》中,叶维廉对这一框架进行了补充和加工,以便用此来重新建构文学理论。也有人用《文心雕龙》的理论框架,来构筑自己专著的理论构架。还有人利用西方接受理论等新的框架来重新建构文化体系。可能理论架构法最终将会以一种复合型的框架来构筑世界文化大厦。

所谓"附录法",也可称为"附录及引证法",即以论述一种文论为主,将其他种文论附录参照或引证参照。这是一种常见的建构方法。例如王元化先生的《〈文心雕龙〉创作论》即属于附录法的范例。在谈到刘勰关于创作的"直接性"问题时,王元化附录了陆机的"感兴说"与别林斯基关于创作行为的自觉性与不自觉性等以相参照,为文学理论的建构提供了有益的启示。钱钟书先生的《谈艺录》《管锥编》则堪称引证法的范例。钱钟书的大量引证不仅仅是阐释,更是建构。大量的各国文论的引证,好比为跨越东西文化的世界文学理论的大厦寻出了大量的砖石和木材,有了这些材料,修建文论大厦才有了可以建构的东西。"东海西海,心理攸同;南学北学,道术未裂。"钱先生的工作,正是朝向建构共同理论的坚实步伐。

所谓"归类法",即以文学理论问题归类,加以比较并建构。例如,拙著《中西比较诗学》即将"艺术本质论""艺术起源论""艺术思维论""艺术风格论""艺术鉴赏论"等归为五大类,进行中西的比较和理论的建构。笔者在《后记》中指出:"比较的最终目标,应当是探索相同或相异现象中的深层意蕴,发现人类共同的'诗心',寻找各民族对世界文论的独特贡献,更重要的是从这种共同的'诗心'和'独特的贡献'中去发现文学艺术的本质特征和基本规律,以建立一种更新、更科学、更完善的文艺理论体系。"这种归类法,亦有不少学者采用,是行之有效的方法之一。

所谓"融汇法",即将东西方文论汇于一处,融铸成一个统一的理论体系。这种方法较难,但它是建构法的最理想的方法。今后的理论建构,这将是一个主攻方向。尽管难度很大,还是有学者进行了大胆的尝试。朱光潜先生于 1942 年出版的《诗论》一书,可以说是这种融汇法的范例。全书共列"诗的起源""诗与谐隐""诗的境界——情趣与意象"等十三章,自成体系。书中将古今中外的各种文学理论熔为一炉,纵横捭阖,妙手成春。作者将西方的"灵感""移情""直觉",尼采、叔本华、克罗齐、莱辛与中国的"诗言志""妙悟""隔与不隔",刘勰、苏东坡、严沧浪、王国维等理论与文论家统统作为自己诗学理论体系的建筑材料。这是一次成功的尝试。正如朱光潜先生在《诗论》1984 年版《后记》中所说:"在我过去的写作中,自认为用功较多,比较有点独到见解的,还是这本《诗论》。我在这里试图用西方诗论来解释中国古典诗歌,用中国诗论来印证西方诗论。"钱中文先生的《文学原理—发展论》是"融汇法"的又一可喜收获。全书熔东西方文论于一炉,自成体系,视野开阔。谈文学观念的发展从中国的"文笔"之分,到伊格尔顿的文学观;谈文学风格则从"文以气为主"到克罗齐的风格论。这种新体系的建构,必将对我国及世界文学理论的研究起到积极的推动作用。

可以预见,在比较文学学科发展的第三阶段中,在跨越异质文化的"跨文化"比较文学研究中,由于比较文学迈入了一个更加广阔的天地,它不但不会死亡,而且必将大有作为。危机即将消逝,转机正在眼前,让我们做好充分准备,迎接比较文学研究的又一辉煌灿烂的新时代。

从某种意义上说,本书的中外文学比较,正是这种跨越异质文化的比较文学研究的突出体现。除此而外,本书还具有系统性和总体性比较的特色。就系统性而言,本书全面介绍并比较了世界各大文化圈的神话、史诗、抒情诗、散文、戏剧、小说和文学理论,读此一书,全局在胸,东西兼通,从中可以获得系统的跨文化比较的中外文学知识、全面而深入的中外文学概况及中外文学比较或对比。就总体性而言,本书不仅仅是中国文学与西方文学的比较,而且是全世界各大文化圈文学的全方位比较,其中既包含了常见的中西文学比较,又包含了中印、中日、中阿(阿拉伯)等不同文化圈文学的比较和对话,这种总体性的跨文化比较文学研究和对话,为我们提供了更加广阔的视野和更加宽广的胸怀。恰如威勒克(ReneWellek)所说:"我们需要国别文学，也需要总体文学；既需要文学史，也需要文学评论，我们需要只有比较文学才能达到的广阔视野。"

第 二 章　中国民间文学与域外神话

神话是人类步入文明世界后产生的第一种意识形态的形式。它的内涵是百科全书式的。精确点说，神话是一种原始的、混沌状态的人类意识形态，其思维基础是原始思维。其中，直觉的考察结果多于逻辑的考察结果，因而，带有浓厚的神秘性与朦胧性，其魅力也在于此。

神话产生于人类的童年时代，距离我们这个时代已经较为遥远。

由于以上两个原因，我们要考察和研究神话，就必须了解关于它的保存和流传这两个方面的知识。

第一节　神话的保存与流传

保存是指神话得以保护和留存后世的方式、方法，有动态保存、静态保存、隐性保存、显性保存四种。

神话产生的初始年代，是人类有了语言而还没有文字的年代。它在初期的保存，仅能存在于人的脑袋中，用语言传给需要传达的人。这种方法，称之为动态保存。这种传达有两种：一种是前任祭司（多数还兼做酋长）传达给继任祭司；一种是祭司在各种仪式中传达给普通百姓。对前者，能知其详，后者则仅知其略。而且，这种传达，其内涵会随时间推移而产生变化。于是，神话中便会出现很多神秘性的话语。例如：在苏美尔神话《提亚玛特创造天地》中说："阿卜苏（淡水）和提亚玛特（咸水）这两种原初自然之力交合生下孪生的兄妹拉哈穆和拉赫穆。他俩的躯体是水质而无脚，在蜿蜒爬行中生下原始男性安莎尔（天涯）和原始女性吉莎尔（地极）两神为天地形成之始。"用我们今天带自然科学的眼光看，这是苏美尔人在描述他们居住的河海交合处的地理环境。而且，他们把这一局部环境当作整个宇宙。他们是用直觉去考察，以拟人化去描述的，并且还告知整个部落的每个成员把它奉为保护自己的神圣经典。这就是作为原始宗教的神话。这种动态保存方式，可称为宗教性动态保存。印度的吠陀神话始初也是由一代代祭司互相口头传达而保存下来的，这是最初的神话保存手段。

神话的文学化和艺术化归功于吟游诗人。当社会发展至部落联盟阶段的时候，神话的保密性逐渐淡薄了。而且从单个的独立神话形成体系神话以后，许多神话故事公开化了，社会上的分工也逐渐精细了。有些神话故事由于祭祀需要演化成了诗歌体的神话，甚至配上音乐。部分神话便成了有趣味的带欣赏性的故事。而且，由于部落与部落之间的神话又产生了交流，一种专司吟唱神话故事的民间艺人就出现了。人们称这些艺人为吟游诗人，许多著名的神话故事都是由这些吟游诗人保存下来，并且流传开去。希腊的很多神话故事都是由吟游诗人代代相传而保存下来的。中国古代的瞽矇也是在宫廷演唱神话和民间故事的艺人，不过他们不是流动的。这种保存方式，我们可以称之为艺术性动态保存，它是动态保存的后期发展形式。这时，宗教性动态保存因宗教需要依然同时存在。

当人类有了文字以后，神话除了口头传达之外，还可以写成文字保存下来，即静态保存。如古埃及的一些神话，以象形文字刻于调色板上；或刻于金字塔的铭文中得以保存下来。当书吏出现后，一些神话则保存于用草纸制成的书卷中。由于刻于或写于载体上的神话是不会演化的，故称之为静态保存。西亚的大多数神话因刻在泥板上而保存至今，波斯的《阿维斯塔》则保存于羊皮卷。中国神话由甲骨文保存的甚少，有些刻于崖画、器皿或用漆写于竹简。这些静态的保存载体，能准确地保留神话的原始内涵而不会因时代变迁而产生变化，并且从这些载体的发现处所和记述内容获得多视角的考察效果。例如：我们从金字塔铭文中，除文本的内涵外，还可获得从历史学、宗教学、社会发展等方面的视角考察效果。又例如：我们读《山海经》时，不但知道一些中国神话内涵，还有古代中国地理内涵，中国古代风俗内涵等。

神话的隐性保存是指隐去具体的神话框架结构，而把其中的深层内涵留存下来的保存形式。它有两个类别。一曰元符（这点是我目前能够阐述的还不十分精确的概念，然而，它确实存在而且对世界各文化圈的发展进程影响极为深远），是指每一个民族在他们诞生神话的时代，都会因他们的生存环境、发展历程不断作用于其思维系统，并由此产生一个共同理解的符号。这个符号在民族的发展过程中能代表他们的文化特征，而且，这个民族的神话的深层意识都包含在这个符号中，还对这个民族文化的发展产生深远的影响。也就是说，每个民族的神话都会形聚成一个元符并隐藏在这个民族的每一个成员的头脑中世代相传，这种元符的内涵还会扩展至每一个文化圈，但又难以超越另一个文化圈。

神话还有另一种隐形保存形式——原始意象。原始意象是一种记忆的沉淀，由无数类似的过程凝聚而成，是人类进入文明社会初期，某一特定人群在长期生活经验中积累下来的一种带有具象性的思维倾向。这种倾向,体现在某一特定的受人群中的大多数成员崇拜的人或物的形象中。后来经过一代又一代成员加以文化思考的深化,于是,原始意象成了不可磨灭的意象。

苏美尔神话中的恩基就是一个有广泛影响的原始意象。他也是一个竭心尽力去维护人类利益的体现者,但有一个特征与女娲不同,他一方面引入文明去改造人类的生活环境,另一方面又要和鄙视人类的神祇斗争。(女娲神话中的天帝是支持女娲的,体现人与自然和谐这一"天人合一"的思想。)恩基的形象树立了"人神对立型的人文主义"思想倾向。这种精神透过埃及的奥西里斯、巴比伦的伊亚,到希腊的普罗米修斯臻至完善。

神话的显性保存是指保留着原有神话框架结构的保存形式。这种保存,着眼点在神话的框架结构方面,其次才是神话的内涵方面,多数是"借旧瓶装新酒"。常见的显性保存有三种类别:整体保存、拆零保存、体系保存。

①整体保存:指神话的基本故事情节、结构框架、大多数主要神话人物的名称在新的作品中得以保存。必须指出的是,任何一种神话流传到不同民族、不同时代以后,都不会原封不动地保留,尤其是神话的内涵多数会发生变化。例如:苏美尔的神话《提阿玛特造天地》演变为巴比伦神话《马尔都克杀提阿玛特造天地》应该可以称之为整体保存。

②拆零保存:指某一神话的基本故事情节、结构框架、神话人物等神话要素的某一部分保存于新的作品之中,而其他部分做了大幅度更改。例如,把埃及的奥西里斯神话中的奥西里斯、伊西丝、荷拉斯这三位一体神祇,移于基督教的救世主神话中的圣父、圣母、圣子的三位一体神话中。又如,中国的牛郎织女神话演化为白居易的《长恨歌》也可以称之为拆零保存。

③体系保存:指某一神话体系基本上被另一民族采纳,只是更改其神话人物的名称和稍添进某些新的民风习俗。如苏美尔神话演化为阿卡德神话,古希腊神话演化为罗马神话。

保存方式:①指神话在社会更替时,由原主传给新主的过程,或文化圈扩展时,由甲民族传给乙民族的过程。这是指神话仍然成为现世文献的时代所产生的流传。②指神话已成为历史文献而其精华被后世的作家、学者汲取于其作品中所产生的流传。

流传是文学发展史研究的重要方面。文学的发展很多方面是从作品的流传去体现出来的。然而,流传的起因、过程、结果都包含了多种因素,因此,我们必须采取多角度去分析。而且,神话的流传,由于其年代久远并兼有追溯文学源头的内容,所以,展开这方面的研究更应细心,并要实事求是。

首先,流传的起因有社会的和文化的两方面。

社会方面的流传起因又可分为强制性的和自然性的两种。强制性的流传起因在氏族公社时代和部落联盟时代,氏族(或民族)内部的统治阶层变迁或部落联盟的盟主变迁时,统治者会强迫别的阶层或别的部落接纳他们的守护神神话。例如:古埃及的太阳神(主神)神话曾产生多次易名,就是因新的统治者上台后就强制别的阶层、别的部落接纳他们的守护神为太阳神所致。太阳神阿图姆神话是埃及人还在自然崇拜时代产生的神话。到了第三王朝孟斐斯成了埃及盟主时,强迫整个联盟接纳孟斐斯的守护神普塔赫为太阳神,并把普塔赫神话的内容添进去。到了第四王朝末年,赫利奥波利斯的祭司们扶助其酋长成为第五王朝盟主,于是,古埃及的太阳神又改名为"拉"。自然性流传的起因,是两个相邻民族的文化发展程度差异引起或因两种文化有互补作用引起的。前者如阿卡德接受苏美尔神话和古罗马接受古希腊神话,后者如中国古代接受印度的佛教神话而把老子学说改为道教。但要说明的是:神话流传的社会起因是比较复杂的。有些神话的流传演变,不能单纯归纳为强制性或自然性而要具体分析。例如:阿卡德神话流传演变为巴比伦神话的过程,既有自然性,也有强制性的因素。阿卡德和巴比伦同属闪族的两个不同分支,使用近似的语言,并且都使用楔形文字为语言的载体,其原始宗教信仰都有接受苏美尔人的原始宗教的因素。因此,自然性的流传因素是存在的。然而,当巴比伦王国建立后,社会形态已由城邦联盟向国家形式过渡。因此,那些带有社会性的神话,出于宣传君权神授的观念,便加以强制性的改造。例如,把《提阿玛特造天地》改为《马尔都克杀提阿玛特造天地》,而恩利尔的天王位置也由马尔都克接替,恩利尔成了马尔都克的代表,而其性格也添了不少缺点与糊涂之处。经过这样强制性的改造,巴比伦王朝的君权神授论就有了"依据"。后世,自然地采用文化发展水平较高、流传较广的民族创世神话,添进了自己的民族主神为主角加以改造,便成了多个国家起源神话的订立模式。亚述的国家起源神话又是以马尔都克神话为基础,添进了亚述的守护神亚舒尔为主角,描述亚舒尔和马尔都克相抗衡的故事,以显示亚述王是神授的君权。

文化方面的流传起因:可分为宗教的、道德伦理的两种。

①神话的宗教信仰流传起因。在上古时代,一切神话都带有宗教因素,它可以是自然崇拜的反映,也可以是原始宗教的某种仪式的反映。它的产生与流传和宗教的产生与流传有密切的关系。埃及的奥西里斯神话的流传和赫利奥波利斯神学的建立

与推广有密切关系。在公元前 3000 多年,奥西里斯只是尼罗河三角洲杰都地区的守护神,知道他的故事之人不多。在第三王朝,孟斐斯神学建立时,还没有把他列入三联神的神话体系中;到了第五王朝,赫利奥波利斯的九联神话体系建立后,他成为九联神之一,其故事从单纯是自然力的化身——死而复生的故事之外,添进了在冥间"真理殿堂"主持审判这种反映社会正义的故事。后来,赫利奥波利斯神学成了中王国时期的主要神学,因而,信仰奥西里斯的人群逐渐增多。凭借人们希望死后获得一个安适的来世生活环境的冀望,死者的亲属都在《亡灵书》上写上他的神话,他的祭祀仪式也越来越隆重,甚至法老们死后都祈望自己能成为奥西里斯的弟子。有些法老还自称为奥西里斯在人间的化身,描写奥西里斯的诗歌与戏剧也逐渐多了。所以,奥西里斯神话的传播带有浓厚的宗教因素。

②神话的道德伦理信仰流传起因。马克思称赞古希腊的神话人物普罗米修斯为"最高尚的圣者和殉道者"。人们历来都把普罗米修斯作为人类无私无畏地献身的高尚道德的化身。古希腊的悲剧之父埃斯库罗斯为纪念他写了《普罗米修斯三部曲》,后世的欧洲作家如卡里德朗、伏尔泰、赫尔德、拜伦、雪莱、歌德、雷列耶夫等都把普罗米修斯作为人类的高尚道德伦理典范来创作他们的作品。音乐家贝多芬、斯克里亚宾、李斯特等都曾写过赞颂普罗米修斯的乐曲。所以,普罗米修斯神话的流传,道德伦理起因是重要的。

神话流传过程的分析,可分为两部分:流传过程的组合步骤与流传过程的分类。

流传过程的组合步骤,指从传出者到达接纳者这一过程中产生的若干演变阶段。

任何一种神话在流传的过程中都不会一丝不变地在不同民族、不同时代的接纳者的口中或笔下再次传出来。不同的社会因素、不同的生活环境、不同的文化传统都会支配接纳者把传入的神话加以改造。这种改造,大致有认同、辨异、选择、消化、融合五步。现在,笔者以"洪水故事"的流传演变为实例,谈谈这五步过程产生的作用。

认同,指外来文化与主体文化初始产生接触时,在互相碰撞过程中产生的一种文化适应机制。如果外来文化与主体的民族潜意识在基质上有对应部位,它们就会形成映射关系或产生功能上相契合而形成的互补关系,这就是认同作用。"建方舟以避洪水"型的神话,始发点是苏美尔神话,它传至阿卡德,再传巴比伦,三传希伯来,希腊、印度神话中有它的变形。也就是说,这些民族对洪水灾祸都有畏惧思想,都有祈望用"避"的办法去躲过灾难。因此,这些民族对"建方舟以避洪水"型的神话都有认同的基础。再考察中国神话,在苗族、瑶族的神话中有"伏羲兄妹坐葫芦渡过洪水"的类似神话,而汉族的上古神话中却没有这类神话,只有女娲、鲧、禹以"治"法来制服洪水的故事。也就是说,汉民族的集体潜意识中没有"避"的概念,只有"治"的概念,因而没有对"建方舟以避洪水"型神话的认同基础(汉朝以后,葫芦神话也在某些汉族聚居区传播,但它不是先秦时代的上古神话)。我们还必须说明,产生认同只是在传播与接受过程中的第一步。接受的还多为浅表层次的东西,仅能摄取其表象,还不能触及其本质。而且,这只是在量变方面开始容纳一些外来因素。

当认同作用达到某种程度的深化时,主体文化的防御机制便会起作用而对外来文化的传人因素辨异。辨异,是指本体文化与外来文化接触后,经过一段互相交流,接受者在产生认同之后,又逐渐感到外来文化在某些方面和自己的文化传统有本质上的差异,于是有意识地以此相互比照,竭力突出其差异之处,并且以自己的设想修改这种差异,以求把两种文化区别开来。辨异又分为民族性辨异和时代性辨异两类。前者如阿卡德的洪水神话在接纳苏美尔神话时,只因语言不同,改主角济乌苏德拉为阿特拉哈西恩,主要情节结构没有改动。其主旨都是神祇们因在诸神大会时争吵,便意气用事地叫司怒气之神发洪水而导致人类被淹。在神话中,人类是无辜的受害者,作者没有同情(更没有肯定和赞颂)神祇的行为。两种神话都是在自然崇拜时期人对自然灾害感觉无能为力的看法。在巴比伦人接受阿卡德的洪水神话时,便有部分本质上的改动。如添进了"雪立伯城有人忤逆神旨,触怒了大神恩利尔,于是召开诸神大会决定发洪水,会议中,水神埃亚(伊亚)反对"。在巴比伦神话中,发洪水的原因变了:人类中的一部分——雪立伯城中有人反对神旨。这反映了部落联盟中部落之间的矛盾。作者的观点是:人类中某些人有罪,因此引起神祇发洪水而导致人类整体受害。这是时代改变而增加的内容,是经过时代性的辨异而添进去的,不过只是部分质变。

由巴比伦洪水神话演变为希伯来的《诺亚方舟》故事,则产生了整体的质变。神话产生整体质变时,其主题、结构、人物形象等都会有质的更改。因此,其流传过程,还需要进行选择、消化、融合这三个步骤。在主题方面,巴比伦神话仅指雪立伯城有人忤逆神旨,而不是指整个人类,这一观点和希伯来人要树立上帝耶和华的绝对权威和人类有原罪的观点是不同的。苏美尔-巴比伦神话中,发洪水是经过诸神大会做出决定,这又和希伯来人要建立一神教的宗旨格格不入。然而,希伯来人又认为,洪水故事已在西亚地区广泛传播,"有人忤逆神旨而遭洪水灾祸",这一点也可利用。这种既有认同,又有从本质上的排斥的步骤就是进行质改的选择步骤。"选择"是带有强烈的主观能动性的。主体文化的执行者需要在旧有的多种文化模式与文化因子中进行选择,以建立新的文化因子与文化模式。为了适应犹太人的一神教的建立,希伯来人一方面接纳了"洪水故事"这一模式，另一方面把发洪水与通知人类建方舟这两项原本是对立双方做的事，改变为上帝耶和华一个人去做，以便符合当时的犹太民族意识。这就是消化。消化是指把外来文化因子经过改造使之与主体文化传统做初步组合。至于融合，则是指某一作品经过改造后，纳入主体文化体系组成部分的过程。如《诺亚方舟》故事和《上帝六天创造世界》《伊甸园》等希伯来民族的创世神话。

流传过程有单向流传和多因合成两类。

单向流传，指传出者是一个民族，接纳者是另一个民族，是一对一。例如：苏美尔洪水神话—阿卡德洪水神话—巴比伦洪水神话—希伯来《诺亚方舟》故事都是单向流传的例证。

但有些神话是根据多个传出者的神话，经过综合、整理、归纳、改造等步骤而融合为一篇带有自己新特征的神话，这叫多因合成的流传过程。希腊神话中的《皮拉和杜卡利翁》的故事便是一例。据学者称："该神话从西亚传入。"这是一篇既接受巴比伦神话观点又容纳希伯来神话的说法，还加进自己的民族人伦心理的混合型神话。在《皮拉和杜卡利翁》中，宙斯在发洪水前说："青铜时代的人，欺骗神祇，人间充满罪恶……"决意降洪水灭人类。这是希伯来神话的因子。维护人类利益而反对宙斯，并嘱皮拉与杜卡利翁建方舟的普罗米修斯则是苏美尔 - 巴比伦神话中的因子。而且普罗米修斯有把神界与人间的利害绝然分开的性格，这是希腊式的人、神对立的人本主义思想的特征，是希腊民族特有的文化心理结构的具体表现，也是欧洲的人文主义、人道主义思想的源头。从这一神话的流传过程分析，古希腊的这篇神话是人类童年时代从公元前 30 世纪到公元前 5—前 4 世纪的产物，它经历了三个变更世代，是地中海文化圈形成后的集大成作品。

神话，作为文学的第一个品种，对后世文学的发展有深远的影响，许多世界级的第一流文学名著都和神话有密切关系。

史诗类：如古希腊的《荷马史诗》，印度的《摩诃婆罗多》《罗摩衍那》，波斯的《王书》，中国藏族的《格萨尔王》都是从神话直接衍生出来的。

诗歌类：屈原的《天问》《九歌》，曹植的《洛神赋》，白居易的《长恨歌》，但丁的《神曲》，莎士比亚的《维纳斯与阿多尼斯》，艾略特的《荒原》也都是以神话做基型。

小说类：中国的小说名著如《水浒传》《红楼梦》都用一篇神话来作为隐形结构。《红楼梦》就用《女娲补天》为其隐形结构，故初名《石头记》。欧洲的小说名著如奥维德的《变形记》取材于希腊神话。法国拉伯雷的《巨人传》则取材于《圣经》中的一些神话。美国福克纳写的《押沙龙，押沙龙》也是取材于《圣经》的故事。契诃夫的部分小说如《阿里阿德涅》则直接取材于希腊神话。

戏剧类:《普罗米修斯三部曲》《俄狄浦斯王》《美狄亚》等古希腊悲剧都以希腊神话为素材。大部分希腊戏剧都与神话有关。莎士比亚的《雅典的泰门》也是源于希腊神话,法国的古典主义大师高乃依写的《美狄亚》,拉辛的《昂朵马格》也源于希腊神话。歌德的《浮士德》以《圣经》故事为背景。英国的雪莱也以普罗米修斯来表达他的革命理想。在印度,著名的梵剧《沙恭达罗》也是源于神话。中国杂剧家白朴的《梧桐雨》是以牛郎织女神话为其隐形结构,孔文卿的《地藏王证东窗事犯》是借印度神话来批判秦桧害岳飞。

神话的影响会随时代的变迁而改换。例如:阿多尼斯神话的最早原型是苏美尔的杜穆兹神话,他的"死而复生"是牧民们因牧草的荣枯而产生的美好想象。巴比伦的《塔穆斯与伊丝达》则是写农民对四季的阐释;古埃及的《奥西里斯和伊西丝》则表达了人们对国家统一的期待和批判分裂国家的人与事。后来,这一"死而复生"神话传至腓尼基和叙利亚,主角的名字改成阿多尼斯,内涵依然是自然之神,而形貌则成了美貌、英俊的少年神祇。传到希腊,以"死而复生"模式写成的神话有两篇:《珀耳塞福涅下冥府》和《阿芙罗狄蒂与阿多尼斯》,前者依然是阐释四季的神话,后者则演化为阐述爱情的动人故事了。后世的作家便多喜爱以《阿芙罗狄蒂与阿多尼斯》为创作的题材。马其顿的亚历山大大帝曾办过阿芙罗狄蒂与阿多尼斯的圣婚节,宣传的是两位神祇的纯洁爱情。古罗马作家奥维德在《变形记》中也写了两位神祇互相爱恋的动人故事,但其目的是批判罗马宫廷的荒淫。这个模式,一直延至中世纪末。到了欧洲文艺复兴时期,多位意大利作家都把故事写成维纳斯(阿芙罗狄蒂)热恋阿多尼斯来阐释女性的个性解放要求。英国诗人斯宾塞在名诗《仙后》中,有一段以阿多尼斯的故事阐述理性与情爱的矛盾,而莎士比亚的长诗《维纳斯与阿多尼斯》则以热烈的恋爱过程和悲剧性的结局去阐释人文主义的爱情观。

再以普罗米修斯这一神话人物为例,在埃斯库罗斯的笔下,普罗米修斯是一位既反抗宙斯,又向命运妥协的人物。由于在赫西奥德的《神谱》中,曾称:狡猾的普罗米修斯以白色的脂肪和牛骨蒙骗宙斯。因此,古罗马诗人贺拉斯也因支持当时的屋大维政权而说普罗米修斯胆大妄为,肆意诈骗,带来火种,成为种种恶果之源。然而,在雪莱所写的《解放了的普罗米修斯》中,普罗米修斯成了足智多谋的革命者。

印度神话中的峨湿奴也是一个多姿多彩的艺术形象。在《梨俱吠陀》中,他是一个足智多谋的降魔使者。他化身为侏儒,向夺得三界统治权的魔王伯利要三步之地,魔王以他身材短小而应允。他一步跨出天界,二步跨过人间,魔王只好退至冥府。也因他停步，才将冥王位置留给了魔王。在《百道梵书》中，他又成了解放人类的圣者。在发大洪水时，他化身为一长角之鱼，救了人类始祖摩奴。在史诗《罗摩衍那》中，他成了忠、孝、义俱全的英雄人物——十车王的太子罗摩。到了印度虔诚运动文学时代，他在众多黑天派的作家笔下，成了一位感情真挚、善解人意的牧童——黑天。

神话对文艺理论的影响。古希腊时代，柏拉图与亚里士多德就针锋相对地阐述神话对文学的影响，柏拉图是否定派，亚里士多德是赞颂派，这种模式一直延至19世纪。20世纪瑞士心理学家荣格更深入地阐述了以神话为例的"集体无意识"概念。加拿大的文学批评家弗莱则更进一步提出了"原型批评"的主张。

第二节　各文化圈神话概述

神话是人类最初的文学。世界各民族神话的源起虽都有着类似的心理基础和社会基础，遵循着由零散到系统，由野蛮到文明的基本方向；但其发展却有着时序上的不平衡、形态上的不平衡，以及速度上的不平衡，因而构成千姿百态的神话表象世界。

当代考古学家们经过系统研究分析，认为古代世界共有九种文明具有"独立起源"性质，后来的多种文明都是在此基础上吸收或派生出来的。这九种"文明"是：古埃及、两河流域、中国、印度、爱琴-米诺斯、南俄（雅利安）、美洲的奥尔梅克、玛雅、查文等，它们形成了各自的文化圈。不同历史时期崛起的各个文明体或文化圈在事实上构成了所谓"文明的世代"。后起的"文明世代"并不是建立在文化沙漠上的，它们中有很多是受了前代文明的巨大影响。作为文化的特殊表现形式——神话，尤其是"体系神话"，继承借鉴与吸收往往是交织在一起的。

从世界文化的源头这一视角来考察，对后世文学发展产生深远影响的世界各文化圈的神话体系，大致可分为：北非埃及神话体系，西亚两河流域神话体系，中、南亚印度及波斯神话体系，东亚中国神话体系，爱琴-米诺斯希腊神话体系，美洲印第安神话体系。此外，以《埃达》为代表的北欧神话体系、非洲班图族和斯瓦希里语神话、澳大利亚及太平洋诸岛的神话，也对各地区的文学发展有一定的影响。

一、尼罗河流域：古埃及神话体系

（一）部落神话形成期（公元前3500—前2800年）

在公元前4000年左右，尼罗河流域的古埃及居民已形成38个部落，他们称之为

"诺姆"。每个"诺姆"有首府、军队、政权及各自的方言与宗教信仰,也有各自的兽形守护神。如孟斐斯之公牛神普塔赫,布塞里斯的鸢形神奥西里斯,丹达拉德的母牛神啥托尔,上埃及的鹫形神奈赫贝特,下埃及布托城的蛇形神瓦杰特(并由此演化为塞特)。其中,以希埃拉孔波利斯和埃德福为发祥地的鹰神荷拉斯,既是古埃及最古老的神祇之一,又是最早(公元前3100年南北埃及统一)获得全埃及影响的神祇。

与此同时,还出现一些带有跨部落影响的自然神话。

(1)努恩和纳乌奈特。这是埃及神话中称为宇宙间的第一对神,努恩是瀛海的化身,纳乌奈特是夜空的化身。

(2)赫普里和阿图姆。前者意为"自成",指初升旭日,后者为落日,能生育与死而复生。

(3)舒和泰芙努特。舒为大气之化身,泰芙努特为水之化身。二人为阿图姆之子、女,后结为夫妻,生女——苍穹神努特和子——地神该伯。

(4)努特和该伯。他俩的神话是埃及自然神话的重要组成部分。努特神话,论辈分,她是太阳神之孙女,但她又为苍穹之化身,众星辰之母。相传,始初,太阳神的行径是不规则的,后来,努特常化为牝牛,黎明时太阳神升入天宇,太阳神才乘日舟沿努特延伸之躯体(天穹)而行,至傍晚,努特把太阳吞于体内而吐出众星,次日清晨,则使之再现。因此,与该伯发生争吵。他们的父亲舒(大气)便把他们分开,并决定黄昏以后,太阳沉入该伯之体内(地下)行于冥府。

这时期的埃及神话,都是独立神话,还未形成体系。

(二)体系神话形成期

公元前2800年左右,埃及的第三王朝把王都迁至孟斐斯。孟斐斯的宗教祭司为了提高自己的地位和证明君权神授的观点,便编写了新的创世神话,尊孟斐斯的地方守护神普塔赫为最高创世主,并把日城的地方守护神阿图姆降为普塔赫的代表,普塔赫则登上了太阳神——主神的宝座。并且依据当时各部落在埃及王朝中的地位,把他们各自的守护神编入一个宇宙神话体系之中,并被赋予一定的职能,奉为人类某种活动或某一行业的佑护者。例如:赫尔波利斯地区所奉之神托特,成为书吏和学者的佑护神;喜乌特所奉之神阿努比斯,成为冥世之神;拉托玻利斯所奉的索赫梅特成为女战神。由于国家下面还有一些地区势力互相联结,在埃及神话体系中,出现了若干个神联结在一起的"联神"。如孟斐斯神话体系中的"主三联神"为主神普塔赫,其妻为索赫梅特,其子为奈费尔图姆(莲花)。这是埃及神话体系中最早的三联神。

　　到了第五王朝，赫利奥波利斯（古埃及语为伊乌努）的祭司，帮助温部落取得埃及王位，于是，为了抗衡孟斐斯神学的影响和适应当时的政治形势，他们把赫利奥波利斯祭司扶植的温部落主神拉，取代了孟斐斯主神普塔赫的位置，并与古老的太阳神阿图姆联结，称为阿图姆·拉。还在古老的创世神话基础上，添了新内容，以适应当时的政治形势。他们认为，努特与该伯又生了奥西里斯、伊西丝、塞特、奈芙蒂斯，于是，以阿图姆·拉为主神，舒和泰芙努特，努特和该伯，奥西里斯和伊西丝，塞特和奈芙蒂斯四对配偶神联结的九联神成为埃及神话中的赫利奥波利斯神学的神话体系。这种神话体系一直维系至第十王朝。

　　太阳神阿图姆·拉的形象：其形象为鹰首人身，头饰日盘及一圣蛇（这是复合图腾）。相传，他生在一座火焰岛上，因而，赋有降除黑暗、混乱，创造正义、秩序之力。出世后，造了舒和泰芙努特二神，并将一眼取出，用以照看二神；另造一眼代之。后来，原目返回，落泪不已，拉便将之变为圣蛇饰于头顶，用热泪创造人类。不料，人类刚诞生便假意奉承："尊敬的神王，已经衰老，他有着金肉、银肾和天青石般的硬发。愿他身体康泰，万寿无疆。"拉知悉人类实为报复他，便命丰饶女神哈托尔惩戒一下人类。但哈托尔却去毁灭人类。于是拉又恐人类灭绝，便无人奉祀神祇，乃在她必经的路上造出美酒之湖，使她喝酒后醉卧不醒，停止了毁灭人类的工作，人类因而得救。然后拉神骑着牛背，升入天堂。这是埃及神话中带有人文因素的创世神话。

　　太阳神拉，其名因政治变迁几经变化。到第 11 王朝时，底比斯部落酋长成了埃及国王，其守护神阿蒙成了第四代太阳神。第 18 王朝国王阿明霍特普四世实行宗教改革，改阿蒙为阿顿，是为第五代。他死后，阿蒙神庙的祭司拥立新王，是为第 19 王朝，太阳神也就从阿顿复原为阿蒙了。太阳神的演化、神祇的融合反映了人类社会早期各部落的合并，归属关系或政治统治的替代关系。

　　奥西里斯神话是古埃及人的重要文化神话。在远古，埃及人认为，水、土、植物、丰收，都是由一位自然神奥西里斯掌管的。但原始社会向奴隶社会过渡时期，这位自然神就被改造成了社会神。神话说，奥西里斯是某个时期埃及的一位国王，他教导人民种田，对人民很仁慈。他的坏兄弟塞特（Set）嫉妒他，把他杀死后，将装有尸首的棺材扔进尼罗河里。他的妻子伊西斯（Isis）找了很久才找到他的尸体，并把它保存起来。后来，他们的小儿子荷拉斯长大了，就同塞特搏斗，终于杀死了塞特，于是众神使奥西里斯复活，并使他的儿子做埃及的国王。奥西里斯死后则成了冥间国王。奥西里斯象征着公正的统治者，尼罗河的灵魂，埃及人生命的源泉。而神话中杀害奥西里斯的塞特则是沙漠之神、异域之神，是凶恶、邪念、灾难的化身。历史上，塞特原是被战败的下埃及的神祇,当然只配做邪恶的化身了。可见神话是古埃及统一者为强调"君权神授",为自己编造神圣历史而创作出来的。

奥西里斯神话和《亡灵书》有密切关系,其性格不同于其他民族的冥王,作为冥王(或死神)奥西里斯不是阴惨、险恶的,而是公正、仁慈的。他负责审判死人的灵魂。他当冥王这一身份,与古埃及人的原始宗教信仰及自然环境、生活状况等有密切关系。他们根据昼夜变化的状况,将昼与夜想象为由太阳神与冥王治理的两个世界;天上的星星时稀时密,这和人的灵魂能否升天有关;人死后,"心"被放到奥西里斯审判庭的"善恶秤盘"上过秤,轻者为善,重者为恶,这是古埃及人对崇高与丑恶现象做出的想象性、理想化的反映。

奥西里斯神话在发展过程中,有关奥西里斯死而复活的神话内容,曾借鉴苏美尔的《杜穆济神话》,而它又影响了以后的希腊神话,在地中海文化圈的神话发展中有着承前启后的作用。

埃及的神,最初大都是非人形的动物神,国中每个城市各崇拜一种动物;埃及的神格很原始,他们很少被赋予无限的权力,著名的农神、文化之神奥西里斯也会被自己的兄弟杀死。埃及神界故事系列形态不似希腊体系神话完整,这些正是独立神话的形态特征,是氏族公社和原始思维的产物。后来,则有孟斐斯三联神体系、赫利奥波利斯九联神体系及赫尔摩波利斯体系。

二、两河流域神话

美索不达米亚(两河之地)是古西亚地区文明的发祥地。公元前 4000 年左右,这里就先后出现了苏美尔 - 阿卡德文明;稍后,又有巴比伦、亚述、赫梯文明;还有迦南、希伯来文明。

(一)苏美尔神话

苏美尔神话是世界文学的重要源头之一。对世界文学发展有重要影响的神话有:《提亚玛特创造天地》《天王恩利尔一家》《英安娜和杜穆济的爱情》《恩基和宁胡尔格萨》《乐园迪尔蒙岛》《洪水故事》等。

《提亚玛特创造天地》是世界文学中最古老的创世神话之一。故事雏形产生于公元前 4000 年左右,其流传时代约于公元前 3500 年。故事写阿卜苏(淡水)和提亚玛特(咸水)这两种原初自然之力交合,生下孪生的兄妹拉哈穆和拉赫穆,两个人的躯体为水质而无脚,在蜿蜒爬行中生下原始男性安莎尔(天涯)和原始女性吉莎尔(地极),两神为天地形成之始,在地平线交合生天神安努(天)和地神阿拉图姆(地),宇宙万物就由这两位神祇制造和组合。

这一神话，是苏美尔人依据他们居住的自然环境——两河流域下游，接近波斯湾这一咸、淡水交界处，通过不自觉的艺术加工而创造出来的，是从自然崇拜向原始宗教过渡的产物。其神祇均为灵性形象，是一种原生态神话，也是世界文学最原始的形式之一。

《英安娜与杜穆济的爱情》中的英安娜在苏美尔语中意为"晨星"，原为乌鲁克的库拉布·扎巴兰的守护神，是苏美尔人心目中最受崇敬的女神。杜穆济原为麦地那（后世为伊斯兰教圣地）守护神，是位英俊的牧羊者。他和英安娜结婚后被女冥王劫往冥府，致使大地上的牧草枯黄，牛羊难以为生。英安娜冒着千难万险往冥府救夫。女冥王感其诚，判杜穆济半年留冥府，半年回人间。杜穆济留于冥府时，大地草木凋零，杜穆济回人间时，大地草木葱茏。这是后世文学中流传甚广的"死而复生"的神话原型。后来，这一神话改由一组情歌写成，公元前 21 世纪前后广泛流行于西亚地区。

《乐园迪尔蒙岛》中的迪尔蒙原是个荒岛，恩基和妻子宁胡尔萨格从天界来这里后，便在岛上挖掘河渠和蓄水泊，请太阳神乌图将大地之水蒸腾降于岛上，森林女神宁胡尔萨格用一系列巫术培育出 8 种奇异植物，还驯养了家畜。一天，两神从地下瀛海之水搅拌泥土造物时，产生造人的念头。便互相看着对方的模样，捏出泥人儿来。泥人还不会活动，两神便吹入自己的气，赋予他们生命，教他们制造犁、锄、造砖盖房屋。这时，他俩生下一子一女，子名塔格图格，女名南舍。后来，恩基不听妻子的劝告，吃了奇异植物而得病，以至大地趋于毁灭，宁胡尔萨格以自己的躯体生产一个宁·提女神（意为肋部之王）以治疗恩基最严重的病痛部位——两肋。宁胡尔萨格全心全意为恩基治病时，曾命其子担任迪尔蒙岛的园丁。后来，塔格图格偷食园中的禁果，被剥夺永生的权利。

这就是基督教《圣经》中的伊甸园和伊斯兰教《古兰经》的"乐园"之原型。

《洪水故事》，由于保存的泥板有缺损，苏美尔的洪水神话不完整。大意如下：天界诸神因人间有人不尊敬神便召开大会，决定发洪水淹没大地和毁灭人类。恩基和伊南娜反对这项决定。后来，有神隔墙告诉济乌苏德拉王准备造方舟以避洪水，保存人种与物种。洪水过后，王宰牛、羊感谢太阳神乌图。

苏美尔神话反映的是单个部落向城邦联盟过渡及巩固、繁荣的时代。苏美尔神话提供了从百科全书式的神话向各学术分科过渡的实例，并为世界文学创立了众多有深远影响的原型。

（二）阿卡德神话

阿卡德人和苏美尔人在种属上是不同的。阿卡德人是闪米特人的分支，其文化则多继承苏美尔。在公元前 24 世纪灭苏美尔城邦联盟后，其神话系统的主要内容多采纳苏美尔神话的故事内涵，只是将神祇的名称改为阿卡德语，其载体仍用楔形文字。因此，有部分世界文学史的编写者称之为苏美尔 - 阿卡德神话。在阿卡德时代，安努被奉为"至高至远"之神，恩利尔为"雄武威严"之神，伊阿（恩基）为"聪慧、圣明"之神。定三位"至尊"神祇是城邦联盟向统一国家演化的第一阶段象征。

（三）巴比伦神话

巴比伦人是闪族的另一分支。其神话中有一位绝对威严的主神，比埃及、苏美尔神话的原始性大为减少。两河流域的神界故事比较完整，其中包括宇宙的开创与神族内部决定命运的血腥战斗，洪水传说和人类的再生，女神伊丝达与繁殖之神塔穆斯的恋爱故事等。

巴比伦的创世神话《埃努玛·埃立什》讲述了创造天地、星辰、万物、人类的故事，这则神话是在苏美尔创世神话的基础上改造而成的。把苏美尔的世界神恩利尔的事迹改为马尔都克（Marduk）的事迹。神话说，伊阿之子马尔都克与代表混沌和黑暗的恶魔提亚马特搏斗，杀死了提亚马特，救出众神，被拥立为诸神之王，用恶魔躯体创造出了世界和人类。众神为感谢他，便在天上建立起巴比伦城并为他修建神殿，立他为神。巴比伦人在此神话中表达了对世界和人类起源的解释，同时也为巩固他们在两河流域的统治服务。创世神话中对后世影响较深的是"神族的对立"。神怪与天神的斗争，在希腊和北欧神话中演化成了巨人族（提坦）与诸神的殊死拼搏。

《伊丝达下降冥府》源于苏美尔人的神话故事《英安娜降入冥府》，描写女神伊丝达（Ishtat）赴下界地狱搭救丈夫的故事。种子和植物之神塔穆斯（Tammuz）在阴间地府里受苦役，其妻伊丝达为救出丈夫深入冥府。她历尽艰辛，闯过七道关门，终于到达目的地，结果不仅未救出丈夫，自己也被囚禁。于是大地百草凋零，万木枯萎，欢乐消失了。天神们恐人类灭亡后无人献祭，乃将两神救出。从此，春临大地，草木复苏，人间又充满勃勃生机。神话反映了古巴比伦人对四季变化和草木荣枯的自然奥秘的朴素理解和积极探求。

至于"洪水传说"的故事说，神创造了人类，但后来由于人类得罪了神，天神决定用洪水将人类消灭。只有伊阿告诉给乌塔一纳匹西丁姆（苏美尔"洪水神话"中的是王，这里是平民），预先得知消息，造了船，带上妻儿财物，才免遭其难。人类也才得以生存繁衍下去。它的最大影响是为基督教《圣经》里的诺亚方舟提供了故事基础。

和埃及神话相比，巴比伦神话进一步完善：其一，动物神祇虽存在，但比重大为降低，人兽同体神大量出现，最终出现了神人同形的新神。其二，唯一主神还未出现，已有主神的地位亦不稳定，大神马尔都克在亚述时代，就被贬黜，又另崇他神，但已有若干地域性的主神和小型神族出现。其三，神界故事添进了很多社会性、伦理性的因素。例如《阿达帕》神话，这是从苏美尔的恩基造人神话加以延伸写成的。阿达帕是伊阿（恩基）手造的第一个人。一次，阿达帕在幼发拉底河捕鱼，船被南风吹翻，他折断南风之翼而被安努召上天庭斥责。伊阿嘱他穿丧服上天，并不能吃安努的赐食（因他怕安努下毒）。在天门，他遇见宁吉什济达和杜穆济，二人斥他为何穿丧服，阿达帕说是悼念他们在人世间消逝。二神大喜，便向安努求情。安努宽恕了他，并赐之永生的饮食。阿达帕以为毒饵，拒食之。安努大怒，把他逐回人间。这是一则著名的早期"人神对立"的神话，对希腊神话的普罗米修斯神话的形成和《圣经·旧约》中上帝耶和华怒斥亚当有影响。

（四）亚述神话

亚述人也是闪米特人的一个分支，公元前20世纪左右生活在底格里斯河中游，公元前12世纪成为强国，其文化也深受苏美尔、巴比伦文化的影响。他们崇尚武力，所以很多亚述神祇的性格和原有神祇性格也变了。他们把巴比伦的马尔都克神话改为他们民族的守护神亚述尔。其故事包括了苏美尔的恩利尔、安莎尔和巴比伦的马尔都克，而其特征为威严、勇武。雷神拉曼是亚述神话的主要神话人物之一，他是从苏美尔神话中不甚显赫的暴风雨神阿达德演化而来的，但对后世神话有深远影响，基督教的上帝耶和华就是以此作为上帝耶和华的演化原型。伊什塔尔在苏美尔和巴比伦神话中本是个温柔娴雅的女神，而亚述人却把她改造成威严、尚武的处理战争与纠纷的女神。其形象为身背弓箭，立于猛狮之上。这一形象，不但在西亚广泛流传，在埃及也有深远影响。亚述王、埃及法老都崇拜她，性格与雅典娜相近。

（五）赫梯神话

赫梯人为印欧人的一个分支，讲雅弗语。赫梯神话虽然也受苏美尔、巴比伦神话影响，但有自己的独立体系。据在土耳其哈图萨斯山崖上的巨型浮雕可知：主神为太阳女神巫鲁森姆，身后为其子沙马，旁为雷神提舒布，其后为死而复生式的丰产神特利苹努（阿提斯）、繁殖女神少施卡、气候神塔享德、大母神库巴巴。在赫梯王国强盛时，提舒布是王国的守护神。赫梯神话，对希腊神话和早期基督教流传的宗教故事有影响。例如特利苹努（阿提斯）神话说，他是个年轻俊秀的男神，女神们都追逐他求爱,为了摆脱她们的纠缠,便自阉死于松树下。倾心于阿提斯的女神,又使他复活,并把松树作为圣树。希腊的阿芙罗狄蒂爱阿多尼斯神话采纳了这个故事的部分情节,而这一仪俗又为早期基督教团承袭。后来,演化为耶稣的复活节。

(六)迦南神话

迦南神话为公元前 2000 多年在古迦南人中流传的神话。主神叫厄勒(EL),实为安努演化而来的神祇。巴力则是杜穆济的迦南化身也是死而复生者,他有三个女伴神:安娜特、阿瑟拉、阿施塔特。在《圣经·旧约》中,有多处描述迦南人的古代信仰。

上述六个民族的神话,是反映由城邦联盟发展为国家形态初阶的社会,为多神信仰时代的神话。

(七)希伯来神话

希伯来神话是西亚神话体系的第三发展阶段——神教的神话体系,其主要特征是万能的上帝出现,诸神遁迹。

本来,希伯来人也有多神信仰时代,以月亮为圣物,有守“新月节”之风。在圣经中也有迦南的神话与故事,《圣经·旧约》是后来编成的。

古希伯来神话。从承继关系看,希伯来文化是巴比伦文化中派生、发展起来的。希伯来神话大量吸纳了世界各民族的神话传说来充实自己。据考证,《旧约·创世纪》中有大量引人入胜的神话取自两河流域(当然经过某些改造),同时,也受到古老迦南文学和古埃及文学的影响。

上帝“创世”神话。《创世纪》中说:“太初,天下混沌一片,上帝耶和华造了天和地,上帝说:‘要有光’,光就立刻出现了,上帝把光和暗分开,称光明为白天,黑暗为晚上。命令太阳管白天,月亮管黑夜。接着,上帝又命令:‘水要汇聚成海’,让陆地露出来,要地上长青草、蔬菜,树上结果子,水中要有鱼和其他生物,空中要有鸟和各种飞禽。之后,上帝又造昆虫、牲畜、野兽。造好万物又造人。上帝按自己的形象用水和泥造了世界上第一个男人亚当。这样,上帝花了 6 天时间创造了天地、万物和第一个男人。第 7 天上帝休息了。这便是‘一周’的来源,而第 7 天也成为后来的基督教徒们奉行的‘安息日’或称‘礼拜日’(拜上帝创世造人的大恩)。”

伊甸园或称亚当与夏娃的神话。亚当被上帝安排在“伊甸园”里生活。伊甸园是上帝建造的地上乐园,这里温馨、幽静,园中肥田沃土,到处是枝繁叶茂的果树,树上果实累累,既悦人眼目,又为人奉献甘美的食物。上帝怕亚当寂寞,便在他熟睡时取出亚当的一条肋骨造了个女人叫夏娃。后来,由于蛇的引诱,亚当、夏娃偷吃了智慧树上的禁果，从此懂得了羞耻。由于违背了上帝的禁令，他们被上帝赶出伊甸园，罚为终身劳苦，"汗流满面才得以糊口"。蛇也受到诅咒——"必用肚子行走，终身吃土"。

"上帝创造天地万物"及"创造人类"本是两则说明古希伯来人对世界形成和人类起源的理解的优美神话，但人类始祖亚当的经历却揭示出"原罪"的发生和本质以及人类始祖"失乐园"的始末。它被基督教涂上了一层厚厚的宗教色彩。

"诺亚方舟"神话。这则神话叙述上帝对人类的惩罚和世界如何再繁荣的故事。上帝恼怒人类作恶，后悔创造了人类，他要发动洪水消灭人类和地上生物。在引发洪水之前，上帝独对义人诺亚一家施恩，通过梦示，叫诺亚造了一艘方舟，带上妻小和各种活物躲入方舟。他们在方舟里经受了惊涛骇浪的冲击，仍安好无损。洪水泛滥了 150 天，毁灭了地上所有的生物和人。诺亚为知道洪水是否已退，放出乌鸦；又过了 7 天，诺亚又放出鸽子，不久鸽子衔着一根新折下带着绿叶的橄榄树枝飞回舟中。诺亚知道洪水退了，于是全家返回陆地，并放出所有生物，使世界恢复生机。

在人类文化史上，古希伯来人第一次成功地发展了以"唯一真神"的观念为核心的高级宗教系统。对希伯来神话的形态来讲，它选择原始神话材料，吸纳他种文化因素的原则，建立"一神"观念。既然"神"只能有一位，那么"神界故事"就仅能限于"创世神话"上，上帝耶和华创造了天地万物和人，没有其他神与耶和华争主神地位。此外，由希伯来洪水神话故事中也可看出它与苏美尔洪水故事和巴比伦洪水故事的相异处。苏美尔洪水故事中独立神祇放洪水淹没人类是个人的性情使然，巴比伦神话中的天神们是"开会"决定发动洪水，而到希伯来神话中则是上帝为惩罚人类而独自发动洪水，神具有了绝对的意志和权威。尽管如此，《创世纪》中的上帝造人和洪水方舟的神话，尤其是后者很显然是以巴比伦神话为蓝本的。据考证，论据有二：其一，希伯来《圣经》记载晚于巴比伦。古希伯来人于公元前 586 年为巴比伦征服，洪水神话当于此时从征服者那里学来；其二，方舟的建造方法和外涂沥青都非古希伯来人所习用，而是古巴比伦的特产。古希伯来人对巴比伦神话只是在内容与形式两方面略加改变，以更符合其宗教精神而已。

希伯来的《旧约·圣经》以它鲜明的神教思想，对人类文化的发展产生了巨大影响。《圣经》文学与古希腊、古罗马文学一起成为欧洲文学的两个源头。

三、古印度和波斯神话

（一）印度神话

公元前 1200 年，雅利安人进入印度。在此之前，达毗罗荼人曾创立著名的哈帕拉文化。"吠陀"文学是雅利安人从高加索一带迁至印度时带进印度的。婆罗门教形成于公元前 1000 年初期。其最古的经典是《吠陀》(Veda)。它包括：《梨俱吠陀》《婆摩吠陀》《耶柔吠陀》，其中含有大量神话传说。最重要的是《梨俱吠陀》，创作年代约在公元前 10 世纪左右。

在"吠陀时代"，即在原始社会时代，印度的主要神是：伐楼那（Varuna，宇宙化身）、阿耆尼（Agni，火的化身）、苏利耶（Surya，太阳化身）、帝释天（lndra，一译"因陀罗"，雷雨化身）等。《梨俱吠陀》中记叙了雅利安人的宇宙创世神话，印度式的洪水故事，还有歌颂因陀罗的神话等。

在印度的宇宙起源说中，宇宙时间被认为是永无终止的创造和相互交替的循环。每次轮回相当于梵天生命中的一百年。在这扩展的宇宙终结时，整个宇宙包括至高无上的神梵天以及其他神、智者、魔鬼、动物、人和物都要溶化于印度人称之为"摩诃婆罗耶"的大洪水中。于是，就有了一百年的混沌，之后梵天又诞生了，另一次轮回开始。这样，创世就是一个连续的统一体。在另外一些创世神话中，宇宙之主躺在水的深渊中一千年，孵化宇宙之蛋，直至梵天从一朵莲花中出现，他是自我创造的，但具有宇宙之王的威力。

在神话诗歌中，因陀罗是被反复赞颂的形象。这位大神手持雷杵（金刚），"给人类带来甘润的霖雨"，是旱魃和黑暗的敌人。他最大的功绩是杀死巨龙（蛇），劈山引水，制服弗利多（"障碍者"），夺得牛群、占领敌人的城堡等。歌颂因陀罗的诗歌，从《梨俱吠陀》中看，似乎有三个阶段的发展变化。最初阶段，原始居民把因陀罗表现为火的创造者、雷雨之神、生产能手和劳动英雄。到掠夺战争的阶段，人们又把他歌颂为军事征伐中的英雄。在最后一个阶段，因陀罗的地位逐渐位于众神之上。这表明，作为自然神的因陀罗，开始向社会神方面转化，也说明当时正处于由多神崇拜向少神崇拜的转化过程之中。

在印度梵文文学的古典时代初期（公元 1 世纪—5 世纪），有众多的宗教故事往世书，写的是印度教三大主神——婆罗玛大梵天（Brahma，主持创造）、毗湿奴（Visnu，主持保存）、湿婆（Siva，主持破坏）的神话传说流行最广的是《薄伽梵往世书》，此书主要写毗湿奴 24 次下凡的故事。

（二）《阿维斯塔》波斯古经

古代波斯的拜火教文化（又称琐罗亚斯德教）与印度的吠陀文化有相同的文化因素,因为它们都是雅利安人的文化分支。波斯的神话与印度的神话不乏亲缘关系,但由于宗教观念的分歧,后来分道发展。流传至今的波斯古神话,大都保存在拜火教经典《阿维斯塔》中。

波斯的神话围绕着一个主题,即光明和黑暗、善与恶之间的斗争。《阿维斯塔》中的祭神赞歌是该经的主要部分,多有神话材料。其中的《神歌》渊源很久远,为公元前6世纪的作品,它描绘了阿胡拉·玛兹达这个善神与安格拉·迈纽这个恶神之间的斗争过程。波斯的创世传说描述光明之神阿胡拉·玛兹达生活在无限的光辉之中,黑暗之神安格拉·迈纽则处于无尽的黑暗深渊中。在这两个对立体之中的是空气。阿胡拉·马兹达首先创造了"真知",然后创造了天、水、地、植物、动物和人类。恶魔安格拉·迈纽从深渊升起,企图毁灭创造的一切。但阿胡拉·马兹达威力强大,他迫使恶魔退回到黑暗之中,恶魔在黑暗中创造了许多妖魔鬼怪来帮助他打仗。两个神都看到了对方的强大有力,于是双方达成了协议:在开初的三千年内执行阿胡拉·马兹达的意志,而在第二个三千年里,两个天神的意志将得到综合,在最后的三千年里,恶魔将被征服,光明之神将处于至高无上的地位。拜火教是二神教,只有当人类的集体意志表明倾向于其中之一时,这两个神之间的连绵不断的战争才会结束。拜火教的宇宙起源说和末世学说是在这种进行着的战斗中发展起来的。

《阿维斯塔》兼容并蓄了古代波斯人的民族精神。它认为,宇宙是由善、恶二元构成的;而人的历史同样体现为善恶之战,并且相信善终能战胜恶。这种观念广泛影响了中亚、南亚,甚至欧洲文化的发展。

四、古代中国神话

中国古代的文化中心在公元前1400年以前（古人类第二世代文明之前）并不是长期固定的。"古代中国文化圈的这种多元性和不固定状态,使其文化最终形成了有利于传播并同化的'中庸性格',但却难以在早期形成宗教、神话上比较单一的系统。"中国古代没有一部宗教经典或神话传说的完整汇编。中国上古神话散载于《山海经》《淮南子》《穆天子传》《庄子》《神异经》等书中。

从现存资料看,中国上古神话的主题内容比较集中于灾难、救世、文化超人等方面,而在创世神话等方面,仅遗有较少资料,而关于人类起源的记载出现也甚晚。

盘古创世神话。根据公元前3世纪时的一个文本,中国远古神祇中从来名不见经传的"盘古",取代"女娲"而一跃成为宇宙的开辟者。

天地混沌如鸡子,盘古生其中,万八千岁。天地开辟,阳清为天,阴浊为地。盘古在其中,一日九变,神于天,圣于地。天日高一丈,地日厚一丈,盘古日长一丈,如此万八千岁。天数极高,地数极深,盘古极长。

又说:盘古竭力御世直到他死去,他的头成为山岳,气为风云,他的声音成为雷,四肢成为地的四方,血成为河流,肉成为泥土,胡须成为星宿,皮肤和头发成为草木,他的牙齿、骨和骨髓成为金石和珍宝,他的汗水成为雨,在他身上爬的虫子成为人类。这一神话带有清晰的创世性质,表现出神话讲述者、记录者对宇宙起源问题的强烈兴趣。创世神话体现了古代中国人对宇宙起源、人类自身起源的幼稚思考。

伏羲与女娲。中国上古神话中的最初神祇或人类始祖是伏羲、女娲。关于"女娲",在《山海经·大荒西经》的记载中说:"有神十人,名曰女娲之肠,化为神,处栗广之野,横道而处。"女娲之肠是有神十人,再次化为神,并在"栗广之野"居住下来了。汉代时,女娲被推为"三皇"之一。王逸在《楚辞章句》中写道:"女娲人头蛇身,一日七十化。"许慎在《说文解字》中也提到女娲是"古之圣女,化万物者"。可见,女娲从来都不具有宇宙开创者的身份,只是在宇宙业已形成、天地已开辟的情况下,化生万物、炼石补天、抟黄土再造人类、普及文化的"圣女"。尤其是在《淮南子·览冥篇》中,对女娲的事迹有详细介绍。天塌下来,她用五色石把天补好。天柱折了,她断鳌足来顶替。洪水泛滥,她杀黑龙除灾祸之根。洪水过后"禽兽虫蛇,无不匿其爪牙,藏其螯毒,无有攫噬之心"。洪水之后,凶恶的禽兽驯服,人类能安宁和谐发展,是女娲以其行为和品德使自然界的害人家伙服帖和感动。女娲形象体现了以德服人的人文观念。

关于人类起源的神话,有女娲抟黄土造人之说。

女娲的个性:当她补天、治洪、伏兽之后,虽然是名声被后世,光辉熏万物。但她却"宓穆休于太祖之下,不彰其功,不扬其声,隐真人之道,以从天地之固然"。其性格是以"天人合一"的宇宙观为出发点,显示中华民族的勤劳、坚韧、聪颖、谦虚的品格。

伏羲,文化的创立者。"仰则观象于天,俯则观法于地,观鸟兽,与地之宜而作八卦。"

洪水神话。古代的中国人是以"治"法来抗洪水。著名的是鲧、禹的治水神话,记于周初。关于洪水的起因,《淮南子·本经训》上说"舜之时,共工振滔洪水,以薄空桑"。《淮南子·天文训》中又讲"昔者共工与颛顼争为帝,怒而触不周之山,天柱折,地维绝,天倾西北。故日月星辰移焉,地不满东南,故水潦尘埃归焉"。这些描写也说明当时洪水之灾是很严重的。《山海经·海内经》中说："鲧窃帝之息壤以堙洪水，不待帝命，帝令祝融杀鲧于羽郊。鲧复生禹。帝乃命禹卒布土以定九州。"那禹是如何治水的呢？《孟子·滕文公上》中又讲"禹疏九河，瀹济漯，而注诸海，决汝、汉，排淮、泗而注之江，当是时也，禹八年于外，三过其门而不入"。此神话一方面谈到禹专心治水的奉献精神，同时也赞美禹善用智慧，及时吸取用"湮法"的失败教训，改用疏导法获得成功。这一汉民族的洪水神话与其他民族的建方舟躲避洪水有很大区别，"避"是宿命论的靠天、靠神思想，"治"法则反映了"人定胜天"的智慧和力量。

文化神话。西亚、埃及的神话，都把人类文明的建立归功于一位神祇如恩基、奥西里斯，希腊也是归功于普罗米修斯。中国的文化神话则采用"分述法"，燧人氏发明钻木取火；有巢氏则建木为窠；伏羲氏教民结网，观天象，结绳记事，画八卦；神农氏则是教民耕作，尝百草治病；黄帝则是集大成者，并教民建房舍，筑城堡，造指南车；其妃嫘祖教民养蚕缲丝，建立了男耕女织的中国古代的家庭生产模式。

黄帝又是显示汉民族从部落向民族统一过渡的神话人物。经过：①黄帝与炎帝战于阪泉，②黄帝与蚩尤战于涿鹿，③收东、西、南、北四帝而定天下，自立为中土之帝，并赐封四帝于四方。采用"融合式"定天下，这与古埃及、西亚、希腊等用"兼并式""替代式"是不同的。

五、日本神话

根据《古事记》所述的创世神话大致如下：天地形成之初，首生天（神界）、人（世间）、地（幽冥）三神，继生伊邪那岐命（创世主）和伊邪那美命（女配偶）。并采用中国苗族的伏羲、女娲兄妹结合的神话模式促成。两人结合后，生下的一群儿子就是现在的日本列岛各岛屿。生完国土后，又生下百神、沙神、海神、河神、农神、屋神。在生火神时，伊邪那美命被烧伤而死亡，共生下国土神14个，各类神祇35位。后来，伊邪那岐命把她葬于出云国，便到阿波岐原生下天照大神、月读命和须佐之男命三贵子。

天照大神，是日本神话中的太阳神，也被称为日本天皇的始祖，是女神，有时着男装，佩刀剑，是天界的统帅，天皇是她派至人间的子孙。她曾为天界的统一多次战斗，如暴风神素盏鸣尊曾与她相争而被她打败，逐出天界来到人间的出云国。她也是一位讲理的神祇，如其弟须佐之男命上天时，脚步过重，使山川摇撼，国土震动，天照大神以为他谋反，严阵以待。后须佐之男命说自己去下界出云国，来告别，并无邪心。两人便在天真名井盟誓，须佐之男命交其十拳剑，天照大神折为三段放入口中，化为三个温柔的女子，证实其心地纯洁，二神便和好如初。

朝鲜与越南神话,多选材于中国的神话故事演化,这里不详述。

六、古希腊神话

由于希腊神话的发展源头是多方面的,而且关系复杂,有些曾流行一时的观点,已被近年的考古证实有误。如意大利人维柯的"雅利安源头说"和"希腊神话"的特点是"和人类同形,同性"(即希腊神话没有兽形神这一发展阶段)。

其实,希腊神话的源头虽有米诺斯、迈锡尼文明,但和希腊字母是借鉴西亚腓尼基的一样,有不少是借鉴西亚与埃及神话发展起来的。"卡德摩斯神话""普罗米修斯神话"都可做例证。

公元前 25 世纪,爱琴海附近的居民已经和北非及西亚地区有经济、贸易往来。从埃及法老的铭文和亚述、赫梯的历史记载中,已谈及克里特岛。公元前 21 世纪至前 17 世纪是米诺斯文化发展的中期,已有线形文字,其中的 A 形,至今还未能译解。其 B 形,为英国学者文特里斯解读。于是,迈锡尼、米洛斯、诺萨斯的许多铭文得以解读。这些铭文以古希腊语系的亚该亚语方言书就。因此,亚该亚人是迈锡尼文化的创造者,在埃及和赫梯的历史文献中都谈及亚该亚人的部落生活状况。

亚该亚人的原始宗教信仰遗留物主要是"双面斧",这是赫梯雷神特舒布的表征。还有人身牛头、牛尾、牛蹄及双手握蛇的女神像,说明希腊有过兽形神时代。我们看到的希腊神话已是它发展成体系神话以后的文本。希腊神话的体系形成较晚,公元前 15—前 13 世纪时才进入地域神崇拜和希腊神殿筹建的并行时代。

奥林匹斯神殿的缘起。希腊神话体系是以克里特-迈锡尼时期的守护神为主,还容纳了北非(埃及和利比亚)、西亚诸国的部分神话,可以说是地中海沿岸的神话集成。

创世神话。从宇宙发生至奥林匹斯神系。

宇宙最先产生开俄斯(混沌)、该亚(地母)、塔塔罗斯(地狱)、爱洛斯(爱)。开俄斯生了尼克斯(黑夜)、埃瑞波斯(黑暗)。尼克斯和埃瑞波斯混合后又生下光明和白昼。在古希腊的创世神话中,该亚是主角,她有自我生殖能力,生下天神(乌拉诺斯)和大海、高山。乌拉诺斯成为第一任世界的主宰。爱洛斯以其性爱能力,促成该亚与乌拉诺斯结合,后生下六男六女十二位天神。总名提坦,就是最早的巨人类。该亚和乌拉诺斯还生了三个独眼巨怪和三个百手巨怪。后面这六位成了怪物魔怪的始祖。总之,宇宙有天界、人间、冥府,是神、人、魔混集的世界。

"奥林匹斯"神系的形成。第一代神界天王乌拉诺斯因对该亚所生的巨怪不满,强行送回该亚腹中,该亚疼痛难忍,命其最小的儿子克洛诺斯用镰刀阉割其父乌拉诺斯，从乌拉诺斯的血中生出了巨神告伽斯和复仇三女神。克洛诺斯成为第二代天神后，与妹妹瑞亚结合，生了哈得斯、赫拉、赫斯提亚、得墨忒尔、波塞冬和宙斯。由于克洛诺斯害怕像父亲一样被儿子推翻，就不分青红皂白，瑞亚生一个，他就吞吃一个。瑞亚生宙斯时，采用调包计，救了宙斯。宙斯长大后知真情，逼父将吞食的兄妹吐出，推翻克洛诺斯的统治，自立为神界天王。宙斯与他的兄妹谷神得墨忒尔、赫拉、冥王哈得斯、海神波塞冬、美神阿佛洛狄特，以及他的子女智慧女神雅典娜、日神阿波罗、月神阿尔特弥斯、战神阿瑞斯、火神赫维斯托斯、信使神赫尔墨斯等，构成属于"新神"范畴的十二天神。以他们为首的众神被称作"奥林匹斯神系"。

宙斯诞生之前的诸神，基本上都是自然力量和自然现象的化身。"从奥林匹斯神系开始，诸神的性质发生了变化。他们从直接的自然力量之神变成了管制自然力量的神，从原始的、拜物教的神变成了带有更多人文色彩和社会因素的神"。

文化超人普罗米修斯。普罗米修斯是提坦巨人之一，地母该亚的儿子。他知道神的种子埋藏在泥土中，于是用泥土创造了有神一样智慧的人类，并教会人类耕种、放牧、航海、渔猎和与这些有关的天文知识。嫉妒的宙斯看到人类热爱普罗米修斯更甚于自己，就拒绝给人类为了完成他们的文明进程所需要的最重要的东西——火。机智聪明的普罗米修斯趁太阳神阿波罗的火焰车驰上轻道时，点燃了火种，把它送到人间。这使宙斯大怒，他决定发洪水淹没人类。普罗米修斯告诉儿子乔卡利翁与其妻皮拉，夫妇俩带各类物种乘小船逃过灭顶之灾，洪水过后，他们重建了人类。

宙斯还给人类制造出更多的灾难，如派遣潘多拉将灾祸、疾病、罪恶等带至人间，命令火神等用铁链把普罗米修斯锁在悬崖绝壁上，让恶鹫啄食他的肝脏。他的肝脏每天被啄食多少，夜里又长出多少，其痛苦有三千年之久。普罗米修斯从未屈服求饶，并发出宙斯终有一天会被毁灭的预言。普罗米修斯是希腊神话中最伟大的文化超人和"殉道者"形象。

赫拉克勒斯神话。希腊神话中的赫拉克勒斯，其父为宙斯，其母为人类——阿尔克墨涅公主，是半人半神的英雄。为躲避宙斯的妻子赫拉的迫害，阿尔克墨涅不敢把儿子留在身边，而将他弃置田野。碰巧雅典娜陪赫拉走过田野，发现了这个美丽的婴儿。她们很喜欢他，赫拉用乳汁喂养了他，仙后的乳汁使小赫拉克勒斯具备了神的力量。当赫拉发现自己喂养的竟是情敌的儿子时，就把两条毒蛇放进了他的摇篮。两条巨蛇竟被婴儿双双捏死在小手中。赫拉克勒斯渐渐长成一个正直、勇敢的青年，他锄强扶弱、见义勇为，受到众神和民众的热爱。他一生都是在战斗中度过的，他完成了许多功业，例如战胜地母该亚的巨人儿子，从死神手中夺回朋友的妻子等。但最为人传颂的,是他为国王欧律斯透斯完成了 12 件大事。最后,由于误会,赫拉克勒斯死在爱妻的手中。当他的爱妻明白之后,悔恨地自杀了。赫拉克勒斯的灵魂被众神接到奥林匹斯山,成为希腊人民敬仰的神祇。

赫拉克勒斯既是奥林匹斯神系中的最后一神(他最后升入神界,成为青春女神的丈夫、不朽的神祇),同时又是希腊超人中的第一人。"在有关他的形象、性格的故事里,典型地体现了超人传说系列的真正含义是:象征着神界故事的尾声,已接近真实的历史记载的黎明。这在各民族的神话中都有表现,希腊则为最突出者"。

希腊神话最显著的特征是:深刻的人文主义和理性主义。"以人为神的形象,以人的精神承认为神,这是古希腊有别于其他民族发端文化中的一个不可忽视的特点。随着希腊神话的形成,形成了最初的希腊人本主义观念,它成为整个希腊文明的灵魂,乃至整个西方文明的精神"。

七、美洲印第安神话

1492 年哥伦布到达新大陆时,拉丁美洲大部分地区还处于人类社会发展的第一阶段。印第安人虽然在社会组织方面处于比较低的阶段,但在文化上却有着巨大贡献。公元 6—13 世纪,拉丁美洲有 3 个印第安文化中心,其中以玛雅文化和印加文化较为突出。美洲的古代神话,就是印第安人的神话。

(一)玛雅人神话

玛雅人留传下来的最完整、最重要的神话集是《波波尔·乌》,它包括创世造人神话、英雄神话及民族变迁发展的历史神话。

创世造人神话。最初,宇宙寂静、漆黑,只有上帝(天心)、创世者、造物主们,在被光围绕着的水中,他们计划创世造物、造人。于是上帝说"大地",大地就被造了出来,而后又使山脉从水中升起;有了大地、山脉、山谷,一丛丛丝柏和松树就开始生根长叶。然后,上帝又造了野生小动物鹿、鸟、美洲豹、美洲虎、蛇等,又让它们说话,但它们只是发出嘶嘶声、尖叫声和咯咯声。于是,造物主决定造出能赞美上帝的人。最初,上帝用泥土做人失败了,做出来的人是软的,会溶化消失,眼不能看,头不能转,造出的第一批人被洪水全部毁掉。后终于明白营养人的肌肤、血液的是玉米,于是造出了最初的四个男人,接着上帝亲自动手又制造了四个非常美丽的女人。女人生育、繁殖,带来了大大小小的部落。到此为止,上帝创造了世界和人类。

美洲印第安玛雅族中的基切人,像所有古代原始人一样把世界万物都归于神。神有超人的力量,主宰着一切。神话是古代人幻想的产物,但其中也有符合历史真实的常识。如首先形成大地，后有植物、动物，最后造人；玉米是人们生存必不可缺的营养等。

英雄神话。传说古时有一对兄弟乌·乌纳普和布库·乌纳普被杀害了，阎王还砍下乌·乌纳普的头挂在一棵不结果的树上。不久，树上结满了累累果实。阎王暴君下令任何人不许接近这棵树，更不能去摘它的果实。偏有一位少女伊斯基克充满好奇心走近这棵树并赞美它。树问"你真的想要这些圆圆的果子吗？""是的，我想要"，姑娘回答。姑娘刚伸出手，果汁（实则是头颅吐的唾沫）便滴在姑娘手心，当姑娘低头看时，果汁又飞跑了。但树上却传来声音："我给你留下了我的后代"。不久姑娘怀孕了。其父暴怒，命四只猫头鹰带少女去远处要挖出她的心带回去。它们来到果树前刚摘下果子，树就喷出了鲜红的树汁。树汁落进葫芦（树果）里马上就凝结成了形似心脏的血球。猫头鹰们得以交差又救了少女，从此变成姑娘的侍从。少女分娩生下两个漂亮的男孩，面目酷似被杀害的乌纳普兄弟，阎王暴君便决定杀死他们。长大后的两个男孩即乌纳普和伊斯巴兰克，他们聪明勇敢、神通广大，闯过了阎王暴君的黑房子、虎穴、火殿、蝙蝠窝。暴君又让兄弟俩互相残杀，他们借机杀死了暴君阎王魔鬼们。"一切完成之后，他们在一片光明之中飞向了天空，一个变成了太阳，一个变成了月亮。从此，天下才有了光明"。

《波波尔·乌》中的神话内容丰富，充满比喻，文风淳朴，表现了印第安民族神话故事特点。

（二）印加人神话

秘鲁印加人的创世神话是说天神帕查卡玛克在创造了天地之后，便想创造人类管理世界，但后来不满意，便不赐以食物，致使男人因饥饿而死。太阳可怜女始祖便教以采集果实为生。女始祖和太阳生有一子，帕查卡玛克把婴孩杀死，但是各种谷物和瓜果蔬菜却从婴儿尸体里长出来。当女始祖又和太阳生一子时，帕查卡玛克又想杀死他，遭众神反对，众神将帕查卡玛克逐入大海，于是人类得以繁衍生息。

古代秘鲁一带，是印加族文化中心，在那里流传着巴里卡卡和华提阿库里的神话传说。在洪水之后，印第安人要选最勇敢、最富裕的人做他们的领袖。他们将这个时期称为"无王时代"。这时候，在一个高山顶上出现五个很大的蛋，华提阿库里的父亲巴里卡卡就是从其中一个蛋里生出来的。华提阿库里很穷，吃不饱饭，但他从父亲那里学得了不少知识。而巴里卡卡帮助儿子创造了许多奇迹之后，决心亲自出去做大事情，干大事业。

印第安人和其他原始民族一样，相信万物都有生命。他们分辨不出有生命物和无生命物，以为周围的一切东西都和他们自己一样具有生命。他们有"图腾制"，崇拜动物，如狼、鹿、熊、狐狸等。印第安人原是相信多神的，欧洲人移入美洲后，印第安人受欧洲人影响，渐有信奉一神的趋向。如居住于墨西哥的印第安人有以特士卡牧里坡卡（空气之神，鄂华部落的主神）为主神的趋势。

八、北欧神话——《埃达》

《埃达》中说："太始之时，微光出现在'黑洞'之周围。洞北，是雾与黑暗之家，名为尼夫尔赫姆，其中有一沸泉；但水流经无底洞时，被冻成冰山。"洞南，是真火之家，名为墨司潘耳司赫姆，火焰巨人苏尔体尔镇守在这里。他以发光冒火星的大刀砍那些冰山，冰溶化成水汽升腾而为寒霜。冷与热不断冲击使寒霜生成冰巨人伊密尔和大母牛乌特赫姆拉。大母牛的奶供伊密尔食用，而母牛又舐冰上的盐为食。冰被舐溶化，于是神蒲利（生产者）出来，他的儿子波尔（生产）也随父亲出生而产下。同时，六头霜巨人寂洛特格尔密尔和勃尔密尔也出来了，他们就是邪恶的霜巨人的始祖。

后来，世界就展开了神与霜巨人之间的不断斗争。其故事和《阿维斯塔》古经类似。

《埃达》形成文字很晚，约在公元 9 世纪至 13 世纪之间。

《埃达》是否归入人类原始社会时产生的神话，在研究者中有不同的见解。

第三节　神话的类型比较

神话大致有创世神话、人类起源神话、洪水神话、文化神话、英雄神话五类。阐述神话体系形成的过程，也是神话比较研究的必不可少的课题。

一、创世神话的比较

创世神话写的虽然是开天辟地的故事，但从各民族的神话发展史看，它不是最早产生的神话，而是神话体系完成时才有的。它描写的虽然是自然现象，但从本质上说，它是社会神话，是原始人类世界观的形象化表现。不同民族所产生的不同世界观，便产生了千姿百态的创世神话。

（一）不同民族有各自不同的阐述物质起因的看法

因为不同民族有各自不同的阐述物质起因的看法，于是便产生了不同的宇宙形成神话。钟敬文教授在《马王堆汉墓帛画的神话意义》中说："关于世界创造的神话，有五个类型。"本文依此说法介绍如下：

（1）宇宙制造说。这是人学会制造工具以后,神话也产生了造物主上帝的形象以后才有的观点。波斯的《阿维斯塔》古经说:世界是阿胡拉·玛兹达用火、气、水、土四元素创造出来的。40天造天穹,55天造江河,70天造大地,25天造植物,25天造动物,70天造人类。每创造一项,休息5天。希伯来的《圣经·旧约》中耶和华7天造世界是仿此而写的。

（2）宇宙发展说。这是人们从自己的居住环境实况展开联想,并结合图腾崇拜的传说产生的。例如,日本的淤能棋吕岛形成神话说:天神命令伊邪那岐命、伊邪那美命二神,使之去造成那漂浮着的国土,赐给一枝天之琼矛,二神立在天之浮桥上,放下琼矛去,将海水骨碌骨碌地搅动,提起矛来,从矛上滴下的海水积累而成一岛,即为淤能棋吕岛。

又如:南美的哥伦比亚达吉利族认为,天地间,最初唯有水与一只香鼠,它常在水底寻找食物,口中满含烂泥,它把这些烂泥在一定之处吐出,初为岛,后为大洲。

这类神话,多从住在大河边或海岛上的民族中产生。因为流水会在河岸、海边带来冲积土,这一自然现象提供了他们编神话的信息。

（3）宇宙胎生说。这与图腾灵物崇拜有关。南非的本庶民族说,天地万物由大蚱猛所生。奥华哈伦卢族则说,天地万物由一棵叫雅达那士卢的树所生。

这类神话是最原始的类别。

（4）宇宙变成说。这是原始人看到动物与人的尸体腐烂以后,尸体上生了虫蛆,长出小树等现象,并以此联想。如中国的盘古神话说盘古垂死化身,气为风云,声为雷霆,左眼为日,右眼为月,四肢五体为四极五岳。

北欧神话《埃达》说:神祇们将伊密尔巨人的大尸体滚进无底洞,将他的肉化成大地,血液化成天涯的大海,骨骼成了山脉,长发变树林,头盖骨化为天穹,脑髓造云,眉毛为地与太空的界墙。

（5）宇宙孵化说。指宇宙的混沌状态有如一个蛋,并由此而产生渐变,扩为宇宙。这是一种带有哲理性的比喻,是一个民族已有较高的文明程度才能产生的神话。

因为他们已察觉天地如一球形物。埃及、印度、中国的创世神话的开头都有这样的描述。

如中国神话:"天地混沌如鸡子,盘古生其中。"

埃及神话说:"宇宙开始时,是一片茫茫海叫作'Nil'（努）,在它的上面浮着一只金蛋。这由'努'的精华凝成。"

印度神话说："宇宙间，先有水，水中有一种子变作一个光辉的金卵。最高神大梵天就生在其中。"

（二）不同民族有各自的思维结构

由于不同民族有各自的思维结构，故其宇宙形成结构的侧重点各有各的特征。

（1）希腊的创世神话。①以人间社会斗争方式去理解自然现象的变化。如：开俄斯（混沌）生尼克斯（黑夜）和埃瑞波斯（黑暗），后二者推翻了父亲，而生埃忒耳（光明）和赫墨拉（白昼）。②认为改变世界的关键力量是"爱"。在埃忒耳和赫墨拉统治时，他们叫儿子爱洛斯去创造世界。爱洛斯是小爱神，他先用爱之力创造了海和大地之母——该亚，并给予其柔绿的海、飞鸣的鸟、青翠的树林、游泳的鱼、奔走的兽。于是，该亚便成了世界的第一位主宰。这种注重力量与感情的思维方式是希腊民族特有的活泼而富于生命力的气质所致。后来，这种思维模式影响了整个欧洲的各民族，是欧洲人文主义思想的萌芽。

（2）中国的创世神话，注重辩证与生命现象相结合。

《淮南子·精神篇》对混沌初开的情景是这样阐述的。"古未有天地之时，惟像无形，窈窈冥冥，有二神混生，经天营地，于是乃别为阴阳，离为八极。"这是一种辩证思维结构，把宇宙提炼为由阴、阳二气构成的。

这段神话的含义既包含在儒家的《易》中："无极生太极，太极生两仪，两仪生四象，四象生八卦"；也包含在道家所主张的"道生一，一生二，二生三，三生万物。"

中国人的这种有关宇宙的思维结构，有些人以为是不可理解的玄学，其实，是有科学依据的。中国人强调的是宇宙整体结构，阴阳是构成宇宙变化的两种既排斥又融合的因子（气）。八卦象征八种自然现象：乾为天，坤为地，震为雷，艮为山，离为火（太阳），坎为水（月亮），兑为泽，巽为风。它们互相作用便产生各种复杂的自然现象。后来，还把它们引申至社会现象以及中医学上的人体生理、病理现象等。

这是中国人特有的辩证思维结构。在当代，一些欧美科学家也对这种思维结构很感兴趣，并认为是有科学依据的。1981年，英国物理学家惠勒来华，就认为"唯象无形"是当代物理学的质朴原理的思维前驱。世界有名的量子物理学家玻尔1937年访问中国时也说："阴阳图是他倡导的并协原理的一个最好标志。"中国科学院自然科学史研究所的董光璧同志认为，八卦有现代数理蕴含其中，除了可作二进制数解、代数解、矩阵解外，还可作组合学解、几何解和群论解。

在盘古神话中提到的："数起于一，立于三，成于五，盛于七，处于九"是以数理化了的生命历程作为事物变化的比喻语。其意是：整个宇宙都是从数与量引起的渐变，然后在一定临界阶段产生质变。既有从小到大的量变,也有起、立、成、盛、处的质变。

（3）北欧的创世神话是以"能"的转化为思维结构的重点。

在具体的描绘上,神话以当地环境赖以生存的主要矛盾——冷力与热力的矛盾来描绘创世的主要力量,把它形象化为火焰巨人苏尔体尔和冰巨人伊密尔,并且把人间的善恶与自然力量的变化结合起来,用伊密尔的巨大尸体在荒凉的大地上创造了一个可供人类居住的美好世界。这是北欧人对冰雪融化、春天来临的自然现象神话化。

（4）印度创世神话的思维结构注意的是:力量平衡、生态平衡。以创造、维护、破坏三股既有互相联系一面,也有互相制约一面的力量,化为三个神话人物。创造力的象征是大梵天婆罗玛,维护力的象征是遍入天毗湿奴,破坏力的象征是大自在天湿婆。

（5）希伯来创世神话的思维结构带有宇宙和生物进化史因素。第一,从光和暗的现象中注意到时间变化观念;第二,从空气、水、陆地这些具体物质形成来说明空间观念;第三,谈到植物生长;第四,点明生物成长的能量来源:日和月;第五,动物出现;第六,人类出现。

希伯来创世神话的思维结构基本符合地球发展史的脉络。

世界上各民族产生的丰富多彩的创世神话,和他们居住在不同的自然环境民族形成发展时有不同的历史进程有关。

二、人类起源神话的比较

在世界各民族的神话中,有关人类的起源大致有两种见解。

（一）制造型

制造型又称神造型,认为人是由某位神祇制造的。中国、希腊、希伯来的神话都认为人是由某位神祇用泥土制成的。印第安人的神话则认为人是神用玉米制成的。北欧人认为人类是由大神奥定用榆木和白杨木雕成的。印度神话、希伯来神话还区别了男人与女人在质地方面的区别。印度神话说:"在天地开辟时代,大匠到了要创造女人的时候,发现在创造男人时,已把所有的材料都用完了,一点实质也没有了。在这进退两难之际,他入了很深的禅定,到出定以后,他就照下面这样做了:取月的圆,藤的曲,蔓的攀缘,草的颤动,芦苇的纤弱,花蕊的艳丽,叶的轻浮,象鼻的尖细,孔雀的华美,鸳鸯的忠贞,把这许多的物和质混在一起,造成一个女人,然后将她送给男人。"而希伯来神话则说女人是耶和华在亚当睡熟时,抽出他的一根肋骨造成的。

制造型神话的思想依据和特定人群的生活环境与生产发展进程有关。这么多的文明古国的人类起源神话都以泥为人类起源的基质是因为：泥土是人类最早用来塑造各种器皿的材料，陶器是远古时代第一种可以随着人们意愿捏塑的器具，而且，泥土中又可以长出植物来。所以希腊神话说普罗米修斯知道泥土中有神的种子。还有，人们身上肮脏时搓出来的腻垢也很像泥土。在北欧，那里一年中有半年是被冰雪覆盖着的，运用陶土塑造器皿便不那么经常，所以，他们想到的造人材料不是泥土而是木。印第安人的人类起源神话，第一次也是用泥造的，但泥人一遇水就溶化；第二次用木造人，又没有血色；第三次，终于发现玉米能营养人的肌肤、血液，于是便用玉米造人。这种思考，添进了人类的活性，更深入一层了。至于女人的制造，印度神话是把女人的体态、容貌、气质、情感的特征全面而又形象地描述出来。有一点必须指出，这应该是父权制产生以后的神话。希伯来神话也是按女人依靠男人才能生活这种观点写成的。

（二）演变型

演变型又称自然发生型。认为人是由某神或某种生物演变的。演变型的人类起源神话，又可分为感生类与改造类。

1. 感生类

中国的伏羲神话就是一例。《诗含神雾》说，华胥氏踩雷泽中雷神大足印生伏羲。《诗经·生民》写周族始祖后稷的神话也是此类。北美的胡朗斯族人类起源神话说，女神哑天斯迪在天上砍树，不慎跌至下界海中一只乌龟的背上。她受感于乌龟而怀孕，生下威士卡那和祖斯柯哈，后者破开母亲之肋骨出世。女神的尸体成了如今的大地，在其上长出万物，姐弟俩便是人类的始祖。

2. 改造类

澳洲的地耶利族的人类起源神话说：摩那神有一天看见许多黑蜥蜴，觉得这些生物很活泼，便为它修了长长的前爪，改之为手，又添了短短的脚，加了鼻子和嘴唇，样子和神有些相似，但因尾巴太长无法直立行走，于是把尾巴也砍掉了，这就成了"人"。印度的造女人神话也是这一类型。

演变型的人类起源神话是从人们获得了禽畜繁衍知识和植物生长、开花、结果知识之后，与图腾崇拜的心理因素结合的产物。

人，还有社会性的一面，它和民族文化心理结构有关。下面概括一些著名的古文明民族的人类起源神话中，有关人类社会性方面的民族文化心理结构，并做些比较。

希伯来神话认为：由于人类始祖亚当和夏娃违反了上帝的意旨，偷吃了禁果，因而犯了原罪。于是，人类社会便产生了各种罪恶，并且失去了伊甸园中那种安闲享乐的生活，而要凭劳力与才智去谋生。这是把社会矛盾、社会冲突归结为对上帝"犯有原罪"的宿命观点。

印度神话认为：人类之所以有阶级的不平等现象，是因为他们出生于人类始祖摩奴的不同部位。婆罗门（祭司）出生于摩奴之口，故其智慧很高；刹帝利（武士、贵族）出生于摩奴之手，智慧虽比不上婆罗门，但有体力；吠舍（平民）出生于摩奴之腿，不是高贵人种，但能自谋生计；首陀罗（雇工、达毗罗荼人等所谓"贱民"）出生于摩奴脚掌，故地位低下。他们把社会不平等归于"先天的定数"，也是一种宿命论。

中国神话认为：女娲细心地"抟"黄土而造的人，是"贤知富贵者"，女娲粗心地引绳而"埴"的人，是"贫贱凡庸者"，把人的社会地位归于女娲造人时的手工艺精、粗。这里没有神的谴责，也不归于"先天的定数"，而是以人的资质做考察点，不过也没有讲出真正原因。

我们不能用今天的科学去要求古人，他们已察觉到人有社会性，这已是当时的进步。

三、各民族的洪水神话的比较分析

洪水神话是各民族对危及生存环境的自然灾害的思考表达。苏美尔、阿卡德、巴比伦、希伯来、希腊、印度等民族神话对洪水的危害都是持"避"的观点。当然，各民族的文化心理结构也有差异之处。中国汉族的洪水神话是独树一帜的，采取了治的观点。

在持"避"的观点的诸多神话中，发洪水的主要人物都是主神，人类则成了被批判的、有罪的对象。在中国的神话中，发洪水的"共工氏"则是一恶魔，人类是受害者。

洪水神话基本观点上的分歧是对待自然灾害的文化心理上的分歧。持"避"观点的民族，都把自然灾害作为上帝惩罚人类罪孽的措施，只求从信仰上依从上帝以获"避祸"。这是一种消极的观点。印度神话稍有改变，认为发洪水不是神的意旨，而是宇宙解体时刻的到来，其结局依然是无法避免的。大梵天这位印度主神，在神话中不是发洪水的"罪魁祸首"，而是当了救世主，化为一条"大鱼"，把受难的人类救出险境。并以摩奴多次解放小鱼行善，终使人类获救，以求证善有善报之因果，与西亚、希腊神话，是"殊途"同归。

中国神话，以女娲、鲧、禹等神话人物的经历阐述对自然灾害采取"治"的方法。《淮南子·天文训》中说："诸侯有共工氏，任智刑以强霸而不王，以水乘木……"这是以中华民族的文化心理结构来解释自然灾害产生的根源：霸而不王，就是只凭高压政策与武力去治世，而不讲求用说服、协调去治世，因此使自然环境失调，洪水产生。《淮南子·览冥训》中详细地叙述了女娲治水并恢复万物协调发展的经过："炼五色石以补苍天（使天雨停止），断鳌足以立四极（使地陷复平），杀黑龙以济冀州（使妖兽不再殃民），积芦灰以止淫水（用埋法使洪水回原道）。"以上是女娲治水之经过，全面而细致。洪水退后，女蜗又用"……和春，阳夏，杀秋，约冬……（以让）阴阳之所壅沈不通者窍理之，逆气戾物伤民厚积者绝止之……"自然环境便"侗然皆得其和"。此后，那些凶兽破坏自然之物类"浮游不知所求，魍魉不知所往。当此之时，禽兽蝮蛇无不匿爪牙，藏其螫毒，无有攫噬之心"。一切贻害之物都被改造。中国神话的这一人定胜天、灾后宁静和谐、除祸消害、充满美好光明的景象，和西亚洪水神话灾后之凄凉景象恰成鲜明对照。至于鲧、禹的治水神话，更体现了与自然灾害做不屈不挠抗争的精神。中国的先民们不采纳"避"式的洪水神话，而作"治"式的洪水神话，可以看到华夏族的文化心理结构，很早就从带有强烈宗教意识的原始思维结构转化为实践理性的思维结构了。

四、各古文明民族的文化神话比较分析

世界神话中，著名的文化神话有：苏美尔的恩基神话、古埃及的奥西里斯神话、古希腊的普罗米修斯神话。中国的文化神话是以有巢氏、燧人氏、女娲、伏羲、神农、黄帝为一组的。

恩基神话、奥西里斯神话、普罗米修斯神话三者之间，从内容看有很多相似之处。恩基神话和普罗米修斯神都同属人、神对立型神话。两者都为引导人类进入文明社会而尽心尽力，教人类造犁锄、种稼穑、建房屋，并反对恩利尔或宙斯发洪水以淹没人类，并嘱善者造方舟以避洪水，以使人类再生。不同的是恩基对恩利尔持批评态度，普罗米修斯对宙斯则持反对态度。奥西里斯神话也有引导人类进入文明社会的各种业绩，但他并没有反对主神，而是以冥王的身份评判人在世间是否行善。这三位神话人物都把建立人类文明的各种业绩集于一身，是人类文明建立者的总体反映。

中国文化神话的叙事结构框架和文化心理结构都和前述三者不同。在叙事方面，采取了按文明发展进程而分段叙述的结构框架，文化心理则是表达"天人合一"的观念。

有巢氏营木为巢，为人类安居的肇始；燧人氏钻木取火，教人熟食，是进入文明的开端；女娲是人类进入文明社会初级阶段时，为改造自然创设安居乐业环境而奋斗的开路先锋；伏羲是进入渔猎时代并开始创设结绳记事，订立婚姻制度，发明文字

的智者；神农是进入农耕时代，发明医药、创设市场贸易的领导人；黄帝则是中华民族全面展开文明建设的人文始祖。

中国的文化神话，并没有人、神对立这一结构框架。神话中的主角，既是顺应自然发展规律使之造福人类，又是发挥人的才智改造自然创设新世界的智者，还是福人与律己的楷模。

五、英雄神话的比较分析

英雄神话是神话中开始向史诗演化的最后一类。也就是说，在作品中主角已从神向半人半神演变；而史诗则是以人为主角，神已退为配角的最早类型的文学作品。

世界神话中，最著名的英雄神话是希腊的赫拉克勒斯神话和中国的羿神话。苏美尔的吉尔伽美什系列神话也是英雄神话。

（一）赫拉克勒斯和羿都是半人半神的英雄典型

赫拉克勒斯的父亲是宙斯，母亲是底比斯国的王后阿尔克墨涅，是宙斯在国王安菲特律翁外出时，化成国王的模样和王后幽会而生的。他是神、人混血儿。羿的身世在《山海经·海内经》中说："帝俊赐彤弓、素矰，以扶下国，羿是始去恤下地之百艰。"这就说明他起初是位天神，从天堂来凡间为人类除"百艰"的。从他后来向西王母取不死药的故事看，他下凡后已丧失了"天神"的长生不老特征，而变成有生、老、病、死之苦的凡人了。

（二）赫拉克勒斯和羿，都是为人类谋福除害的英雄

羿射十日及除地上诸害和赫拉克勒斯与巨人战斗，立 12 大功的故事就是为人类谋福除害方面的典型事例。

在赫拉克勒斯与巨人战斗这一故事中，提出了一个鲜明的论点：神谕曾告诫神祇们，除非有一个人类和他们并肩战斗，否则他们绝不能杀死任何一个巨人。故事中，巨人是象征自然界的巨大破坏力。神话是这样描写的：当万神之父说完他的话（上面引的神谕），天上发出一声霹雳，地母该亚报以猛烈的地震。巨人们将山岳一座又一座地连根拔起。

神祇对此只有惊惧，直至赫拉克勒斯参加战斗，局面方好转。

第一个被战神阿瑞斯刺杀的蛇足巨人珀罗洛斯始终坚持战斗没有倒下，是他看见走上圣山的赫拉克勒斯才断气。

第二个巨人阿尔库俄纽为赫拉克勒斯射中，触大地而复活，赫拉克勒斯将其举起离开地根才死亡。

第三个巨人波耳费里翁直接被赫拉克勒斯用箭射死。

这三个例子,都是用隐喻的方法说明战胜自然的是人的力量,而神祇已经成了毫无办法的配角。这是反宿命论的人类主体意识的特征。

羿射十日反映的也是与自然灾害搏斗的主题。然而,斗的方式却和赫拉克勒斯那种显示力量的形式不同,中国神话表达的是中华民族与自然斗争的文化心理特征——斗智。

在《淮南子·本经篇》中说:"尧之时,十日并出,焦禾稼,杀草木,而民无所食,……"说明唐尧时代,因为"十日并出"而使民不聊生。这"十日并出"并非正常的自然现象,在《山海经·海外东经》说:"汤谷上有扶桑,十日所浴,在黑齿北,居水中,九日居下枝,一日居上枝。"这就说明正常现象应该是九日在水中,"值班"的一日才居上枝。《山海经·大荒东经》又说:"一日方至,一日方出,皆载于乌。"这就是说:太阳运行应该是等一个太阳回来了,另一个太阳才出去。

作为天帝的帝俊,知道十日并出后,派羿下凡去纠正,并赐给他武器:彤弓、素矰(红色的弓,白色的带绳的箭)。为什么要赐羿带绳的箭呢?因为帝俊既想显示自己有为民之心,又想不伤害自己的儿子——十日。羿下凡后,帝尧给他九枝无绳的箭,把九个"日"射下来了。于是,羿违抗了天帝的意旨,无法再回天上了。这是用中国式的人类主体意识来表达"人"与"神"之矛盾和解决办法。

羿还有另一些在人间除害的功绩,和赫拉克勒斯立 12 大功有相同的性质和近似的内容。

《淮南子·本经篇》中说:"尧乃使羿诛凿齿于畴华之野,杀九婴于凶水之上,激大风于青丘之泽,上射十日而下杀猰貐,断修蛇于洞庭,擒封豨于桑林,万民皆喜。"

赫拉克勒斯则杀九头蛇许德拉,捕获厄律曼托斯圣山野猪,射斯廷法罗斯的怪鸟,制服吃人的怪马。

两者有一个共同的主题,剪除害人的怪兽,改造险恶的自然环境,为人类创立安全、舒适的生活条件。

(三)两者都是寻求"不死"办法的英雄

在上古时代,人们认为"不死"是神祇享有的特权,人类的死亡由死神决定,而英雄神话中的主角却对此持否定态度,并希望人类自己也能掌握"死亡与否"。

在赫拉克勒斯神话中,蔑视冥王哈得斯的统治,把看守阴司地狱大门的三头狗提到人间和入地狱救阿尔刻提斯,逼死神放她的灵魂回人间两个故事,是以力量来改变神掌握人类寿命的秩序。它说明一个问题:人的死亡也可以凭人类自己的力量去解救,人的力量比死神的宿命力量更强大。

羿的神话也有类似的内容。就是羿到西王母处取不死药和其妻嫦娥服不死药后奔月而过着寂寞的广寒宫生活两个故事。它是从另一个侧面来回答在天上为神能长生不老好呢? 还是在人间有生、老、病、死好呢? 答案是: 人间是温暖、快乐的,神界是寂寞冷清的。

因此,我们可以说: 赫拉克勒斯和羿,是世界文学发展史中从颂神转为颂人的艺术形象,是显示人类力量和智慧的起始阶段的艺术典型。

神话也就是到此向史诗转化。

六、主神系统形成的不同方式比较.

我们看到的神话,一般是由开天辟地写起,跟着就是大地上各种生物和人类出现,而神是作为一个创造者、统治者的面目,以夺位形式、世袭形式或禅让形式出现。但这不是神话产生、发展的真正序列。

最初的神话,仅是对某一具体事物做象征性、幻想性的解释和说明,神话学称之为灵物崇拜阶段。世界各民族神话的最初阶段都是这样。

第二阶段是图腾崇拜。图腾是整个氏族或部落的集体表象。例如: 公元前 3000年时,北埃及的守护神叫阿培普,它的形象是蛇。中国瑶族的始祖神盘瓠则是一只龙犬。他们虽然已有了权威性,但还是单个神祇。

神话发展的第三阶段是主神系统形成阶段,这一阶段又分为两个发展时期。

(一) 神话集团的出现

当社会发展至部落联盟时,各个部落的成员还是信仰自己部落的守护神和遵从自己部落的各种祭祀仪式和禁规的,而联盟则又在各部落各自信仰的基础上产生一种新的联系形式。这种形式大致有两类:①组织诸神大会。苏美尔神话就是这类。尼普尔部落的守护神恩利尔成了诸神会议的召集人——天王,埃利都部落的守护神恩基成了水神;乌鲁克库拉布·扎巴兰部落守护神英安娜为金星女神,麦地那守护神杜穆济为牧神。恩利尔还未形成绝对权威,决定大事时必须召开诸神大会。印度吠陀时代的神话也是采取这种形式。②创立一个虚拟图腾(复合图腾)作为整个部落联盟的信仰基础,如华夏族的龙图腾。龙图腾是由马图腾、鱼图腾、鹰图腾、蛇图腾……各选一个部位(器官)组成。龙,这一虚拟动物便成了中华民族的象征。

(二) 完整的主神系统的出现

完整的主神系统产生于从部落联盟发展为国家形态的时代,组合形式有三种。

1. 兼并式

在氏族向国家演变的过程中，大部落把小部落兼并，强国当了弱国的宗主，弱国变为强国的附庸。原始民族间的这些斗争，在神话中就反映为保护神的改换，主神是把大国、强国的祖神扩大其影响为宗主国与隶属国共同崇拜的主神，原来的小国、弱国的保护神便成了这主神系统中的属神了。例如：巴比伦王国建成后，其神话体系包括了巴比伦原有神话、苏美尔神话、阿卡德神话，但并不是平等地联合组成，而是把苏美尔神话中的主神恩利尔废掉了，用巴比伦城守护神马尔都克代替恩利尔的职能当神话中的贝尔（君主）；并把创世神话《提阿马特创造天地》改为《马尔都克杀提阿马特创造天地》，于是苏美尔人的天地创立者变为妖魔。并且重新组织一个主神系统：苏美尔人的天王成了马尔都克的代表，乌鲁克守护神安努为天空之神，恩基改名埃阿（伊阿）仍为水神，杜穆济改名塔穆斯为农业神，英安娜改名伊丝达为婚姻女神，阿卡德的西巴尔地区守护神沙马什为太阳神，乌尔地区守护神南纳改名辛为月神；命运之神那布是勃尔新巴地区的守护神，冥王内加尔是库塔地区的守护神，两者为巴比伦原有神祇。

2. 更替式

由于国内的社会政治体制或宗教体制变换，主神体系产生更替。这种现象，在埃及神话发展史上显得最为明显。埃及人是以太阳神为主神的，在部落联盟时代，称为阿图姆；到孟斐斯神统建立时称为普塔赫；赫利奥波利斯神统时，改称阿图姆·拉；到赫尔摩波利斯神统时，再改称为阿蒙；到十八王朝进行宗教改革时则称为阿顿。

印度神话也采用过这种更替式改换主神系统。吠陀时代的印度神话，还带有自然崇拜的痕迹，并和雅利安人的原始信仰有关。因陀罗是天王，他和毗湿奴都是无限无缚女神阿底提之子，并与东南方天王阿耆尼（火神）、西北方天王伐由（风神）、次帅伐楼拿（水神）、太阳神苏利耶、月神苏利亚、酒神苏摩组成神祇集团。

在公元前 6 世纪左右，婆罗门教改革为印度教。其宗教信仰汲取了佛教、耆那教的一些主张；因此，其神话系统也改为由大梵天婆罗玛，遍入天毗湿奴，大自在天湿婆（由吠陀神楼陀罗演变）三大神为主。其中，以毗湿奴对印度文学影响最深远。印度神话体系的更替是宗教改革与社会制度改变的双重原因引发的。印度神话体系的更替，使吠陀时代产生的神话人物的性格发生较大的变化。例如，在《吠陀经》上描绘成正直的、英武的、时常济贫扶弱的因陀罗天王，到了印度教经典中变成了会喝醉酒调戏民间妇女，而且死后还投入畜生道变成牛、羊的坏神祇了。其原因，在《摩诃婆罗多》中说:"因陀罗曾经诱奸乔答摩仙人的妻子阿诃匣耶";而《罗摩衍那》还说:"因陀罗被十首王之子因陀罗耆所俘。"英武天王又成了败军之将。这些叙述,都是反映了印度教的祭司与婆罗门教的祭司之间信仰观点有改变。

3. 融合式

中国神话是采用融合式来建立主神系统。中国神话的主神系统发展过程,反映了中华民族发展的一些真实历史进程和民族文化心理的成长过程。中华民族从氏族发展成人口众多、族源众多的民族时,是十分注意"要和谐发展"这一点的,既要注意新族体的权威性,又要注意让原来的弱族、小族有一定程度的相对独立性和自主性。注意和谐发展这一点和兼并式与更替式有明显不同的特征。

《淮南子·天文训》是这样阐述中国的神话谱系的:

(1)"中央,土也,其帝黄帝,其佐后土,执绳而制四方。"从这一句话中,已说明黄帝是主神,他是华夏族的人文始祖,地位居中,执准绳(法规)来治理四方。

(2)"东方,木也,其帝太皞,其佐句芒,执规而治春。"太皞为伏羲氏,是中、西部的一部分华夏民族人和南部苗族人信仰的神灵。

(3)"南方,水也,其帝炎帝,其佐朱明,执衡而治夏。"炎帝,为羌水地区的守护神,其信仰地区是齐鲁之地。炎帝曾被黄帝打败。败将而能成为一方之帝,在采用兼并式或更替式神话系统的民族神话是没有(也不可能发生)这种现象的。这表明中华民族的融合力很深厚,因为先民们就注意"要和谐发展",故现在还称中华民族的后人是炎黄子孙。两个曾有矛盾的祖宗,在后代子孙的心中,是同宗列祖。

(4)"西方,金也,其帝少昊,其佐蓐收,执矩而治秋。"少昊,有些神话称之为帝俊。据古籍说:其为东夷鸟图腾氏族的主神。曾有一个庞大的主神系统(即龙凤图腾中的凤)为江淮一带部落的始祖神,有些典籍曾记载他的部分后代曾迁徙至今青海一带。

(5)"北方,水也,其帝颛顼,其佐玄冥,执权而治冬。"颛顼,从他的影响在若水一带来看,他是雅砻江、青海、四川等中国西部地区氏族的始祖神。秦始皇就说他的始祖为颛顼,部分苗族人也奉他为始祖。

从上述介绍看,融合式是大系统中有小系统,保留各部落的主神有相对独立性。这种方式对加强民族的融合是有作用的。

神话类型的比较大致如上所述。

第三章 中国民间文学与域外英雄史诗

第一节 英雄史诗的产生及功能

中国古代文论中没有"神话"概念,也没有"史诗"概念。今日所言"史诗",又称"英雄史诗",译自西文 epic 一词,是古希腊以来的西方文论中的传统术语,指的是:在大范围内描述武士和英雄们的业绩的长篇叙事诗,是多方面的英雄故事,包括神话、传说、民间故事与历史。

现代西方文论将史诗作为文学体裁的一种,又可划分出两种基本类型。

(1)原生史诗。即口耳相传于民间的集体创作之史诗,也包括由某一个或多个文人加工整理过的民间史诗。

(2)派生史诗。即由文人创作的史诗,未经口头流传的阶段,一开始就写成文本形式。

原生史诗的代表有《吉尔伽美什》《伊利亚特》《奥德修纪》《罗摩衍那》《摩诃婆罗多》《贝奥武甫》《卡勒瓦拉》《格萨尔》《江格尔》《玛纳斯》《黑白之战》等。派生史诗以古罗马诗人维吉尔创作的《埃涅阿斯纪》(又译《伊尼德》)为首,包括卢卡努斯的《法尔萨利亚》(一称《内战记》)、作者不详的《罗兰之歌》、塔索的《被解放的耶路撒冷》、弥尔顿的《失乐园》《复乐园》、维克多·雨果的《历代传说》等。此外,史诗概念还有一种广义的理解,泛指所有历史题材明确的叙事文学,包括诗体的与散文体的叙事作品。按照这种宽泛的理解,如列夫·托尔斯泰的历史小说《战争与和平》亦被看作是史诗类作品。同样的道理,中国文学中的《三国演义》《水浒传》,乃至《创业史》《白鹿原》等亦被冠以史诗的美称,其修辞意味超过了文类划分的意义。

英雄史诗在西方学术发展史上获得重要的理论价值是从 18 世纪意大利哲学家维柯(Vico)开始的。他在《新科学》这部旨在建立与自然科学相对的人文科学体系的划时代著作中,提出"诗性智慧"的概念和"发现真正的荷马"的理论命题,将英雄史诗作为人类各民族历史上继神话时代之后一个时代的表征,维柯用"英雄时代"来称呼这个时代,后人至今沿用不衰。这就使史诗的概念走出了文学的范围,获得了某种人类学和文化史的意义。

现代的研究表明，英雄史诗的原生形式是同特定的历史阶段相联系的，是为了满足特定社会的功能需求而存在的。这个特定的历史阶段被大致确认为自原始的氏族部落社会向文明社会过渡的时期。沿用维柯的术语，现代文学史家通常把各民族告别原始氏族社会的演进过程称为"英雄时代"。这个时代的普遍性标志是，由社会变化变迁或民族冲突所导致的具有全民规模且对民族生存与发展具有重大影响的战争成为时代的中心事件和历史的主旋律，战争中的领袖或英雄自然地取代了以往神话时代的神灵，成为文学表现的中心。这种文学对象由神到人的过渡，标志着史诗发源于神话、又超越神话的基本特征。但史诗中的主人公又不同于后代文学中普通的现实人物，而是或多或少带有神话色彩的超凡绝伦的英雄，他们在本民族的形成和发展中所建立的丰功伟业，尤其是战胜自然暴力（常化身为妖怪）和异族敌人的辉煌武功，正是英雄史诗所共有的主题。

现代人类学的田野作业对于史诗的产生及其原始功能提出了新的解释。被后人当作文学和审美对象的史诗，在很大程度上同神话一样，在其产生的社会中具有宗教的、政治的和教育的功能。史诗最初的演唱者往往不同于一般的民间艺人，而是兼有宗教身份的巫师。史诗的演唱往往有特定的场合，特别是在战斗之前，其目的不是欣赏和娱乐，而在于鼓舞士气，激发尚武精神，追忆英雄祖先的业绩，为战士们提供理想的英雄行为的典范，教导他们效法先辈，做出英雄行为。为了达到这种效果，史诗的演唱兼有仪式表演性，如法国著名宗教学家、藏学权威石泰安（R.A.Stein）在所著《藏族格萨尔王传与演唱艺人研究》一书中指出："很清楚，演唱艺人的本质是纯粹属于宗教性质的，他处于鬼神附身的状态中。在这种状态中，他直接化身为史诗中的英雄或别的人物，而以他的嘴来讲话，或者他在一定时间内表演出英雄人物的伟业，这是一位通神者，一位神灵赖以下降到他身上的演讲工具。"从这一角度看，英雄史诗在早期意识形态中的性质与英雄神话（即以文化英雄为主人公的神话，如赫拉克勒斯神话）十分接近，其文学渊源关系至为明显。从文学自身发展演变的角度看，可以说英雄史诗是英雄神话的更为"人化"和历史化的形式。

受人类学和语言学的影响，美国学者米尔曼·帕里和阿尔伯特·洛德针对欧洲史诗研究的历史难题——"荷马问题"，展开大规模的田野作业调查，对前南斯拉夫史诗歌手演唱中的史诗做录音样本分析，提出"口头程式理论"。认为现今以文本形式流传下来的上古史诗皆为口头传统漫长积累和演化后的产物，《伊利亚特》和《奥德修纪》的真实作者实际上是数百年间的口传诗歌传统，它体现为许多歌手，大部分为盲人或文盲，他们掌握了口头程式的编演技巧，并通过口耳媒介把这种万变不离其宗的程式传播给他的继承者。在这方面，中国上古文献中屡屡提到的瞽矇诵诗制度的情况可以提供可贵的参照。

口头程式理论还认为，民间歌手之所以能将数千行乃至上万行的史诗完整地复述出来，主要依靠的是一般化的情节框架。演唱时可根据个人经验来填充这个框架，其中，他能想起各种不同的程式和习惯性修辞、套语，但却无法一句一句地记住整个史诗。作为口头程式基本单位的有套语、主题或典型场景、故事模式。在这三种要素保持稳定不变的前提下，歌手可以发挥个人能动性在演唱中增添即兴而作的成分。

以《奥德修纪》为例，它属于所谓"复归之歌"类常见的故事模式，该模式在从古到今的欧洲文学中屡见不鲜，遍及希腊、罗马、土耳其、英国、俄罗斯、保加利亚、阿尔巴尼亚和其他地区。复归之歌的故事模式总表现为如下母题序列：一位英雄刚好在新婚之际被召唤赴远方作战，他战后返乡的途中往往要装扮成一个乞丐或囚徒，并且总要被耽搁多年，或被敌人囚禁。最终返回本土时，英雄发现其妻或未婚妻正被求婚者包围，他的家庭和财产也受到威胁。在若干项体育或竞技较量中，他打败了那些求婚者。他最后赶走或杀死竞争者，恢复了家庭的原有秩序。这类型故事万变不离其宗地讲述的原型结构可以概括为英雄与其妻子的再度团圆。

帕里和洛德的口头程式理论给史诗研究带来新的交叉领域，文本研究与田野作业的互补更显出特殊的优势。其当代继承人为学术专刊《口头传统》（1986）的创始者弗里。

第二节　西亚与中国的上古史诗

从亚里士多德的时代以来，人们一直把古希腊的《荷马史诗》奉为英雄史诗的鼻祖和楷模。19 世纪 70 年代的一次考古发现把埋藏了 2600 多年的巴比伦史诗《吉尔伽美什》重新展现于世，使西方学者的世界文学史观为之一变。

《吉尔伽美什》共有 3000 多行，于公元前 19 世纪用楔形文字刻写在泥板上，曾被认为是世界上出现的"第一部史诗"。20 世纪的考古学又发现了公元前 3000 年的苏美尔文明，在这个早于巴比伦的西亚古文明遗迹中，人们看到了楔形文字的起源，找到了比巴比伦史诗早 1000 年的历史文献和文学作品，其中的苏美尔王表上有吉尔伽美什的名字，可见史诗的主人公是以历史上真实存在的国王为原型的。在苏美尔作品中有六部较短的史诗均与吉尔伽美什有关，它们是《吉尔伽美什与阿伽》《吉尔伽美什与生物之国》《吉尔伽美什和天牛》《吉尔伽美什之死》《洪水》《吉尔伽美什、恩启都和地下世界》。从比较中可知,这些公元前3000年的短史诗正是巴比伦的《吉尔伽美什》大史诗的前身,巴比伦人把各自独立的苏美尔作品的情节综合起来,改编成一部首尾连贯的英雄故事。

乌鲁克城邦的国王吉尔伽美什是一位非凡巨人,"他三分之二是神,三分之一是人",对人民施行残暴统治,并行使"初夜权"肆意占有城邦妇女。百姓祷告天神造出另一巨人恩启都,到人间来与暴君抗衡。两巨人争斗一场,胜负未分,化敌为友。吉尔伽美什从此不再残暴,开始同恩启都一起杀妖怪立大功,但因拒绝女神伊什妲尔的求爱而遭报复,恩启都病逝,吉尔伽美什悲痛之余思索生命的奥秘,长途跋涉到天边去寻求永生。他侥幸得到了不死草,却又在返途中不慎被蛇偷吃了,只好在死的威胁之下回到城邦。史诗结束于主人公同已下地狱的恩启都亡灵对话,对话中充满了哀伤和有关阴惨地狱的描写。

英雄形象的这种发展变化一方面同英雄神话的普遍模式"先有罪恶后立功"相吻合对应,另一方面又反映了上古西亚两河流域不同民族和不同文化的冲突与融合。吉尔伽美什在史诗中被称为"拥有广场的乌鲁克王",他曾以修建高大的城墙而自豪,这都是城市文明的标志与荣耀,可以说他代表着当时已发展到城邦国家水平的高层文化。他的对手(后来成了他的朋友)恩启都则代表着从野蛮向游牧发展的低层文化。恩启都被造出时只同野兽为伍,经过城邦神庙派来的神妓的"性启蒙",他才学会人的生活方式,并成为游牧者的"守护人"。这样,城邦英雄与牧野英雄的争斗与和解,可以说是苏美尔人的城市文化同阿卡德、巴比伦人的游牧文化之间冲突与融合的奇妙缩影。在历史上,苏美尔文明被阿卡德和巴比伦人所征服,但后者在文化上却继承了苏美尔人高度发达的城邦遗产。这种交互征服的作用表现在史诗中,吉尔伽美什派城邦神妓把开化和文明带给了半人半兽状态的恩启都,使他奇迹般完成了进化中的超生物变革;而恩启都则将山野中古朴善良的原始美德带给了城邦奴隶主领袖,使吉尔伽美什从暴君转变为建功立业的民族英雄。如果说恩启都的人化暗示着人类从蒙昧走向文明,那么吉尔伽美什的两重性和人民对他的两种态度则说明了从氏族社会的原始平等到阶级社会的奴隶主专制这一漫长历史变迁中人民的道德理想的形成。至于史诗后半部分表现的主人公探求不死的旅行,说明伴随着人类走向文明的进程,自我意识与死亡意识同时发生,人们不再满足于原始宗教和神话对生命与死亡的宿命论解释,要求探索生与死的实质。尽管史诗的表层叙述没有直接说明这一探索的答案,但从作品所运用的太阳原型以及由此构成的深层象征结构来看,巴比伦人试图用太阳朝出夕没的循环规则来解释社会生活的变化与人的生命。

作品的叙述层次讲的是英雄的生涯,但在叙述层次之后还暗含着一个象征层次,用来标志太阳运行的周期曲线。全诗刻写在 12 块泥板上,恰恰对应着巴比伦天文学中的黄道十二宫和巴比伦历法中一年 12 个月及一天 12 个时辰。恩启都在生病 12 天后死去,吉尔伽美什的结局虽未明写,却也在第 12 块泥板上结束了他的必死生涯的故事。由于太阳在一天的中午时分,一年的仲夏时节到达运行曲线的顶点,随后便下跌,主人公的命运也以第 6 块泥板为界发生由喜转悲、由盛到衰的大变化。"与太阳上升的行程相应,史诗主人公从出场到诛杉妖这一段生涯一直是一个征服者和胜利者的生涯。即使遭到人民的诅咒和天神特意造出来与他为敌的野人恩启都的威胁,他仍然能化险为夷,化敌为友。即使面临无法征服的芬巴巴(杉妖),他也能借助太阳神的威力而获胜。但从第 7 块泥板起,他的好运气就逐渐离开了他。首先是好友之死,接着是他的悲悼和忧虑。为了免遭同样的命运,他踏上了探求永生的旅程。然而正像过了正午的太阳必要走下坡路,主人公的这次行动也不再像往昔那样幸运,那样顺利,那样成功,那样具有胜利的性质,等待着他的只是必然的失败。在第 11 块泥板中,主人公侥幸得到生命之草一事,也不过像西沉前夕的残阳那样,闪现出最后一道希望之回光,不久仍将坠入黑暗之中。到了第 12 块泥板,主人公就只能如同行将隐没的落日,把注意从这充满生机的地上世界转向阴森凄惨的地下世界了。"在巴比伦作者用太阳原型的象征蕴含解释人类的必死生命时,同时也寄托了英雄再生的朦胧希望,因而在表层叙述中略去了苏美尔史诗中已有的关于英雄之死的描写,使全诗显得似终未终,寓意深长,恰如从高山之巅远眺长河落日一般,使读者体验到生命、死亡与再生的宇宙韵律。

从比较文学的角度看,巴比伦英雄史诗的影响遍及欧亚大陆,成为东西方文学的一个共同源头。史诗问世后以各种不同的译本、改写本在西亚地区广为流传,辗转影响到希腊神话和《荷马史诗》、希伯来人的《圣经》、印度的神话传说与造型艺术。西方家喻户晓的神话英雄赫拉克勒斯、《伊利亚特》中阿喀琉斯与帕特洛克罗斯的生死情谊、《奥德修纪》主人公的浮海远游及其同女巫喀耳刻的关系、《旧约》中伊甸园与诺亚方舟等故事、大卫和约拿丹的手足之情、约伯对生命限度的感叹等,均可从《吉尔伽美什》中找到原型。更值得重视的是,中国上古有关羿的神话与吉尔伽美什的生平故事极其相似,经过比较研究足以重构出失传已久的中国上古英雄史诗构架,并归纳出与农耕文化相应的"太阳英雄"型故事模式。

中国素以"诗的国度"著称于世,但从文学分类上看,中国古典诗歌中抒情诗占有极大比重,而叙事诗却很不发达。与此相应的是,中国的叙事文学的成熟形式(如小说、戏剧)是在民族文化发展的较晚时期才在外来文学的影响下(主要是印度的佛教文学)繁荣起来的。使中外学者感到意外的是,汉民族是世界上保存历史文献最丰富的民族,恰恰也是没有留下长篇史诗的民族,除了《诗经·大雅》中某些歌颂周族始祖降生和创业建邦的短叙事诗外,汉民族更早的祖先是否创造过规模较大的英雄史诗,还是一个有待研究的问题。

我们认为,从世界范围看,英雄史诗产生的土壤是民族的流动迁徙与文化的撞击与冲突,定居的农业文明则不利于史诗题材的发生。中国自商代以来就建立了发达的农业文明,在此以前产生的华夏族史诗因未能得到及时记录而逐渐散佚,只是作为片段的神话传说见诸后世,如炎黄大战、后羿射日除妖等。鉴于这种情况,我们可以从跨文化的比较出发,以重见天日的巴比伦史诗为参照,将中国神话中最伟大的英雄后羿的生平故事重新构拟为相对完整的史诗轮廓。

对中国后羿史诗与巴比伦史诗的比较还启示我们:被认为是自古封闭的华夏文明早在远古就同西亚文明建立了文化上的联系,深入地考察这一联系意味着打破传统的偏见,将以汉武帝通西域为起点的中西文化交流史上溯到三四千年以前。

第三节　印欧上古史诗

印欧语系民族自上古世界传留至今的完整的英雄史诗主要有四部,即古希腊的《伊利亚特》和《奥德修纪》,古印度的《摩诃婆罗多》和《罗摩衍那》。值得注意的是,希腊史诗和印度史诗虽然产生在差异很大的社会背景中,但由于语言和种族方面的亲缘关系(同属欧罗巴人种印度地中海类型),多少表现出某些共同的特征。比如,《摩诃婆罗多》和《伊利亚特》都发源于一场远古大战的历史传说,颂扬战争中的尚武英雄;《罗摩衍那》和《奥德修纪》均描写英雄历险的故事,突出男主人公的道德和智慧与女主人公的忠贞。再比如,从叙述轮廓上看,《伊利亚特》和《罗摩衍那》又有结构上的类似:为了夺回一个被劫持的女人而跨海远征,攻打敌城。这一类似被西方学者视为典型的印欧文学主题。

晚近的比较宗教学研究在上古印欧文化领域取得了很大进展,法国学者迪缪塞尔为印欧文学的类似母题提出了系统理论模型——三功能结构说。杜氏对印度、伊朗、日耳曼、古希腊、古罗马及北欧等印欧语系各族神话、史诗和宗教的比较研究得出结论说,印欧语系民族的神话系统表现出普遍的思维结构——"三元体系",其根源在于共同的社会结构。神界主要由主神、战神、丰产神构成三元体系,与现实社会中的祭司、武士、生产者三个主要阶层相对应,并分别体现上古印欧社会的三种社会分工之功能:宗教王权、防卫、生产福利。《新大英百科全书》中《史诗》一文的作者写道:这三个基本原则或功能之间的相互作用构成大多数印欧史诗的中心主题:宗教和王权、肉体力量、丰产、健康、财富、美人儿等。在《摩诃婆罗多》中,般度王、般度王子和他们的妻子黑公主被认为是印欧思想系统中三功能神祇的人化形式,他们的对立面难敌兄弟则是恶魔的化身。整个大战故事重演着关于创世之后神与恶魔之间持续斗争的印欧神话,或者说是神话朝向英雄水平的一种换位变形。在希腊史诗中,三功能主题早在特洛伊战争开始之前,就作为大战的终极原因在金苹果之争的情节中得到明确表达;帕里斯王子在三位女神的许愿中,放弃了王权和肉体力量,唯独选择了美女海伦。此外,在波斯古经《阿维斯塔》中,在塞瑟人关于金杯、金斧和金犁三圣物的神话中,在北欧神谱和爱尔兰传说中,三功能结构论的解释也都可以适用。这种解释对于印欧史诗研究的贡献主要不在于具体结论的可信性,而在于将跨文化的比较方法引向系统观照的理论层次。

印欧史诗中产生较早的是古希腊史诗,它们相传为盲诗人荷马(约公元前9世纪)所作。现代学者认为,荷马如果实有其人的话,只是把曾长期在民间口头流传的诗做加工改定的职业乐师。曾附在荷马名下的失传史诗还有《小伊利亚特》《戎拜》《埃塞俄比斯》《马其茨多》等多种,《伊利亚特》和《奥德修纪》只是由于在公元前5世纪雅典宗教节日庆典中定为朗诵作品,才得以定形流传下来。这种朗诵的结果,确定了《伊利亚特》和《奥德修纪》是荷马最好的史诗,确定了这两部史诗中许多事件的一定次序,并使这两部史诗成为雅典公共、神圣的财产。

《伊利亚特》集中描写特洛伊战争第10年中51天的故事,突出刻画希腊联军中的英雄将领阿喀琉斯的形象。《奥德修纪》取材于战后希腊联军渡海返乡的经历,主要刻画的是另一位以足智多谋而不是以武勇强悍为特征的英雄奥德修斯,他同部下在大海上漂流历险,10年后才重返家园,同忠贞不贰地等候自己已达20年之久的妻子团聚。

从思维方式和文学表现方面看,《荷马史诗》与巴比伦史诗那种粗线条的叙事和隐含不露的象征思维截然不同,荷马以精细具体的细节描绘使叙述中的一切像现实一样呈现在读者面前。德国学者奥尔巴赫曾以诗中有关奥德修斯乔装回家后老管家为他洗脚时认出儿时留下的伤疤的描写为例,将荷马的这一特色概括为外显化(externalized)。荷马文体的根本宗旨在于以完全外显化的形式表现种种现象,使叙述中的各个部分具体可感。人、物、情节及相互关系秩序井然，人物心理的刻画亦通过语言加以外显表现，主人公即使在非常激奋的状态下仍能有条不紊地发泄其内心深处的情感于言语之中，不向别人说的隐情则表现为内心的自言自语。总之，作品中"从未有一个现象是片断不全或半暗不明的，也从未有空缺、晦涩或未经探测的隐处"。《荷马史诗》特有的格律是扬抑格六音步诗行，无尾韵，但节奏感很强，便于传唱和朗诵。

《荷马史诗》在西方古典文学中一直享有最高楷模的地位，塞缪尔·约翰逊甚至说整个欧洲文学不过是荷马作品的一系列注释。古罗马诗人维吉尔（前70—前19）借鉴《荷马史诗》而创作的《埃涅阿斯纪》，写特洛伊英雄埃涅阿斯在国都陷落后辗转漂泊到意大利创建罗马国家的业绩，成为后世文人史诗的典范。

维吉尔的这部史诗是适应罗马帝国统治者的政治需要而撰写的，诗人试图通过主人公的英雄业绩为帝国统治者追溯神圣的血统渊源。因此，埃涅阿斯被写成一个神化了的人物，这位特洛伊战争中的幸存者不仅命中注定要担负起拯救民族危难创建罗马国家的历史大任，而且被表现为替全人类执行神意的英雄。同为好勇斗狠的武将，埃涅阿斯同阿喀琉斯有很大的区别。古代人那种天真可爱的蛮勇和质朴在维吉尔笔下已荡然无存，代之而来的是一种信徒式的虔敬。阿喀琉斯的英勇和任性，是一种天生气质，尽管他也是神的后代，对天上的祖先却常常不敬。盛怒之下，他不但敢于骂神，还能斗胆打伤神。埃涅阿斯也很英勇，但他的英勇在很大程度上来自对神的虔信：既然神已预先决定他取胜的必然性，那还有什么敌人值得畏惧呢？同为地中海上漂泊求生的英雄，埃涅阿斯又同奥德修斯相差万里。后者凭着自己的智慧和坚强，克服重重艰难险阻，终于回到祖国；而前者虽然也经历了艰苦的航行，但只不过是个命运的忠仆，在神的安排下亦步亦趋地从灾难走向光荣。奥德修斯面对纠缠妻子的一群无赖，曾拍着胸膛告诫自己："忍耐吧，我的心，你曾忍受过更大的痛苦。"这句表现英雄自制心理的内心独白经过希腊大哲苏格拉底的称引和赞扬，在将近一千年之后又以公开训导的方式出现在埃涅阿斯口中时，已近乎斯多噶哲学的宣教："同伴们，我们不是没有经历过痛苦的，我们忍受过比这更大的痛苦，神会结束这些痛苦的。"维吉尔用神化了的英雄颂扬罗马帝国的先祖，突出表现了强调责任、义务、个体献身国家的罗马精神。正因为这样，他本人成了基督教统治的中世纪中唯一受到特殊推崇的古典诗人，其文人史诗的影响在中古甚至超过了《荷马史诗》，直到14世纪但丁著《神曲》时，维吉尔仍被奉为导师和引路人。

印欧语系的雅利安人的一支在史前向南迁徙，经伊朗高原，在大约公元前14世纪到达南亚次大陆,征服了当地土著民族,逐渐形成农业文明国家。印度梵语文学史的第一个时期是吠陀文学时期,当时的作品均以宗教文献的形式保存下来。第二个时期是史诗时期,《摩诃婆罗多》和《罗摩衍那》是这一时期文学的主要成就。

《摩诃婆罗多》相传为广博仙人所作,但这个人物的可信性比荷马还要小。这部史诗曾被视为世界第一长诗,共 18 卷 10 万颂,20 万行,比两部希腊史诗加在一起还长 8 倍。其内容庞杂,集古印度神话传说与宗教哲学之大成,号称诗体百科全书;其地位超过各种著作,取得了经典的资格,对印度文化的影响之大有如西方文化中的《圣经》。这样一部巨著不是一人一时之作,成书过程约在公元前 4 世纪到公元 4 世纪。《摩诃婆罗多》的意思是"伟大的婆罗多"。婆罗多是古代王名,其后代分为持国和般度两个家族,为争王位而引起冲突,最终导致了一场 18 天大血战。般度族五兄弟幸免于难,长子继承了王位。作品的中心故事是这场大战,在叙述大战及其前因后果以及每个重要人物的活动故事里,以插话的方式收入了许多游离于中心故事之外的神话传说,其中著名的有《那罗传》和《莎维德丽传》,可构成独立的作品。正是这些"节外生枝"的插话,使史诗的叙述不同于希腊史诗,形成异常庞大的松散结构。

《罗摩衍那》相传为蚁垤所作,如果确有其人,一定同荷马一样是史诗的最后改编加工者,成书于公元前 4 世纪至公元 2 世纪。《罗摩衍那》意为罗摩的故事,主人公罗摩近似于维吉尔笔下的埃涅阿斯,被描写成全民族的理想化英雄,基本上是一个被神化了的人物。罗摩是大神毗湿奴化身降生的十车王的 4 个儿子中的长子,因宫廷斗争被放逐到南印度森林 14 年,其妻悉多执意随夫流放,不料被楞伽(有学者考证为斯里兰卡)王罗波那劫持,因而引起战争。罗摩依靠神猴哈奴曼的帮助,终于渡海攻陷楞伽城,夺回悉多,胜利回国为王。"同样是为失去一个女人而引起战争,希腊的史诗是以海伦的妇人之美丽和可爱来迷醉西方世界;印度史诗的悉多却以妇人的忠贞和贤淑来感动印度人民。"就此而言,印度史诗更多地表现了作者的道德理想主义,男主人公罗摩的忠孝与女主人公悉多的贞节均被后世奉为道德楷模。就印度两大史诗的风格差异而言,《摩诃婆罗多》以雄壮胜,是阳刚的美;《罗摩衍那》以细致胜,是阴柔的美。像《摩诃婆罗多》中 18 天大战中的场面,恰似大海的波涛汹涌。在赌场中德路帕娣的激烈抗议,战事会议上克里史那的慷慨陈词,也都有排山倒海的力量。而《罗摩衍那》描写十车王的死,描写罗摩与悉多的蜜月,或则悱恻动人,或则风光旖旎,有更强的文学意味。同巴比伦史诗相似的是,太阳原型在印度史诗中占有重要地位。学者们指出,《摩诃婆罗多》中关于莎维德丽与萨蒂梵生死相恋的故事是太阳神话的置换变体,而《罗摩衍那》的构思基础也可能是太阳循环运动的神话原型。

　　印度两大史诗对后世印度文学产生了难以估量的影响，至今仍是家喻户晓的经典。印度南北各种地方语言均有两大史诗的翻译、仿作或改写，杜勒西达斯（Tulasidas，1532—1623）于17世纪据《罗摩衍那》改写的《罗摩功行录》成为印度教的福音书。随着印度宗教文化在南亚、东亚和东南亚的播散，印度史诗的影响也几乎遍及上述地区。仅就中国而言，汉译佛经中早有印度史诗的插话故事。《本生经》中有《摩诃婆罗多》里的一角仙人的故事，亦见于《太平广记》乃至日本的《今昔物语》。而《杂宝藏经》中的《十奢王缘》和《六度集经》中的《未名王生经》，据比较研究可知，前者是《罗摩衍那》的原始故事，后者是《罗摩衍那》后增加部分的来源。《罗摩衍那》中的神猴哈奴曼形象为中国四大小说之一《西游记》提供了孙悟空的原型。《西游记》第68—71回写朱紫国国王的王后被妖掳去，孙悟空取信物去救之，故事轮廓简直是《罗摩衍那》中哈奴曼救悉多一节的缩影。至于孙悟空的神通变化，如化身入敌人腹中、十万八千里的筋斗云、划地构成避邪圆圈等，均可溯源于《罗摩衍那》。又因为汉文化自古以来对猴的观念不同于印度，哈奴曼形象又转化派生出中国的猿猴好色抢妻类故事，如《白猿传》和《陈巡检梅岭失妻记》等。

第 四 章

中国民间文学与域外抒情诗

从世界范围看,优秀的抒情诗出现在东方的中国和日本,西方的欧美诸国,西亚和南亚的古代希伯来、中古阿拉伯和波斯以及印度。这三个地区的抒情诗分属不同的文化。前者属于从中国古代延续至20世纪初的汉文化,这种文化是人伦道德性质的文化,我们简称它德性文化。中者属于源自古希腊并贯穿至今的西方文化,这种文化是科学理智性质的文化,我们简称它智性文化。西、南亚文化本来也分属不同的文化,但就它们都具有宗教特性而言,也可以看成一种松散的共同文化,即宗教神话性质的文化,我们简称它神性文化。

所以,本章所谓中外抒情诗比较,就是中国抒情诗(包括古代抒情诗和现代抒情诗)与西方抒情诗、西南亚抒情诗的比较。比较的内容依次为题材、意象、手法和体裁、文化根源。

第一节　中外抒情诗的题材

与叙事诗比较,抒情诗的特点在于抒发情感,而不在于描写人物、景物和叙述事件。抒情诗的情感性质不同,所选择的题材也不同。诗的情感性质是由相应的文化根基决定的。总的说来,中国德性文化决定了中国古代抒情诗的主导情感是人伦情感,与这种情感对应的题材主要是忧国忧民的题材,亲情、乡情和友情题材,以及山水田园题材。西方智性文化决定了其抒情诗的主导情感是自我情感,与这种情感对应的题材主要是爱情题材,以及对人生、世界进行独特的哲学和神学思考的题材。神性文化决定了其抒情诗的情感普遍地具有宗教性质,与这种情感相应的题材当然主要是直接与宗教和神灵相关的题材;此外,也必然有关于社会和人生的题材,只是往往或浓或淡地浸染着宗教色彩。

一、中国古代抒情诗的题材

(一)忧国忧民题材

从抒情对象看,中国古代抒情诗的忧国忧民题材可以分为两个方面,一方面是爱国忠君及相应的对政治的关心；另一方面是爱护、同情民众及相应的对社会的批判。

中国古代抒情诗具有悠久的爱国主义传统。《诗经》中就有不少爱国诗篇，如《秦风·无衣》《鄘风·载驰》等。屈原（前340—前278）的《离骚》更是典型，它确立了文人诗歌爱国和关心政治的传统。李白（701—762）的诗不只歌颂祖国的壮丽山河，他其实从来就有匡时济世的抱负，坚信"长风破浪会有时，直挂云帆济沧海"。晚年逢安史之乱，写诗说"但用东山谢安石，为君谈笑静胡沙"，以谢安自比，表达平乱保国的雄心和豪气。后来流放夜郎半道获释后，仍然"中夜四五叹，常为大国忧"，并欲北上请缨，可谓烈士暮年，壮心不已！杜甫（712—770）青年时即抱有"致君尧舜上，再使风俗淳"的政治理想和雄心。安史乱起，他"不眠忧战伐，无力整乾坤"；"戎马关山北，凭轩涕泗流"，真是忧心如焚。晚年的《秋兴》八首，更以炉火纯青的诗艺表现最深沉的爱国情思，感人肺腑。宋代苏轼（1037—1101），尤其是辛弃疾（1140—1207）、陆游（1125—1210）也都热心政治，有的还直接参与抗敌御侮。即便像陶渊明（365—427）、王维（701—761）这样的田园山水诗人，也有不少爱国和忧时愤世的诗篇。西方抒情诗中也有许多表现政治观点和爱国情思的名作，如雨果（1802—1885）的《惩罚集》、惠特曼（1819—1892）的《草叶集》等。但总的来说，爱国题材不是西方抒情诗持久不衰的传统题材。对许多西方诗人来说，国家和政治时事并不是关注的中心。

中国古代的爱国政治诗有一个特点，即有的诗同时也体现忠君的思想感情，爱国与忠君结合为一体。这也以屈原最为突出。屈原遭奸佞诽谤、诬陷，被楚王疏远、流放，但忠君报国之心不改，至死仍思恋故国，恋念楚王。所以，完整地说，屈原在文人诗歌中开创的是忠君爱国传统。他诗中的"以求女比思君"的手法非常突出，后代也时有运用。对从政的中国古代诗人来说，君王有错，只能"婉而多讽"；自己被罪流放，也"怨而不怒"，甚至说成是沐浴"天恩"。西方诗中没有这样的忠君思想，诗人对昏君暴君不会那么客气，可以愤恨、诅咒，直欲拔剑相向。

中国古代抒情诗反映民生疾苦的传统出自《诗经》，所谓"饥者歌其食，劳者歌其事"。汉乐府的"感于哀乐，缘事而发"的精神与前者一脉相承。主要受儒家思想支配的古代诗人继承了《诗经》和汉乐府的传统。杜甫最典型，他"穷年忧黎元，叹息肠内热"，感叹"安得广厦千万间，大庇天下寒士俱欢颜"，体现了伟大的人道主义精神。韦应物（737—791）诗曰"身多疾病思田里，邑有流亡愧俸钱"，忧国忧民之思，焦虑惭愧之情溢于言表，尤其是后一句，可谓"仁者之言"。中国古代抒情诗还具有相应的社会批判传统，《诗经》中的《魏风·伐檀》《魏风·硕鼠》《唐风·鸨羽》等已发出怨恨和反抗之声。文人诗则多是委婉的讽喻、美刺，但也有如"朱门酒肉臭，路有冻死骨""遍身罗绮者，不是养蚕人"这样有高度概括力和强烈对照性的批判。西方诗人立足于个人主义，对民众的疾苦普遍有所忽视，描绘甚少，也不那么自觉。苏格兰农民诗人彭斯（1759—1796）是例外。

中国古代诗歌中的战争题材可以归属于忧国忧民题材。有的诗肯定和歌颂为国为民的正义战争，如《诗经》中的《秦风·无衣》，《楚辞》中的《国殇》等，但多数作品是非战的。对于连年征战，尤其是那种为了获取边功而给人民带来巨大灾难的不义战争表示强烈义愤。《诗经》中的《小雅·何草不黄》、汉乐府《战城南》、李白的乐府《战城南》和杜甫的《兵车行》等，是这类诗的代表。有时诗人的内心是矛盾的：一方面国难当头，不得不劝勉人民抗战；另一方面对战争和官府的腐败给人民造成的灾难深表同情，这在杜甫的《三吏》《三别》中有深刻的体现。类似的情况也出现在某些边塞诗和思妇诗中。"可怜无定河边骨，犹是春闺梦里人！"（陈陶《陇西行》）深沉的感慨震撼心灵，其中委婉地寄寓着强烈的反战情绪。总之，中国古代诗人对战争的态度是以国家和人民的利益为重，正如李白诗曰："乃知兵者是凶器，圣人不得已而用之。"在西方诗中，战争题材出现在史诗和其他叙事诗中较多，出现在抒情诗中较少。其中虽然也有反战和暴露战争的酷烈的，但多数歌颂战争和勇武，宣扬个人英雄主义，忧国忧民在其次。

从抒情主体看，中国古代抒情诗中的忧国忧民题材又表现为渴望建功立业，以及常常适得其反的仕途坎坷、怀才不遇。"老冉冉其将至兮，恐修名之不立"，屈原的话其实也是后代诗人的心声。人生苦短，唯恐不能立功、立德，是他们的普遍心态。这也是一种普遍的忧患意识。《古诗十九首》说："盛衰各有时，立身苦不早。人生非金石，岂能长寿考？奄忽随物化，荣名以为宝。"曹操（155—220）诗曰："老骥伏枥，志在千里。烈士暮年，壮心不已。"曹植（192—232）诗曰："闲居非吾志，甘心赴国忧。"对建功立业的向往何等热切！李白、杜甫、陆游、辛弃疾等在政治上都有"了却君王天下事，赢得生前身后名"的强烈愿望。西方诗人对政治保持着较大的独立性，没有这种对功名的执着追求。

然而，诗人们在仕途中往往得意的时候少，失意的时候多。最早的屈原，后来的曹植都如此。唐初陈子昂（661—702）的《登幽州台歌》更是一曲感慨生不逢时、报国无门的慷慨悲歌。李白发出"行路难！行路难！"的浩叹。陆游、辛弃疾这样的爱国志士更有"报国欲死无战场"的悲愤和无奈。另一种表现是诗人转而或者愤世嫉俗，沉沦失意，及时行乐；或者归耕田园，隐遁山林；或者借佛老思想的调整，强作旷达之士。这些情感表面上已不是忧国忧民和追求功名富贵，甚至是对前者的反讽，但正因为是由前者的幻灭引起，所以可以说是其负面效果的表现。其中又以表现沉沦失意、及时行乐的诗为多。《古诗十九首》大多如此。又如李白，他有许多饮酒诗，还有狎妓诗，既然功名之路难行，转而就"且乐生前一杯酒，何须千载身后名！"但联系他曾心怀壮志，汲汲于功名，我们便知道他这享乐是何等无奈！西方抒情诗中也常有个人价值不能实现的苦闷，有因反思人生、宇宙而产生的更深广的忧思，但由于他们有形而上学思辨和宗教信仰而得以解脱，不像上述中国诗人的忧患意识那样，因无所寄托而显得格外悲凉和沉重。

（二）亲情、乡情和友情题材

中国德性文化讲究人与人之间关系的亲和性，因而关于亲情、乡情及友情的题材就成为中国古代抒情诗的一大特色。

爱情题材是亲情题材中的一种普遍题材。中国古代的爱情诗也不少，在《诗经》、唐宋诗词及历代民歌中尤其多。但由于中国德性文化重在群体，以个体的性爱意识为基础的爱情在其中受到严重压抑，所以文人诗中的情诗很少，写得也委婉含蓄而不是痛快淋漓，并往往与忧国忧民等其他题材相错杂。西方文化重个体，所以爱情题材在诗中最普遍。这一点下一节将做较详细的比较。

在中国古代抒情诗中，除爱情诗以外，其他亲情题材的诗，如父子亲情、兄弟亲情的诗，虽然不算多，但部分地涉及这一题材的诗却较多，比起西方这类诗来也算一个特色。如《诗经》的《魏风·陟岵》一诗三节，依次写征人登高瞻望，想象父、母、兄长对他的思念和希望。孟郊（751—814）《游子吟》更是一首千古传诵的母爱颂歌，末二句"谁言寸草心，报得三春晖"的反问，大约只能出自讲求孝道的中国诗人。李白《寄东鲁稚子》表达了"念此失次第，肝肠日忧煎"这样强烈的思念子女的骨肉深情。关于兄弟情谊的诗词，王维、杜甫、白居易（772—846）及苏轼、黄庭坚（1045—1105）等都有名篇。这些诗多不是纯粹的亲情诗，而是与忧国之思、故乡之恋和个人身世之感相结合的。如白居易诗曰："吊影分为千里雁，辞根散作九秋蓬。共看明月应垂泪，一夜乡心五处同。"兄弟姊妹因战乱分离，国难家仇融为一体，感慨万端，哀思无尽。比较而言，西方诗人自我意识较强，所以这方面的亲情诗较少。

中外乡情诗都多，中国古代的乡情诗尤其多。从文化根源看，有如下原因：第一，中国古代是农耕文化，地域封闭，人们聚族而居，安土重迁，有浓厚的乡土意识。第二，中国古代重孝道，故乡称为父母之邦，儒教曰"父母在，不远游，游必有方"。所以在古代诗中，思念故乡往往与思念父母及其他亲人结合在一起。第三，行役从军与漫游、宦游是产生乡情诗的直接原因。行役在外而思念故乡的诗在《诗经》中就有，如《小雅·采薇》；唐代边塞诗中更多。漫游和宦游产生游历诗，其中乡情和亲情的成分很重，有的就是乡情诗或亲情诗。"日暮乡关何处是，烟波江上使人愁"是游子们的共同心声。如李白壮游天下，但同时又"思归若汾水，无日不悠悠"。他的游历诗最著名，其中就包括了《静夜思》等属于乡情诗的名篇。由于诗人们的漫游大多与自己的政治抱负和功名追求有关，可以说是变相的宦游，所以他们的游历诗、乡情诗往往结合着对社稷民生的忧患和对个人仕途的感慨。

乡情诗在意象上也有特点，最突出的是思乡多与"月"的意象关联。李白有"举头望明月，低头思故乡"，杜甫有"露从今夜白，月是故乡明"，卢纶（？—799）有"三湘衰鬓逢秋色，万里归心对月明"，王安石（1021—1086）有"春风又绿江南岸，明月何时照我还"。月之所以成为思念的意象，大概是月照两地，于是两地相思，就联想到月，所谓"海上生明月，天涯共此时"（张九龄），"但愿人长久，千里共婵娟"（苏轼）。此外，思乡的意象又多与秋天和黄昏相关。中国的乡情乡思往往带着悲凉气息，而"悲哉秋之为气也！"黄昏则本来是归家之时，自然容易惹起诗人的乡思和乡愁。西方的乡情诗不多，但也有名篇，如彭斯的《我的家在高原》、叶赛宁（1895—1925）的《我辞别了我出生的小屋》等。后者写得美丽而忧伤，但那忧伤的自我情绪不同于中国乡情诗中常有的忧患和悲苦情绪。

在中国古代抒情诗中，友情题材的诗数量最多，名篇佳作也层出不穷。中国古代文化讲究人与人之间的关系，友谊就是这样一种关系；封建社会的科举制度及相应的漫游和宦游使这种关系得到加强，文人们在求取功名和仕宦期间，与友人和同僚或者朝夕相处，或者相别、相忆又相逢，结果是写出大量的友情诗。友爱相处如杜甫诗曰："余亦东蒙客，怜君如弟兄。醉眠秋共被，携手日同行。"说的是与李白以诗结友，共同游历，情同手足。惜别的友情诗最多，佳作不胜枚举，最著名的如王勃《杜少府之任蜀州》、李白《送孟浩然之广陵》等。相忆相思如杜甫的三首《梦李白》，而李白对杜甫也是"思君若汶水，浩荡寄南征"，可谓千古交情，至诚至深。喜相逢如韦应物诗曰："浮云一别后，流水十年间。欢笑情如旧，萧疏鬓已斑。"相逢又相别如杜甫的《赠卫八处士》。又如戴叔伦（732—789）《江乡故人偶集客舍》，一边惊喜"还作江南会，翻疑梦里逢"，一边又感叹"羁旅长堪醉，相留畏晚钟"，相逢旋即相别，真令人黯然销魂。

中国古代友情诗停留在相别、相忆等现实生活层面，朋友之间共同的命运和政治抱负是基础，所谓"与君离别意，同是宦游人"，偏重的是友情的真挚和深厚。西方友情诗却不相同，友谊的共同基础往往是个人志趣和人生理想，偏重友谊的纯洁与崇高。如莎士比亚（1564—1616）《十四行诗集》对友人的人格美尤其是人体美反复进行热烈赞颂，体现的是以个体为本位的人文思想；而"我记着你的甜爱，就是珍宝，教我不屑把处境跟帝王对调"（第29首），这种友谊和小视帝王的气魄，也绝然不是中国古代友情诗所能表现的。

（三）山水田园题材

中国古代山水田园诗的一个特点是出现的时间早，数量多。《诗经》中就有，但还未构成独立的山水田园诗，只作为表现人事的手段，作为艺术上起兴的兴象，如"蒹葭""白露""幽谷""乔木"等兴象。晋宋之交山水田园诗大兴。主要原因是老庄思想中兴，促使诗人接近和描写山水田园。另一个原因是当时政治黑暗、官场腐败使一些文人隐退山林，归耕田园。西方田园诗出现很早，在古希腊和古罗马时期就有，如维吉尔（前70—前19）写过四卷田园诗。但后来的田园诗并不多，未形成传统。山水诗则在18世纪初期的浪漫主义诗中才兴起。中国古代山水田园诗数量多的原因，不单是它出现得早，更重要的是诗人们的创作是自觉的，形成了流派，如晋宋时的陶、谢诗派，唐代王、孟、韦、柳诗派。大诗人李白、杜甫、苏轼等都写过不少山水田园诗。描绘山水田园已成为中国古代诗歌的一个传统。

中国古代山水田园诗的另一个特点是纯粹。所谓"纯粹"，指诗人对山水田园进行客观描绘，不明显表现主观情思，不对它做哲学思辨或宗教升华，让它自身呈现，显现独立的审美价值。这就是所谓"无我"或说"物我同一"状态的山水田园诗。"无我"的田园诗如陶渊明的《饮酒》，诗中有句云："采菊东篱下，悠然见南山。山气日夕佳，飞鸟相与还。此中有真意，欲辩已忘言。"无我的山水诗更多。如王维的《辛夷坞》："木末芙蓉花，山中发红萼。涧户寂无人，纷纷开且落。"又如柳宗元（773—819）《江雪》："千山鸟飞绝，万径人踪灭。孤舟蓑笠翁，独钓寒江雪。"在西方诗人眼中，山水田园是不能独立自足的，需要人赋予它意义，于是对它沉思，发议论，所以西方山水田园诗不是"无我"的、纯粹的。如华兹华斯（1770—1850）的《我孤独地漫游，像一朵云》是著名的山水景物诗，前三节写水仙花迎风舞蹈及诗人的惊喜，其间已有若干辩说，末节更完全是辩说他的沉思和感受。华氏其他山水诗中的辩说更多。

中国古代山水田园诗的另一个特点是意象优美。诗中所描写的多为湖光山色、晓风残月等，呈现恬静状态的美。西方田园诗尤其山水诗则有崇高性，常常是高山大海、暴风骤雨之类的景象，呈现动态的美。用朱光潜（1897—1986）的话说："中西山水诗有刚柔之分：中国诗自身已有刚柔的分别，但是如果拿它比较西方诗，则又西诗偏于刚,中诗偏于柔。西方诗人所爱好的自然是大海,是狂风暴雨,是峭崖荒谷,是日景,中国诗人所爱好的自然是明溪疏柳,是微风细雨,是月景。这当然只就其大概说。"

中国古代山水田园诗有自身独特的文化意蕴。由于山水田园往往是诗人政治上失意后归隐的场所,是他们的精神寄托,他们的山水田园诗的深层意蕴就或多或少联系着政教伦理。此外是常常描写和赞美劳动生活。这些主要是儒家文化的意蕴。更直接更浓厚的文化意蕴还是道家和佛家的。陶潜诗中自然、平淡的情趣,李白诗中自由、放任的精神等,是前者的体现;如王维诗中清静、空无的佛理,苏轼诗中自在、空幻的禅意等,是后者的体现。西方山水田园诗的文化意蕴却不同,又直露、显豁许多。山水田园往往作为诗人表现自我思想情感的材料,或者作为独特的哲学和宗教沉思的对象,前者如拜伦(1788—1824)《哈罗尔德潞记》中对自然山水的描写,后者如华兹华斯和歌德(1749—1832)的某些山水田园诗。西方田园诗其实对劳动生活描写不多,往往仍然是借以表现诗人自己的情趣和理想。在西方山水诗中,诗人实际上是站在自然山水之外与之进行"交流"的,偶尔也能与之"契合",但随即往往被不断的解说、追问隔开。从文化根基看,西方诗人尤其浪漫主义诗人,是作为与自然对立的"主体"而站在自然之上的,骨子里信奉的是普罗塔哥拉(前485—前410)的"人是万物的尺度"和康德(1724—1804)的"为自然立法"的信条。

二、西方抒情诗的题材

(一)爱情题材

爱情题材是西方抒情诗最普遍的题材。题材包含着主题,于是有所谓"爱情是永恒的主题"的说法。西方爱情诗具有自我性和自由性的特点,中国古代爱情诗则带有较浓厚的人伦道德色彩。这一根本差别由以下几点具体体现出来。

首先,主要是婚前恋与婚后恋的差别。西方诗中男女之恋突出地表现在婚前恋上。往往是双方一见钟情,随即便是直率的倾诉,大胆的追求,热烈的思慕,这即所谓"慕诗"。这种慕诗常常伴随对恋人的最高的赞美。如但丁(1265—1321)诗曰:

"她似乎不是凡女,而来自天国 / 因为显神迹才降临世上。"(《我的恋人如此娴雅》)拜伦诗曰:"她走在美的光彩中,像夜晚 / 皎洁无云而且繁星满天 / 增加或减少一分明与暗 / 就会损害这难言的美。"(《她走在美的光彩中》)中国古代爱情诗中固然也有男女婚前的幽会、欢爱和追慕,例如在《诗经》和后代民歌中,在某些作为"诗余"的词中,但由于婚姻决定于父母之命、媒妁之言,男女爱情主要表现为婚后的相爱,别后的相思和死后的怀念,所以离愁别恨的"怨诗"尤其多,悼亡的诗也不少,风格含蓄深曲,哀婉动人。

在西方爱情诗中,爱情往往显出是男女之间天然的事情,离开社会和自然较远,显得较为纯粹。中国古代爱情诗由于多写婚后恋,不免受夫妻、公婆、子女等多重人伦关系的制约,与国事、家事和个人功名关联(夫妻分别往往因宦游或行役引起),很少显得是单纯的。

以上不同在中西两位著名的女诗人的诗中有较典型的反映,这里略做比较。先看勃朗宁夫人(1806—1861)婚前对恋人的倾慕和热烈的爱:"爱我,请只为了那爱的意念,/那你就能继续地爱,爱我如深海。"(《抒情十四行诗集》第14首)"亲爱的,让我俩,/就相守在地上吧——世人的争吵、熙攘/都向后退隐,留给纯粹的灵魂/一方隔绝,容许在这里面立足;/在这里爱,爱上一天,尽管昏黑的/死亡,不停地在它四周打转"。(第22首)"我爱你尽我的心灵所能及到的/深邃、宽广和高度——正像我探求/玄冥中上帝的存在和深厚的神恩"。(第43首)再看李清照(1084—1151)婚后对丈夫别后的无尽思念及死后的深切怀念:"一种相思,两种闲愁。此情无计可消除,才下眉头,却上心头。"(《一剪梅》)"念武陵人远,烟锁秦楼。惟有楼前流水,应念我、终日凝眸。凝眸处,从今又添,一段新愁。"(《凤凰台上忆吹箫》)"物是人非事事休,欲语泪先流。/闻说双溪春尚好,也拟泛轻舟。/只恐双溪舴艋舟,载不动、许多愁。"(《武陵春》)

其次的差别是,西方爱情诗中所写的多为上层女性,有的诗还写对已婚女性的爱慕,不大受道德的约束,中世纪骑士抒情诗和文艺复兴时期的某些爱情诗都有这种情况。这在中国古代爱情诗中是没有的。中国古代爱情诗中多平民女子,尤其在民歌中,文人诗也抒写属于平民的征夫怨妇的离情别绪。

再一个差别是,西方有尊重女性的传统,所以诗人一般都以自己的身份和口气写情诗,于是诗中多为男性对女性的思慕和追求,男性往往显得谦卑。在中国古代爱情诗中,诗人有时却借女性的身份和口气来写对异性的思念,这是因为在中国男尊女卑,男子应志在功名,似乎耻于直接表露对女性的情欲爱意。

中西爱情诗还有一个重要差别,即具有不同的升华模式。西方爱情诗常常表现爱情至上,又常常将爱情向哲学尤其是宗教理想升华。如海涅(1797—1856)诗《你好像一朵花儿》:"你好像一朵花儿,/这样温柔、纯洁、美丽,/我凝视着你,一丝哀愁/悄悄潜入我的心底。/我愿在你的头上/轻轻放上我的手,/祈祷上帝永远保佑你/这样纯洁、美丽、温柔。"最纯洁的美,最深沉的爱似乎来源于上帝,所以也需要上帝保佑。又如弥尔顿（1608—1674）的悼亡诗《我仿佛看见》中的诗句："正如我深信我必将再有机会在天上看见她，清楚而无拘束，她披着白袍来到，纯洁如她的心灵。"纯洁、高尚的爱是不死的，她已经飞升天堂，与神同在。如此升华的结果，是爱情被美化、被神圣化了。中国古代诗中的爱情一般停留在现实层面，从属于现实的政教伦理，所谓国家事大，儿女事小，功名重于爱情。诗人升华爱情的一种方式，是用男女恋情比喻君臣关系，进而还可以用爱情象征政治理想或其他至善至美的东西。结果，有些表面上写爱情的诗其意思可以多指，或者实际上写的根本就不是爱情。中国古代爱情诗还有向下沉溺的一面，即流于颓废和情欲，如色情和狎妓的诗。

（二）哲理题材

如果说中国古代抒情诗的最高主题是现实的政治理想和人生道义，西方抒情诗的最高主题便是对人生和世界的形而上哲学思考。西方伟大的抒情诗人的诗几乎都不同程度地体现着哲理。柯勒律治（1772—1834）说："一个人，如果同时不是一个深沉的哲学家，他绝不会是一个伟大的诗人。"艾略特（1888—1965）也说过类似的话。哲理题材是西方抒情诗的重要题材。

西方抒情诗中较突出的哲理思想大约是柏拉图的理式论、斯宾诺莎的泛神论和现代存在主义。柏拉图将现实与理式分开，认为前者是虚幻的，只是后者的"摹本"或"影子"。理式论对西方哲学本体论发生了根本性影响，理式成了后来一切与感性世界分离的、超验的哲学本体的原型。它对西方诗的哲理性的影响也很深远：诗中所表现的最高理想和终极意义之类的东西，往往都可以直接或间接地与它关联。它又很容易与基督教中超验的上帝结合，这更增加了它对诗歌影响的普遍性和持久性。较早对抒情诗创作发生作用的是新柏拉图主义。后者是柏拉图思想与中世纪其他哲学和早期基督教神学结合的产物，其思维模式基本上仍是原型（理式）与摹本的关系，但有更多的神秘主义色彩。新柏拉图主义吸收柏拉图的经由柏拉图式的"爱情的接引"而通达美的理式的思想，认为男女之爱是接近上帝的阶梯，从沉思尘世的女性美而见到永恒的天国的美。这在英国诗人斯宾塞（1552—1599）的十四行爱情诗中有明显表现。斯宾塞把他心爱的女郎作为这种新柏拉图主义理想的化身来歌颂："她灿烂的光辉照得我眼花缭乱，／我再也不耐烦把低贱的俗物瞻视：／我目不转睛，发愣地朝她观看，／惊异那天国形象的奇妙景致。"（《十四行诗》第3首）"任什么我都看不见，虽天清气朗，／别人在凝视着自己虚幻的影子，／我只能看见那天国光辉的映像，／它还有一丝闪光留在我眼里。"（第88首）这里不但有诗人对爱人的热恋和崇拜，也有对宗教信仰的虔敬和对哲学思想的倾心。在雪莱（1792—1822）诗中，柏拉图的理式成为丑恶现实后面的至善至美的理想。如在《别揭开画帷》一诗中,诗人把世俗生活比作"画帷"和"幻象",而希望和真理"在后面躲藏"。

在西方哲理抒情诗中,更多的情况不是体现某一哲学思想,而是表现一般的人生哲理和生活智慧。美国女诗人狄金森(1830—1886)的许多诗哲理精辟,充满巧智。如她的《我为美而死》一诗写为真和美而死是精神的永生,是人生的归宿,所以那死显得安详而富有情趣。又如美国诗人弗罗斯特(1874—1963)的《没有走的路》一诗,其平易的词句蕴含着深刻的哲理:两条岔路诗人只能择一,不能都走,然而"此后的一切就相差千里"。再如法国诗人瓦雷里(1871—1945)的《石榴》一诗,用具体物象阐发抽象哲理:从石榴的绽开"想见丰硕的成果爆开了权威的额头";从绽开的石榴又回忆和思索自己头脑的活动,似乎看见了人类智力的结构和秘密:"这一辉煌的裂口/使我的旧梦萦绕/内心的隐秘结构。"这类咏物的哲理抒情诗名作还有里尔克的《豹》、史蒂文森(1897—1955)的《坛子逸闻》等。

中国古代也有不少哲理抒情诗。与西方哲理抒情诗比较,它有几点不同。第一,它不像后者那样是某种形而上哲理的体现,而是伦理道德观和人生智慧的体现。儒家思想主要是伦理道德哲学。道家思想虽有深玄的本体论——道论,但其核心仍是人生哲学,因为它强调的是道的"无为"特性,而这正是道家的政治理想与人格理想的依据。中国古代诗中所体现的道家哲学思想主要是后者,而不是其形而上本体观。佛教的形而上宗教哲理本来高深而且有体系,但它被中国化后已变成关于修身、行善、积德的禅理禅趣,也成了人生哲学之类的东西。第二,就人生哲学而言,西方哲理抒情诗多关注人生的终极意义,多是超验性的。由于这种终极意义往往是形而上哲学理想或宗教信仰,其诗便多呈现亮色。中国古代哲理抒情诗关注的是人生的现实意义,多是经验性的。由于无形而上的升华和宗教的寄托,往往显得悲观或悲凉。如《古诗十九首》等诗也对时间和生命做了深入思考,但往往流于颓废和及时行乐。第三,西方哲理抒情诗常常借用非常态的物象或者纯想象的形象来表现哲理。如瓦雷里用绽开的石榴来象征智力活动的结构和秘密,里尔克用囚于铁笼的豹来比喻人的孤独而无所作为的悲哀,史蒂文森用在想象中置于田纳西州的坛子来表达以艺术品为中心而赋予世界以秩序和意义的思想。这些非常态物象与诗人的抒情个性和独特的哲学沉思相吻合。中国古代哲理抒情诗则一般用常见的现实物象,以便表现共同的伦理道德或人生智慧。如王之涣(688—742)的《登鹳雀楼》和苏轼的《题西林壁》等诗。这种不同也显示了中西哲理抒情诗在文化根源上的深刻差异。

（三）宗教题材

宗教题材和宗教情绪在西方抒情诗中相当突出，原因是基督教在西方普遍而深入人心。近代宗教改革后，教会的中介作用减小，信徒与上帝的直接关系加强，宗教日益成为个人化的东西，更适合西方人热爱自主、自由的天性，也更适应西方抒情诗抒发自我情感这一本质特征，这是西方抒情诗中宗教题材长盛不衰的一个原因。

基督教的基本精神是在人神关系上的上帝与原罪的关系，是人对上帝的敬畏和亲近，对自身的救赎。因此，颂神和救赎成为诗中最直接的题材。颂神诗如英国诗人多梅特（1811—1887）写有《圣诞赞歌》一诗；霍普金斯（1844—1889）写有《隼》一诗，副标题为"给我主基督"，赞颂基督为人类受难和献身。又如德国诗人诺瓦利斯（1772—1801）的《宗教歌》歌颂圣母玛丽亚："玛利亚，在一千种画像里，/ 你都表现得那么可爱，/ 然而我心灵见到的你 / 没一幅画能描绘出来。/ 我只知道，自从我见到你，/ 世界的骚乱就消散如梦，/ 而神秘的天国的甜蜜 / 就永远留住在我心中。"诗中可能融合有诗人的情爱意识。

宗教救赎思想在艾略特的诗中最突出，他的《荒原》一诗运用了不少宗教故事和材料，并体现了这一思想。诗人用"荒原"象征现代人精神的荒芜，暗示只有皈依宗教才能得到拯救。在《兰斯劳特安罗斯》一诗的序言中，他声明自己"在政治上是保皇党，宗教上是英国天主教徒，文学上是古典主义者"。他于1930年写的《灰星期三》被认为是诗人最终皈依宗教的标志。该诗首尾都出现"我不再希望转身"，表明诗人已决心放弃世俗生活的诱惑而去宗教中寻找新的生活意义。此后的诗中更经常选取宗教故事和历史传说来表达自己的宗教思想和情绪。

在西方抒情诗中，更多的情况是宗教题材和思想被融入生死、爱情和哲理等其他题材和思想中。宗教与爱情、哲理等结合前文已论述。宗教意识与人的生死关联的诗经常出现，因为基督教的最高理想是超越现世而进入天国，与上帝在一起而获得永生，这对于人来说只有通过肉体的死亡才能最终实现。死亡因而常常被描写成人的归宿，是莫大的安慰，乃至是至福至乐。苏格兰诗人奈恩夫人（1766—1845）的《永恒的天国》一诗较典型。诗人说"天使们已来接我，/ 前往永恒的天国，""那里无伤悲忧虑""也无严寒和盛暑""啊，一切都那么美好 / 在那永恒的天国"。上文曾说狄金森从哲理角度把死亡描写得格外安详和富于情趣。她的《因为我不能停步等死神》一诗则是以灵魂永生的宗教观写死亡，也写得安详而富于情趣。诗的首节即可见一斑："因为我不能停步等死神——/ 他好心地停步等我 / 车驾仅仅载着她与我 / 还有永生与我们同车。"

中国古代抒情诗中的宗教意识很淡薄。儒家思想主要是伦理道德观，其中的君权神授论以及三纲五常亦受天意支配的思想，具有一定的宗教性质。儒家的敬天祭祖等都出于现实政教伦理和日常生活的目的和愿望，并无对彼岸世界的企求。道教与道家思想已相去甚远，只是在返璞归真等思想上渊源于后者。道教的修炼不在来世而在今生，其目的是求长生不老、得道成仙，永享仙界的乐趣，而仙界的乐趣只是变相的人间乐趣，可知道教不超欲，也不是真正的超世。道教思想反映在郭璞(276—324)、李白等人的游仙诗中，其中都有关于炼丹求仙和琼楼玉宇、琼浆玉液的美妙仙境的描写。佛教被本土化为禅宗，诗中表现的禅理、禅趣与本来的禁欲超世的佛理也相去甚远。

总的来看，中国古代宗教中没有创世创人并让人无限崇拜的上帝。中国古代人崇拜的是历代圣贤，所以歌颂圣贤的诗很多。中国古代宗教的目标停留在现实，超验的神仙界只是变相的现实世界，所以在人的死亡问题上就不像西方人那样有归宿感，而认为是亲人的永远的失去，是进入可怕的黑暗世界，多少有一种恐惧感。即如达观的陶潜，他在《挽歌三首》中也把死写得可怕："欲语口无音，欲视眼无光。幽室一已闭，千年不复朝。"死是永恒的黑暗，哪有上帝的光辉！又说："死去何所道，托体同山阿。"死是葬身山陵而已，哪有天国可去！

三、西、南亚抒情诗的题材

位于北非的古埃及的诗歌是世界上最古老的诗歌。它大致可以分为世俗诗和宗教诗。前者指民间歌谣，其中以表现男女纯真恋情的情歌最富于抒情意味。后者中有赞颂诗，如《阿顿太阳神颂》，充满了古代埃及人对给予他们光明与温暖的太阳的无限热爱和崇敬之情。其余的诗保存在《亡灵书》中，宗教性和实用性较强，抒情性较少。其中包含的灵魂不灭、再生、冥国等观念，对古代希伯来和古代希腊的文化都有影响，是后两者宗教神话观念的一个来源。位于西亚的古代巴比伦的史诗发达，其《吉尔伽美什》是世界上现存最古老的史诗，对希伯来的诗歌和文化都产生了重要影响，如其中的神创世及方舟救渡的故事就是后来《圣经·旧约》中上帝创世和诺亚方舟故事的原型。古代埃及和巴比伦的诗歌通过古代希腊和希伯来的诗歌和文化而对阿拉伯及世界其他地方的诗歌和文化产生深远影响。

取得较高成就的抒情诗是位于西、南亚的古代希伯来的圣经诗歌，中古阿拉伯和波斯的抒情诗及印度古代和现代的抒情诗。这些抒情诗题材的共同特点是带有浓厚的宗教色彩。但由于它们各自所属的宗教文化不同，它们各自的题材又具有不同的特点。

（一）希伯来抒情诗的题材

古代希伯来诗歌创作起于公元前 12 世纪，止于公元 1 世纪希伯来民族为古罗马彻底灭亡，主要收入犹太教经典《圣经》中。《圣经》诗歌主要为抒情诗，集中在《诗篇》《哀歌》和《雅歌》中。其中许多是直接赞颂上帝亚卫（又译耶和华）的。《亚卫：唯一之神》一诗说："除我以外，没有别的神；哦是亚卫，没有人可跟我相比。/ 我造光明，也造黑暗。/ 我赐平安，也降祸患。"《呼唤万物颂赞亚卫》一诗说：

"愿万象都颂赞亚卫的圣名。/ 他一下命令，万物都被造成，/……他的命令谁也不能违背。"《亚卫是我的牧者》一诗说："纵使我走过死荫的幽谷，/ 我也不遭害怕，/ 因为你与我同在，/ 你用牧杖引导我，用牧竿保护我。"这类颂神诗后来对西方诗人产生影响，他们也怀着类似的宗教情感和信仰写下许多颂神诗，只是把希伯来人作为民族保护神的上帝变成了保护和引导全人类的上帝。

希伯来抒情诗的另一个重要题材是民族兴亡。希伯来民族的迁徙、逃亡、立国兴邦、长期战乱和多次亡国，在诗中都有回响。其中以反映饱受国破家亡的深重灾难的《哀歌》描写得最为真切、凄惨。公元前 586 年，巴比伦王国攻陷耶路撒冷，掳走数万希伯来人，这即是历史上著名的"巴比伦之囚"。诗中描写了守城军民弹尽粮绝的绝望情景及敌人破城后的大屠杀："孩子们因饥饿已昏倒在街头巷尾""女人在吃自己的婴孩！/ 祭司和先知在圣殿里被杀！"诗中表现了诗人的无比悲伤和愤恨。希伯来诗也表现希伯来人同仇敌忾的爱国精神，如《底波拉之歌》一诗歌颂女先知底波拉率军英勇抵御入侵敌人。

对民族兴亡和爱国主义，诗人是用犹太教神学来解释的。希伯来民族的胜利被归功于上帝的威力；而屡遭亡国之灾则是由于违背了上帝的教诲，上帝便借敌人之手来惩罚。诗人在悲痛欲绝之际，又总是祈求上帝的宽恕和救助："上帝仁慈，/ 不会长久地拒绝我们。"（《哀歌》第 3 首）"亚卫啊，求你使我们回心转意，归向你。/ 求你恢复我们昔日的荣光！"（《哀歌》第 5 首）

西方诸民族没有像古代希伯来民族那样屡遭如此惨烈的灾祸，所以西方诗中也难见那样凄惨的描写和悲愤的抒情。但西方诗中关于向上帝忏悔，祈愿上帝恩助以及上帝的公正赏罚等基督教观念，却与上述希伯来诗相通，因为它就来源于后者。中国古诗中的忧患题材和爱国思想与希伯来诗有类似性，但两者又很不相同。中国诗中没有那种上帝神学观，它是伦理政教的；也没有希伯来诗中时时流露出的那种悲观乃至绝望的情绪，它的忧患题材中的主导精神是自强不息。

希伯来诗中的爱情题材出现在《雅歌》中。《雅歌》又名《歌中之歌》，意思指它是所有诗歌中最优美的。《雅歌》由若干首情歌组成。"我的爱人，我的新娘，/你眼睛的顾盼，/你项链的摇动，/已把我的神魂夺走了！"（第3首歌）"我的爱人从门缝伸进手来，/他已靠近了，我的心惊跳不已，/我要开门让他进来。"这爱恋是真挚、热烈、快乐的，很富于世俗生活的情趣。"爱情如死亡一样坚强，/热恋如阴间一样牢固。/它爆发出的火焰，/就是亚卫的火焰。/众水不能熄灭爱情，/洪流也无法把它淹没。/若有人想用财富换取爱情，/他必定要遭到鄙视。"（第6首歌）这爱情是何等坚贞、纯洁，又是何等炽热、奔放！但爱情的火焰就是亚卫的火焰，这句话表明爱情究竟不能完全是世俗的，它也被置于宗教神学形式中，或者说取得了宗教神学的合法性——爱情也是上帝旨意的体现。

《雅歌》描写爱情的大胆、直率、热烈以及向宗教的升华，都与西方爱情诗有类似性，后者必定从《雅歌》吸取了不少营养。《雅歌》的创作较早，也是民间的歌唱，就其真挚、质朴和富于民间生活气息而言，与我国《诗经》中的爱情诗也有相似性。但两者的风格不同：《雅歌》热烈奔放，而《诗经》中的情诗总的说来含蓄委婉。

（二）阿拉伯、波斯抒情诗的题材

中古时代的阿拉伯诗歌分为"蒙昧时代"和伊斯兰教时代两个时期。"蒙昧时代"大约从公元5世纪至7世纪。那时已存在许多口耳相传的诗歌，以7首"悬诗"最为著名，其中又以乌姆鲁勒·盖斯（500—540）的悬诗最受推崇。所谓悬诗，是赛诗会上获胜的诗，因用金水书写后悬在麦加的克尔白天房的帷幕上而得名。悬诗描写阿拉伯沙漠的自然风光和阿拉伯民族的游牧生活，多以爱情、饮酒、游牧、迁徙、行侠、凭吊等为题材，感情真挚热烈，语言粗犷质朴，风格豪爽。悬诗对后世的阿拉伯诗歌有深远影响。

公元7世纪初，麦加人穆罕默德（570—632）创立伊斯兰教，并建立政教合一的阿拉伯国家。穆罕默德死后的政权继承人哈里发们不断向外扩张，建立了地跨亚、非、欧三大洲的庞大的阿拉伯帝国。所以，阿拉伯诗歌受政治尤其是宗教的影响很大。宗教的影响直接来自伊斯兰教经典《古兰经》。《古兰经》尊安拉为真主，是唯一的神，尊穆罕默德为圣人。安拉如同犹太教中的亚卫，是创世神。安拉和穆圣的教训是每一个伊斯兰教信徒的言行规范和准则。这些都在阿拉伯诗中打下深深的烙印。《古兰经》中的宗教观念和故事题材在诗中反复出现。"真主在上""蒙安拉祝福"作为语言模式在诗中随处可见。有些诗就是直接赞颂真主和穆圣的。如阿拔斯王朝后期著名诗人蒲绥里（1212—1296）的代表作《斗篷颂》就是一首赞颂先知穆圣的长诗，在阿拉伯民族中流传甚广。

伊斯兰教初期,诗歌创作处于低落状态,至倭马亚(又译伍麦叶)王朝时开始兴盛,政治诗是一个重要种类。当时的诗人伴随伊斯兰教的传播和政治的扩张,常以诗的形式对尚未皈依伊斯兰教的诗人的作品加以讽刺、诘难和辩驳,即是所谓"辩驳诗"。这种诗既有宗教性,更有政治色彩。诗的另一个重要题材是爱情和美女。帝国建立后城市的繁荣促进了情诗的发展。著名艳情诗人欧麦尔·本·艾比·拉比阿(645—719)被称为"情诗之王",专门写美女和恋情,风格清丽、欢快。如他在一首"卡扎尔"体诗中写道:"她,娴雅温淑地移步前来,/宛如柔嫩的枝条在清晨的和风里摆动。/妖媚的目光,骤然使我眩晕,/眼前织起一片朦胧、凌乱的碎影。/你我何须彼此寻访,命运定下了我们一见钟情的时刻和地方。"

阿拔斯王朝是阿拉伯帝国的极盛时期,诗歌也空前繁荣。诗的题材丰富,主要题材是饮酒、爱情和人生哲理。艾布·努瓦斯(757—814)是著名的"咏酒诗人",描写豪华场面,歌颂饮酒作乐,表现诗人狂放不羁的性格和追求享乐的心理。天才诗人艾布·塔依布·穆台奈比(915—965)少年时即显露诗才。他的诗题材广泛,主要成就在于描写战争和阐发人生哲理,不少诗句已成为警句格言。例如:"想见卡孚尔的决不求见他人,/向往大海的必然蔑视溪流。""埋葬他人也终将为他人埋葬,/我们的后代踩着前人的颅骨。"盲诗人艾布·阿拉·麦阿里(973—1057)的最著名的诗集《鲁祖米亚特》,包含的题材广泛,也富于哲理。

总的来看,阿拉伯抒情诗的题材丰富,既有直接关于宗教的,又有酒宴、艳情等关于世俗生活的。后者为一大特色,体现了享乐主义倾向。究其原因,一方面是帝国一度强大富庶,上层社会奢靡成风。另一方面大约与伊斯兰教的某些教义有关。该教在注重来世天国的幸福的同时,并不完全否认现世的幸福。《古兰经》说:"谁想获得今世的报酬,我给谁今世的报酬;谁想获得后世的报酬,我给谁后世的报酬。我将报酬感谢人。"这是与基督教和佛教不同的。

同属伊斯兰教文化的中古波斯抒情诗也成就辉煌,对世界的影响甚至比阿拉伯抒情诗更大。波斯是世界文明古国之一。公元前6世纪,古代波斯曾建立起强大的帝国。后来几经盛衰,公元7世纪中叶被阿拉伯帝国征服。古代波斯信奉祆教,其经典《阿维斯塔》中包含部分具有抒情性质的颂神诗。中古波斯被征服后逐渐改信伊斯兰教,但祆教思想仍然影响早期中古波斯诗人,如被誉为"波斯诗歌之父"的鲁达基(850—941)。

中古波斯抒情诗坛名家辈出,群星闪耀。他们的作品在浪漫主义时期传到欧洲,令歌德等大诗人敬佩不已。就这些诗的题材与思想看,有的直接与宗教有关,有的描写美女与醇酒等，有的表现人生哲理，总体上都带有宗教色彩，与中古阿拉伯抒情诗类似。

中古波斯诸抒情诗大师的诗常常包含睿智的哲理，并寓于奇妙的形象中，沉浸在深厚的情蕴里，有的还融合着怀疑和反抗的精神。海亚姆诗的哲理性也许最丰富和深邃。如其中一首："我们来去匆匆的宇宙，/ 上不见渊源，下不见尽头。/ 从来无人能参透个中真谛，/ 我们来自何方，向何方走？"这是对世界本原和人生终极意义的追问，是纯形而上的。他更多的诗表现人生哲理。如"玫瑰和郁金香的艳姿 / 想必长自帝王的血渍。/ 那儿有紫罗兰开在地面，/ 想必发自美人颊上的黑痣。"这是对权势、美色的慨叹，也是对历史、时间的慨叹，精简而意味无穷。哈菲兹的哲理抒情诗大多出自诗人的晚年，主要从苏非教派立场去体悟人生哲理，显得较为神秘、隐晦。萨迪的诗集《蔷薇园》表现人生哲理，也总结生活经验，宣示道德原则，题材宽广，思想丰富。

（三）印度抒情诗的题材

印度是宗教气息很浓的文明古国，从古至今产生过婆罗门教、佛教、耆那教、印度教，伊斯兰教后来也传入印度。所以，印度抒情诗的宗教神性很浓郁。古代印度最早的几部诗集总称《吠陀》，其中最主要的是《梨俱吠陀》，形成于公元前 1500 年左右。它包括 1028 首诗，以颂神为主。如对太阳神阿耆尼的赞颂："辉煌的阿耆尼，虽然你形式有三但本质为一，/ 为烈火，你在此燃烧不息；/ 为闪电，你在苍穹闪耀光辉；/ 为丽日，你在长空喷吐光明。"这些颂神诗已显出较高的抒情艺术水准。

中古印度诗人伐致呵利（约公元 7 世纪）著有《三百咏》，分为《世道百咏》《艳情百咏》和《离欲百咏》三组。后者中有些诗从佛教的观点劝导人去欲修行，求得解脱。例如："心哪！离开这声色密林，烦恼聚集处，/ 趋向那寂静本性，幸福道路，刹那消除 / 一切痛苦，放弃自己的波浪般不定生涯，/ 勿再迷恋浮生欢乐，此刻就该将心定住。"民间诗人苏尔达斯（1478—1582）是虔诚的印度教徒，他根据民间故事改作了数千首抒情诗，大多描写大神毗湿奴化身为多情少年黑天的事迹，带有宗教神秘色彩。

爱情是印度抒情诗的重要题材，这种题材的诗往往也带着较浓厚的宗教神话色彩。爱情诗在较晚出的《阿达婆吠陀》中就有。印度现存最早的抒情诗集是哈拉（公元 2 世纪）编选的《七百咏》，其中以描写爱情为主。印度古代最伟大的诗人和戏剧家伽梨陀婆（约 4—5 世纪）写有著名剧本《沙恭达罗》和叙事长诗《鸠摩罗出世》等。他的《云使》是写爱情的长诗，是印度古代抒情诗的代表作。《云使》写小神仙药叉因玩忽职守被贬谪到南方山中独居一年，忍受与爱妻分离的痛苦。时值雨季来临，药叉见一朵飘往北方的雨云，便把它当作心灵的使者，托它带去自己的无限相思。诗的情感缠绵而又炽烈，想象丰富而又奇妙。如写药叉对爱妻的思念："我用红垩在岩上画出你由爱生嗔，/又想把我自己画在你脚下匍匐求情，/顿时汹涌的泪水模糊了我的眼睛，/在画图中残忍的命运也不让你我亲近。"《云使》的影响巨大，后世不断出现模仿它的作品。伽梨陀婆之后，伐致呵利的《艳情百咏》、阿摩卢（约7世纪）的《阿摩卢百咏》、比尔诃纳（11世纪）的《偷情50咏》等，专写情人和夫妻之间的爱情生活。胜天（12世纪）的抒情长诗《牧童歌》，写大神毗湿奴化身黑天与牧女相爱，在颂神名义下讴歌尘世的爱情。近代泰戈尔（1861—1941）也写有不少爱情诗，有的写得清丽、凝练，韵味无穷。

在印度这样一个宗教气氛如此浓烈的国度里，为什么产生如此多的爱情诗，并且其中不乏性感的描写？答案在印度宗教自身中。在《吠陀》和《摩诃婆罗多》等作为印度宗教的经典中，不但有对爱情的歌颂，而且还有不少描写和歌颂诸神和英雄的性欲和性力的地方。例如在《梨俱吠陀》的《苏摩颂》中就有女人们对性欲和性力的歌唱，在《婚礼颂》中有色情场面的描写。这种性爱和性力后来逐渐取得宗教意义，被神圣化甚至本体化。印度教三大派之一的性力派就以崇拜梵天、毗湿奴和湿婆三大神之妻等性力女神为特点，认为女神从男神处所得到的性力乃是宇宙万物的根源。性力派中的左道密教甚至有恣行纵欲的仪式。这种思想观念对佛教多少也有影响。

印度抒情诗中也不乏哲理。吠陀文学中就有关于万物起源和超越之神的观念，标志了印度宗教哲学的开端。又如在伐致呵利的《世道百咏》和《离欲百咏》中也包含有人生哲理。印度哲理诗的最高成就是近代被称为"东方诗哲"的泰戈尔的哲理诗。泰戈尔的诗题材很广泛，就其哲理题材的诗看，主要体现在使他荣获诺贝尔奖的诗集《吉檀迦利》中。该诗集主要体现泛神论哲学思想。这种思想来源于印度宗教哲学的"梵我同一"论。梵天是婆罗门教和印度教的创造神，他创造诸神和万物。至《奥义书》的时代，梵天被赋予哲学意义，成为形而上的实体"梵"。于是梵乃创世的最高的神或存在，一切事物和我皆梵的幻力显现，梵我本性同一。这种思想在吠檀多哲学中完成。泰戈尔深受吠檀多哲学的影响，梵（神）与我及自然的关系是他的哲理探索的中心问题。从梵我同一引出他的和谐思想，以及爱神、爱人的思想。当然，这与他接受西方的自由、平等、博爱的人道主义思想也有关系。《吉檀迦利》中体现梵我同一思想的如"因此，你这万王之王曾把自己修饰了来赢取我的心。因此你的爱也消融在你情人的爱里。在那里，你又以我俩完全合一的形象显现"。（第56首）"通过我的眼睛，来观看你自己的创造物，站在我的耳门上，来静听你自己的永恒的谐音，我的诗人,这是你的快乐吗?"(第65首)也有体现梵与万物同一的,如"你潜藏在万物的心里,培育着种子发芽,蓓蕾绽红,花落结实。"(第81首)然而,要真正达到梵我同一,从尘世解脱,必须通过追求心灵的纯洁和道德的完善,而对诗人来说,写诗就是这样的心路历程。所以诗人在结尾中说:"我这一生永远以诗歌来寻求你。"(第101首)"让我所有的诗歌……成为一股洪流,倾注入静寂的大海。像一群思乡的鹤鸟,日夜飞向它们的山巢,在我向你合十膜拜中,让我全部的生命,启程回到它永久的家乡。"(第103首)这种对人生最高境界的追求,已不仅仅是一种泛神论,可以说已是一种人生哲学。

西方歌德等诗人表现的是自然主义倾向的泛神论思想,泰戈尔表现的则显然是宗教神秘主义倾向的泛神论思想。从宗教神学观点看,《吉檀迦利》是献给神的,泰戈尔自己在《园丁集》序中就说"《吉檀迦利》那本书是一系列的宗教诗"。正因为如此,他的泛神论哲理诗比歌德等人的显得较为神秘,有些地方也较为晦涩。

四、中国现代抒情诗的题材

中国现代文化基本上已不是德性文化,而是智性文化。因此,中国现代抒情诗(也称新诗)的基本情感也就不是人伦情感,而是自我情感。与此相应,中国现代抒情诗的题材便与中国古代抒情诗的题材有所不同,而与西方抒情诗的题材有许多相同的地方。由于20世纪中国严峻的民族危机和紧迫的救亡任务,传统的为国为民的忧患题材在中国现代抒情诗中不但存在,而且许多时候仍然占主导地位。尽管如此,那最富于自我情感和自我个性的爱情题材和形而上哲理题材已成为中国现代抒情诗的重要题材,并且,从总的发展趋势看,这两种题材在日益深广地展示。此外,那些能表现诗人独特感受和思考的其他题材也在不断被发掘出来。

(一)忧国忧民的题材

中国现代诗初创期,胡适(1891—1962)和沈尹默(1883—1971)各自的《人力车夫》、刘半农(1871—1934)的《相隔一层纸》等诗,就表现了对劳苦大众的同情和对社会的批判。接着郭沫若(1892—1978)《女神》中的某些诗不但有对"冷酷如铁""黑暗如漆"的现实的诅咒,还有对理想社会的憧憬。20世纪20年代尤其30—40年代,救亡成为主导题材,忧患意识成为抒情基调,其中也包含着诗人们因个人的奋斗和追求而产生的激昂与兴奋、苦闷与彷徨、失望与希望等诸多情绪内涵。20世纪70年代末至80年代中期,类似的忧患意识在抒情诗中再次掀起高潮。

与古代抒情诗比较,这种忧患意识及相应的题材有一个重要的不同之处,那就是它们是诗人独立思考的结果，是诗人从自我意识出发而向大我意识扩展的表现。因此，尽管题材是客观的、社会性的，却能表现诗人的自我情感和自我个性，表现诗人作为个体向社会既融入又抗争的内心矛盾和痛苦。这在穆旦（1918—1977）的诗中较突出："我要以一切拥抱你，你，/ 我到处看见的人民呵，/ 在耻辱里生活的人民，佝偻的人民，/ 我要以带血的手和你们——拥抱。/ 因为一个民族已经起来。"（《赞美》）在民族危机面前，人民已经觉醒，诗人表示了与它融合并共同战斗的强烈愿望。然而，当由于某些原因（如恶势力的阻碍等）这种愿望无从实现时，诗人便从个体的独立价值出发提出抗议："给我们善感的心灵又要经歌唱 / 僵硬的声音。个人的哀喜 / 被大量制造又被蔑视 / 被否定，被僵化，是人生的意义"。（《出发》）诗人甚至怀疑自我生命的意义："我活着吗？我活着吗？我活着 / 为什么？"（《蛇的诱惑》）这里凸现了中国现代抒情诗的内在特质——自我意识的特质。它与古代诗人那种怀才不遇、报国无门的愤懑和哀叹有所不同，后者是自我已消失于群体的大我之后的一种情绪表达，而在这里，诗人却是立足于自我来抗争和追问。在不少其他现代诗人的作品中，也能或显或隐地看见这种自我解剖和灵魂搏斗的痕迹。

（二）爱情题材

中国现代诗初创不久，就有汪静之（1902—1996）的《蕙的风》问世。它歌唱诗人自己的爱情和悲欢，写得天真纯洁、清新自然。如"伊的眼是温暖的太阳；/ 不然，何以伊一望着我，/ 我受了冻的心就热了呢？"（《伊的眼》）又如短诗《过伊家门外》："我冒犯了人们的指摘，/ 一步一回头地瞟我意中人；/ 我怎样欣慰而胆寒呵。"诗人的胆寒来自于对旧礼教的惧怕，但这究竟是对旧礼教的"冒犯"和冲击，所以在当时产生了颇大的影响。郭沫若的《瓶》是纯爱情诗集，共有诗42首，是诗人自我真情的无掩饰的吐露，有的可以说是火山式的爆发。徐志摩（1896—1931）一生追求着爱、自由和美。他的爱情诗轻灵潇洒，如《雪花的快乐》中一节："那时我凭借我的轻身 / 盈盈的，粘住了她的衣襟，/ 贴近她柔波似的心胸——/ 消溶，消溶，消溶，——/ 溶入了她柔波似的心胸！"但有些诗是诗人爱情生活的过于热烈而直接的表露，不免显得粗俗。女诗人的爱情诗具有更多的柔婉和细腻。早期的林徽因（1903—1955）、当代的舒婷（1952—）等的诗都如此。舒婷自己说过，"爱"一直是她诗歌的主题。这爱是广义的，也包括男女情爱。她的《致橡树》一诗体现了她对爱情的独立思考和独特体验。"我如果爱你——/ 绝不像攀援的凌霄花，/ 借你的高枝炫耀自己；/ 我如果爱你——/ 绝不学痴情的鸟儿，/ 为绿荫重复单纯的歌曲；/ 也不像泉源，/ 常年送来清凉的慰藉；/……"爱情不是高攀对方，也不止于求得个人安乐，甚至也不是单方面的无私奉献。"不,这些都还不够！/我必须是你近旁的一株木棉,/作为树的形象和你站在一起。"原来,爱情的双方应当独立、平等、自尊自重。晚近"第三代"诗人的两性情诗中,在"非崇高"的名义下有对性意识的直接表露。

与古代爱情诗比较,中国现代爱情诗所表现的爱情观已发生了变化。它不像前者那样,往往通过悼亡和回忆的形式来表现男女深情,带上很浓的伦理道德色彩,而是对爱情的直接抒写,敢于吐露真情和最隐秘的心声;风格也比前者大胆、热烈许多。与西方爱情诗相比,中国现代爱情诗则较少上升到哲学形而上高度,更少向宗教神学升华,其风格则仍然多少保持着东方传统的含蓄蕴藉和温柔甜美的风格。

（三）哲理题材

中国现代诗中初期的哲理诗偏于说教,没有多少情趣和深度。真正算得上哲理抒情诗的,是稍后的冰心（1900—1999）和宗白华（1897—1987）的哲理小诗。冰心的《繁星》和《春水》两个诗集,表现的虽是"零碎的思想",探索的却是人生真谛,体现诗人"爱"的哲学。20世纪30—40年代,现代派、九叶派等诗人对诗的哲理深度逐渐有自觉追求,除表现人生哲理外,对形而上哲理也有体现,最突出的是冯至的《十四行集》。冯至（1905—1993）受具有存在主义思想的奥地利诗人里尔克的深刻影响,用十四行诗表现自己对生命和万物存在本质的思考,对时间和生死等的思考。如第2首《什么能从我们身上脱落》中说,像树身把树叶和花朵交给秋风,像蝉蛾把残壳丢在泥土里,"我们把我们安排给那/未来的死亡,像一段歌曲,//歌声从音乐的身上脱落,/终归剩下了音乐的身躯/化作一脉的青山默默"。生命与万物俱在,循环不已,生生不息,凝结成永恒的存在。除这种纯粹玄思外,诗人更多的是以历史人生、村童农妇、名城古镇和小草飞虫等,来感悟人生启示,表达深邃的哲思。冯至的《十四行集》代表了中国现代抒情哲理诗的高度。改革开放后,归来派、朦胧派和寻根派的诗人常在诗中结合历史反思而表现人生哲理。如艾青（1910—1996）的小诗《交河古城遗址》中一节:"不,豪华的宫阙/已化为一片废墟/千年的悲欢离合/找不到一丝痕迹/活着的人好好地活着吧/别指望大地会留下记忆。""第三代"中的"生命体验诗"强调对个体生命的内在体验,有远离现实的纯哲学意味,但往往因过于"玄奥"而流于晦涩难解,没有产生公认的成功作品。

中国古代抒情诗中常见的亲情、乡情和友情题材以及山水田园题材,总的说来,在中国现代抒情诗中已不多见,其根本原因在于现代社会人与人的关系的重心已经由群体移向自我主体。值得一提的是,中国现代抒情诗中母爱题材的诗却较多,如当代女诗人傅天琳（1946—　）的诗集《在孩子和世界之间》中就有这种题材的感人作品。

这是由于现代社会中妇女地位的提高，女诗人增多，同时也由于新时代女性自我意识的增强。现代中国其实也有不少乡土文学，但多为小说和散文，思乡恋乡的诗歌较少，当代台湾的乡情诗则较多出于特定的政治情势。山水田园题材最适合体现中国古代天人合一的思想，所以是古代抒情诗的重要题材。而心灵已为主客二分的纠结所占据的现代诗人，在面对山水田园时不会感发那么多的诗兴，也不大可能产生那种物我同一的诗意境界。古代尚有不少关涉道教和佛教的诗，尽管它们大多不具有真正意义上的宗教性。中国现代抒情诗中这类作品几乎绝迹。西方基督教在穆旦等人的诗中亦有反映，但根本上只是该宗教意识在中国现实生活中的一种回响。至今为止，中国现代诗人是不大信仰宗教的。

第二节　中外抒情诗的意象

一、中国古代抒情诗的意象

（一）意象的一般特点

就意象作为美而与真、善的关系看，中国古代抒情诗意象的特点是以善为基础，与善结合。所谓"以善为基础"，指意象并不明确具有善的功利目的，而只具有审美意味，给人以审美享受。许多山水田园诗的意象就是如此。如前文举出的《鹿柴》《江雪》等诗的意象。这是偏于纯美的意象，只表现一种普遍情感，即审美情感或称审美意味。这种审美情感来源于具有功利目的和伦理道德性质的具体情感，是诗人通过对后一种情感的抽象扬弃而获得的。所以我们说这种纯粹的审美意象是基于善的，只是这善的基础隐而不显。基于善也就必然基于真，因为真又是善的基础；只是这真的基础隐蔽得更深。

所谓"与善结合着"，指意象作为美并不是纯粹的，而是明显地结合着政教伦理等功利目的。突出的如《诗经》中"关雎""硕鼠"等意象，《离骚》和汉魏诗的意象。这种意象在诗中占多数。

就意象内意与象的关系看，中国古代抒情诗在创作尤其理论上有重意轻象的特点。各民族初期的抒情诗大约都重在思想情感即"意"的表达，对"象"的创造还未充分自觉。我国《诗经》也大致如此。《楚辞》的形象却绚丽多彩，刻画精美，是对"象"的描绘的初次自觉。但《楚辞》形象的特点后来并未成为诗歌艺术的传统，而成了赋体文学的传统。晋代和六朝的诗在文学自觉中曾一度重视"象"的刻画，某些新兴的山水诗尤其突出，但由于丢弃风雅比兴传统也遭人诟病，不过它客观上促进了唐诗宋词对意境的创造。意境可以说是意象并重。但细究起来，意境中诗人的着眼点和着力点仍在"意"上。总之，中国古代诗的创作偏重对"意"的提炼和表达。在中国古代诗史上，没有产生过像西方和阿拉伯、印度那样由于专注于诗的形象刻画而产生的种种形式主义。

理论是对实践的自觉。从中国古代诗学史看，没有多少重象的理论，而主要是重意的理论。这种情况是从哲学发展到诗学的。《周易》中"书不尽言，言不尽意"和"立象以尽意"是源头。庄子也说："言者所以在意，得意而忘象。"从诗歌理论本身看，诗歌本质论的总纲是"言志""抒情"，完全立足于意；后代变化出的"缘情""载道"，以及"韵味""兴趣""神韵""性灵"诸说，也都着眼于意，只是有的是关于政教伦理的意，即属于善的内涵的意，有的则是偏于纯粹审美情感的意。这与西方古代诗学中的"模仿"说大异其趣，与西方近代兴起的"表现"说也有所不同。关于诗、文学的本质，西方近代诗学中有"情感表现"说（华兹华斯）、"想象表现"说（雪莱等）、"直觉表现"说（克罗齐等）。后两种表现说就关涉象的表现，乃至重在象的表现。西方现代俄国形式主义文论中更有文学、诗的本质是"艺术形式"，是"艺术技巧"的理论，与重意的本质论完全对立。就中国古代诗的创作论看，所强调的是"以意为主""意在笔先""神似""写意"等重意的创作原则，与诗的重意的本质论是一致的。俄国形式主义却有仅仅重在外在形象创造的"陌生化"创作原则，与重意的创作原则也是对立的。

从意象与意象之间的关系看，或者说从意象的组合看，中国古代抒情诗意象具有密集性特点。如张继《枫桥夜泊》："月落乌啼霜满天，江枫渔火对愁眠。姑苏城外寒山寺，夜半钟声到客船。"除"愁"字外，全诗所有词语都表示着单个的或整体的意象，静态的或动态的意象。其实，"愁"字在一定程度上也被意象化了。典型的还有如马致远（约1250—1324后）的《天净沙·秋思》等。意象密集的特点在中国古代诗中是很普遍的。造成这一特点的直接原因，在于古代诗人构思的一个重要特点，即采用上下远近的观察方式，用多个意象表达一个意思。上举二诗即大致如此。较典型的如杜甫诗句："风急天高猿啸哀，渚清沙白鸟飞回。无边落木萧萧下，不尽长江滚滚来。"此外，汉语少关联词语、语法灵活等也是造成意象密集的原因。

意象密集的结果，往往又造成意象并置和意象跳跃的现象。意象并置是意象密集的一种表现形态，在中国古代抒情诗中也是常见的。中国古代诗尤其律诗讲究对仗艺术，是增强意象并置性的重要原因。密集的意象尤其并置性密集意象，它们之间的逻辑关系被省略了，于是显出意象之间的跳跃性。由于中国古代诗的构思一般采用直观的方式,意象的跳跃一般出现在同一空间里,所以意象的意思不难理解。这与现代诗意象的跳跃不同。

（二）意境的特征

意境"是一种特定的审美意象"。与非意境的一般意象比较,意境的特征在哪里呢?

第一,意境中的"象"是原样的,而一般意象则可以是变形的。所谓原样,指选取现实物象,让它"物各自然"地呈现,不被想象和幻想变形。中国古代抒情诗中较典型的意境就是这样的。我们感到李白、李贺（790—816）的某些诗没有意境或者意境性不强,原因就在于想象和幻想的成分较重,变形较大。西方抒情诗缺乏意境,原因之一也在于此。

从创作手法看,能保持物象的原样,是由于诗人不用明显的比喻、象征、夸张等富于想象的、多少会使物象变形的手法,而是运用对直观的物象进行客观描绘的"兴"手法。前举《辛夷坞》《江雪》《枫桥夜泊》等诗就是用这样的手法创造的,很富于意境。诗中局部地或者隐蔽地运用比喻和象征等手法,也不妨碍在整体上构成意境。如李白《秋登宣城谢朓北楼》:"江城如画里,山晚望晴空。两水夹明镜,双桥落彩虹。人烟寒橘柚,秋色老梧桐。谁念北楼上,临风怀谢公?"

意境中原样性形象为什么能蕴含深刻的意义呢? 这与意境的哲学基础有关。意境的哲学基础主要是老庄哲学。庄子提出"道无所不在",这一命题在晋宋时被具体化为"道同自然""山水是道",而诗人能"目击道存",由此创造的诗当然能蕴含意义,而且能蕴含关于人生真谛和世界本原（道）这样的终极意义。

第二,意境的"境"是整体的,而一般意象是单个的。"整体"包含两层意思,一层指意境是由若干意象组成的整体。如上文李白诗在整体上是意境,其中的"人烟""橘柚""秋色""梧桐"等则是单个意象;另一层意思指意境是一种独特的整体,它由若干大致均衡的意象组成。意境的这种整体性与"兴象"的发展变化有关。

在《诗经》时代,兴象往往只是个别的,主要起开头的作用,与诗的主旨还不能充分融合,所以构不成意境,而只是意象,如"关雎""硕鼠""黄鸟"等兴象。后来随着比兴手法的发展,诗人从多角度起兴,运用多个兴象,逐渐形成独特的即景和即兴的方式,即"仰观俯察,远近往还的散点游目"方式,并常常视觉与听觉交替,从而以丰富的、大致均衡的意象组成整体性图景,这即是意境的"境"。上文说到的几首富于意境的诗大致如此。更典型的如王维《过香积寺》中的意象组合:"古木无人径（近看）,深山何处钟（远听）。泉声咽危石（俯听）,日色冷青松（仰看）。"西方抒情诗的观照方式却是"选一最佳范围,典型地显示对象的焦点透视"。这种方式是针对某一物象或物象的某一部分,进行细致的刻画,飞动的想象,纵深的沉思,所旁及的意象仅仅是陪衬,结果是创造一个突出的意象。如果说这种意象也有它的整体性,那就是以那突出的意象为中心的整体性,而不是像意境那样由大致均衡的意象群构成的整体。读中西抒情诗,读者易于发现的一个显著差异便是,前者中有许多优美的整体性意境,后者则有许多精警的单个意象。

第三,意境中"意"与"象"是浑然融合的,而一般意象的"意"与"象"之间则存在着"张力"。"浑然融合"是什么意思?从"意"方面看,它本来是诗人的主观情思,却显出是不带主观个人性的普遍情感,于是就不会表现为被诗人强加在那"象"上。从"象"方面看,它仿佛本身就具有"意",自然流露出来,并不假手于诗人。若换用"情""景"二字来说明,便如王夫之(1619—1692)所说:"情景名为二,而实不可离。神于诗者,妙合无垠。"这即所谓"情景交融""物我同一"。

在一般意象中,"意"与"象"之间没有浑融性,而是存在着张力。"张力"的意思与浑融相反,指意象中那"意"显出并不为那"象"本身所具有,而是诗人有意地通过艺术手段表现出来,是诗人主观地加在"象"上的(那象往往就不是原样呈现,而是有所变形)。这种意象在中国古代诗中也不少。如李白《秋浦歌》:"白发三千丈,缘愁似个长。不知明镜里,何处得秋霜。"其中的"白发三千丈"和"秋霜"两个意象便是张力性意象,因为我们能见出它们是由于诗人为了表现那极度的悲愁或悲愤而着意创造的;两意象有它本来的意思,又有它们表现的意思(悲愁或悲愤)。西方抒情诗中这种张力性意象比比皆是,无须举例说明。这种意象不一定优美,却往往新颖、精警,令人过目难忘,它同样可以具有深永的含义。

第四,意境"虚实相生",而一般意象只"以虚生实"。

中国古代哲学的本体名曰"道"或"气"或"理",具有"有"与"无","虚"与"实"的双重性质。但"无""虚"更为根本,老子曰:"天下万物生于有,有生于无。"中国古代哲学的这种辩证的本体论思想投射到艺术创作上,就形成了"虚实相生"的根本原则。就诗的意境中意与象的关系看,意为"虚",象为"实"。为什么意为虚?从艺术创作本身看,意是决定性的,它赋予象以内在生命,使之不同于现实物象而成为艺术意象。这即是"以虚生实"。(当然,就艺术本质的全部意义看,还有一个从现实物象感发情思的更为根本的艺术源泉问题。)

中西抒情诗创造的本质相同,即如上述,都是"以虚生实"或者"以意生象",但两者的方式有区别。中国古代诗的以虚生实主要是寄情思于形象(主要是景物形象),

西方诗的以虚生实则主要是化情思为形象（常常不是景物形象）。前者一般不改变物象的原样，后者则常常改变，即变形。上文已指出，在中国诗的意境中意与象浑然融合，不但能显出意生象，即诗人将意赋予象，而且能逆反地显出象生意，即象仿佛本身就具有意，并自然吐露出来。换成虚实关系来说，就是不但能显出是以虚生实，而且能显出以实生虚。这就是虚实相生。西方诗创造一般却只有化情思为形象即以意生象的历程，却不可能有逆反的以象生意的历程。那象既然显出是诗人创造的，怎么能显出本身（本来）就具有那意呢？它只能显出是在表现那意，并且是诗人使它那样表现的。这从中国古代的虚实关系说就是只能以虚生实，而不能相反，因而也就不能虚实相生。

中国古代诗意境能意象融合、虚实相生，最终的根源在于其哲学和文化的"天人合一"核心观念。这种观念认为人与自然相通，两者又共同与"天"（"道""天理"）相通，因而两者本身能相互体现，于是在艺术创造上有所谓意象融合（情景交融）、虚实相生和物我同一。西方诗的意与象之间存在张力，只能以虚生实而不能相反，则根基于西方哲学和文化的"主客二分"的核心观念。根据这种观念，只有主体对客体的创造和利用，而不可能相反。

上述可见，从意境的意与象浑融这一特征看，虚实相生这一玄奥的问题本身似乎并不难理解。两者的实质相同，即意象浑融就是虚实相生，后者只是偏于从创作角度看，正体现了意境的也是中国古代艺术的独特创作精神。虚实相生问题的复杂性在于对虚（意）和实（象）的独特要求，即那意必须是超越自我个体的普遍情感（中国古代艺术的人伦情感易于提炼出这样的情感）；那象必须是粗线条勾勒的、写意性的。由若干这样的象组成的整体，便是具有疏朗的乃至可以无限延展空间（虚空）的整体（境），这种整体往往是不太确定的。这时那意便能充盈而流转其间，从而取得真正的或者说完整的"虚"的意义——中国古代艺术中"虚"的概念的本质不是虚空，而是充盈和流转其间的情感意蕴。由此，与"虚实相生"特性相关的其他艺术特性，如"象外之象""韵外之致""气韵生动"等，都能理解了。

在意境的上述四特征中，意与象浑融的特征是最基本最重要的，它体现意境的本质，原样和整体二特征是其外在体现，虚实相生是其创作精神的体现。

（三）意境的审美特性

意境的审美特性是中和。中和实际上是中国古代民族的审美特性，意境是其最高表现。

在中国美学史上，中和美的思想首先指主体自身的中和精神，即"以理节情"的精神。具体到诗歌审美上,便是"乐而不淫""哀而不伤""怨而不怒""婉而多讽""温柔敦厚",其实质就在于"发乎情,止乎礼义"。由于这种中和性还停留在主体方面,先秦诗骚和汉魏诗就还是偏于主观和直接的抒情,富于主客(物我)统一性的意境诗较少。(《诗经》中的《蒹葭》等诗和《九歌》中的某些诗较富于意境性)魏晋时代,主要由于道家思想的中兴,中和美思想逐渐由主体自身转向主客之间的关系上,即由主体内心情理的和谐转向物我同一的和谐。这个时期便是意境产生并发展的时期。意境就是这种主客统一、物我同一的中和性的体现。它既不偏于主体心灵的表现,也不偏于客体形式的显现,而是两者的浑然融合,它因而也既不富于抒情主体的内心真实性,也不富于对象的外在逼真性(这两者都是西方抒情诗在主观表现和客观描写上的特点),却富于融合两者的中和性。

西方的和谐说不是首先关于主体自身内情理的中和,它不起于伦理精神。古希腊毕达哥拉斯派认为和谐在于事物本身形式上的均衡、对称和比例等关系,本质上是数的比例,是数的和谐,是一种科学精神。他们认为美是和谐,因而美就在于事物的形式,这是西方形式美的源头。西方近代哲学高扬主体性,这是近代抒情诗蓬勃发展和产生表现诗学的背景。对西方近代美学乃至现代美学产生决定性影响的康德美学,亦如其哲学一样,既是主体性的,又是形式性的。康德提出的审美先验原理"主观合目的性"又称"形式的合目的性",他对美也是从这两方面来界定的,即"美是审美观念的表现"和"美只涉及形式"。在康德那里,这两个概念是统一的,只是各有偏重。但后来者却各执一端。浪漫主义、象征主义和某些现代主义强调美的主观表现性;唯美主义、象征主义的形式主义一面(如夸大诗的音乐性、语言自主性等)和现代形式主义,则强调美的客观形式性。就自近代以来的西方抒情诗的意象美来看,它就是在这种审美的主观心灵性与客观形式性两端摆动,不过因其抒情特质而多偏于主观心灵性一端。由此可以看出,与中国古代抒情诗意境的审美特性比较,西方抒情诗意象美所缺乏的恰恰是后者那种融汇主客、涵容物我的中和性。所以,审美中和性是中国民族美学的独特贡献,意境是中国抒情诗艺术的独特贡献。

意境的美学风格是优美。优美指不激烈,不怪异,也不神秘,而是从容、优雅、明朗。这是由意境的审美中和性所决定的。西方抒情诗意象的审美心灵性造成的则是壮美等美学风格。意境的优美属于阴柔的美。意境的优美何以具有阴柔性?从其审美的中和性看,它既失去(消溶)了主体的本质独特性和自主性,也失去(消溶)了客体的本质独特性和自主性,剩下的就是主客体两者的调和性和相互依从性,这就不免显得柔弱。依据中国古代哲学阴阳二分学说,这就是阴柔。而当主客体各自保持自身的本质独特性和自主性时，其相互的张力在一定程度上就构成各自的阳刚性。其实，中国古代"天人合一"的文化尤其道家的"天人合一"文化就是相对柔弱的文化，西方"主客二分"的文化则是相对阳刚的文化，原因就在于后者具有那种张力性，而前者却缺乏。中国古代抒情诗意境和西方抒情诗意象各自不同的审美特性和风格，正是各自文化特性的反映。

二、西方抒情诗的意象

（一）意象的一般特点

就意象作为美丽与真善的关系看，西方抒情诗意象的特点是以真为基础，与真结合着。"真"通常指事实及关于它的真理，这是科学的真。艺术的真主要指真实，即对事实的真实描述和对思想感情的真实表现，这是一种真实性。艺术也可以直接表现真理知识，但那不是它的特点。就文学真实性看，叙事文学偏重描写的真实性，抒情文学包括抒情诗偏于表现的真实性。艺术、诗的真（真实性）与科学的真有统一性。就抒情诗的真（表现的真实性）与科学的真的统一性看，有两种情况。其一是诗所表现的思想情感中蕴含着某种真理（多为社会科学真理）；其二是它所表现的东西中并不蕴含真理，而仅仅是诗人的真实感受，如两性之间的感受、刹那间的直觉、无意识的流露等。后一种情况虽然不是现存真理的直接反映，却是"诗人是什么"乃至"人是什么"这一至大的真理问题的一种潜在的、间接的反映。这即是说，从科学理智的观点看，西方抒情诗所表现的自我情感正是回答"人是什么"这类求真问题非常必要的部分。总之，科学不能穷尽关于人的全部真理，它需要诗、艺术的真来补充。正是主要在这种意义上，我们说抒发自我情感的西方抒情诗是根植于理智的，是智性文化的一种体现。

说西方抒情诗意象基于真并不意味它就不基于善，只是就与中国古代抒情诗比较而言，它基于真显得更突出。这可以从两方面看出。其一是诗人直接表现上述不带功利目的（善）的纯心灵感受，这可以说是直接基于真。其二是即便意象是明显地基于善的，例如基于正义、友善等观念，由于西方抒情诗强烈的自我意识性，它往往也能明显地表现出是经过诗人独立自主的感受和思考的，而不是盲目地接受那现存的善的观念，这即是说，当我们发现那意象的善的基础时，我们往往同时窥见了它的更深层的真的基础。同理，说西方抒情诗意象与真结合也并不意味它就不与善结合。许多西方抒情诗意象就明显地结合着善的观念。但若与中国古代抒情诗比较，它与真结合更突出一些。

就意象自身意与象的关系看,西方抒情诗意象的特点是既重"意"的表现,又重"象"的刻画。英语中"image"一词大致相当于汉语中的"意象"。但前者的意思更广泛,除"意象"的意思外,还有"映象""肖像"等意思。作为意象,"image"确实包含情思和形象两个要素,但这一词语本身并不能分为"意"与"象"两部分,而是一个整体。它不像中国古代诗学中的"意象"一词,有一个从"立象以尽意"发展变化而来的过程。在西方其他民族的语言中也有与"意象"大致相应的词,如康德和克罗齐(1866—1952)都说到过"意象",其意思大致也是感性形象与抽象情思的结合。因此,我们也可以在理论上把西方抒情诗中的意象分解成"意"与"象"两要素来考察。

古希腊人对文艺中的"象"已有充分的自觉,所以有"模仿"论的出现。这理论主要是关于叙事文学的,但其中重象的传统对以后抒情诗中也相对重视对象的刻画奠定了基础。至近代,人的主体性得到弘扬,在诗中出现了"诗是强烈情感的自然流露"等表现论。就诗歌意象而言,"表现论"是对其中的"意"的充分自觉和重视。但这种"重意"与中国古代诗学中的"重意"有所不同:后者是重在意本身,或者说重在表现的意;而前者则重在意的表现。重在表现的意,就是重表现的内容。中国古代诗学中不同的表现论就是从不同的表现内容去定义的。"言志""抒情""载道""韵味""兴趣""神韵""性灵"诸说,说的都是不同的表现内容;但它们又有共同性,即都是伦理政教性质的,有的就明显是关于伦理政教的情思,有的则是基于伦理政教情思的纯美感意味。重在意的表现,就是重在表现的不同方式。西方诗学中不同的表现论就是从不同的表现方式去定义的;华兹华斯的情感表现论、雪莱的想象表现论、克罗齐的直觉表现论、弗洛伊德(1856—1939)的无意识表现论(后两者不限于诗的表现论),这里的"情感""想象""直觉"和"无意识"都是主要指不同的心理活动方式。至于它们表现什么内容却不是最重要的,既可以是善的内容,也可以是恶的内容(例如波德莱尔的《恶之花》展示人性的恶,曾被卫道者们罪责为"有伤风化"),还可以是非善非恶(非社会性)的纯个人感受。后两类内容在中国古代抒情诗中很少见。

西方抒情诗重意的表现分两种情况,一种是重意的直接表现,即直抒胸臆。这样的表现缺乏意象。这种情况西方抒情诗比中国古代抒情诗多,另一种情况是用形象来表现,这即构成意象。这后一种重意的表现同时就是重象的刻画。重象的刻画的一种表现是刻画手法的多样,有比喻、拟人、象征、暗示、戏剧独白、意识流以及其他变形手法,并不断翻新。重象的刻画的另一种表现是对意象的细致深入的刻画,从而造成意象的新颖、独特和一定程度的典型性。

西方抒情诗既重意的表现又重象的刻画,显示了西方诗人关于诗的独立自足的意识。不重在表现意，就会把诗从属于非诗的意识形态，如伦理政教。我们看到，西方诗史上出现过多种关于诗和文学的独立自足的理论和实践，而反观中国诗歌，却从未真正跨出过伦理政教的樊篱。西方抒情诗重象的极端表现是各种形式主义，例如，唯美主义的巴拿斯派诗人对形象的纯客观精细描绘，象征主义诗人对诗歌语言自主性和音乐作用的夸大，意象派诗人为意象而意象，某些现代主义和后现代主义诗人对语言符号性、游戏性的强调和夸大。总体上倾向于重意轻象的中国古代诗学和诗歌没有这样的理论和实践。

从意象与意象的组合关系看，西方抒情诗具有意象疏朗的特点。造成这一特点的主要原因是构思时的"焦点透视"方式，这种方式着意选取和着重刻画某一意象，加上常常描述与说理相兼，一首诗中的意象就相对较少，意象之间就显得疏朗而不是密集。语言方面的原因则是西语有时态、语态等变化，多关联词语，这些也不断在意象之间起间隔作用。诗的意象既然疏朗而不密集，意象之间就并不常常有并置和跳跃现象，而是有逻辑关系，显出连续性。意象派主张去掉修饰词语，塑造"硬朗"的意象，并学习中国和日本诗意象、并置等手法，所以其诗的意象较为密集，意象之间呈现并置和跳跃现象。西方某些现代主义和后现代主义诗歌出于其反理性和反逻辑的特性，并受意象派手法影响，其意象也出现一定程度的密集性，意象之间也呈现并置和跳跃的现象。由于常常是不同时空的、错位性的并置和跳跃，意象的意思有时不免难以理解。

（二）意象与意境辨析

在西方抒情诗意象中，是否也有如中国古代抒情诗意境那样的独特意象？浪漫主义诗人华兹华斯的某些山水景物诗被认为也有意境。他的《我孤独地漫游，像一朵云》一诗是这类诗的代表之一（诗较长，不引），下面试用前述意境的四个特征来对它进行辨析。第一看意象是不是原样的。此诗描写较客观，意象有一定的原样性。但就对主要意象"水仙"的"起舞翩翩"以及它的"欢乐却胜过水波"等情态描写看，它在一定程度上已不是原样的，而是想象的、变形的。第二看意象是否有整体性。

"水仙"与相关意象也能构成一个整体。但由于"水仙"是诗人着意刻画的焦点意象，其他意象只是衬托，这种整体就是以"水仙"意象为中心的整体，而不像中国古代诗意境那样，是由若干均衡的写意性意象所组成的不大确定的、空灵的整体。第三看意与象是否浑然融合。我们读此诗能明显感到，水仙的"欢舞"是诗人看来它在欢舞，是诗人的欢乐情绪加诸水仙之上。也许，在别的诗人看来，那水仙的迎风摇摆是在摇头叹息。所以，水仙意象中的意与象并不是真正浑融的，两者之间多少存在着张力。这种张力其实就是"水仙"与诗人"我"之间的张力。这个"我"在诗句中反复出现，是他赋予水仙特定的情态和意义。在这点上，华氏与其他浪漫主义诗人是大体相同的，即都是站在自然物之上的主体。华氏的不同在于他自觉地力求返回自然，与之合一，但由于固有的主客二分的文化根基的作用，他不可能真正做到这一点。第四看是否虚实相生。我们易于见出那水仙是诗人情思的化身（以虚生实），却不大容易见出那情思似乎为水仙本来就具有（以实生虚）。所以此诗并不具有如中国诗意境那样虚实相生的特征。总之，此诗的意象与中国古代诗的意境仍然有所不同，它只是多少具有类似意境的特征。

尽管意象派诗人曾借鉴中国古代诗的意象艺术，如"不用闲言助字"、进行意象并置等，他们的诗的意象与中国古代诗的意境还是不同的。以庞德（1885—1972）著名的《在地铁车站》一诗看，该诗仅两行："人群中这些面孔幽灵般显现；湿漉漉的黑枝条上的朵朵花瓣。"意象不用冗词赘语修饰而直接呈现，也不附加说明，这些确实类似中国古代诗意象。但它们并不能构成意境。主要原因是，第一行诗的意象大约由诗人的直观而来，而第二行诗的意象显然是在想象和联想中造成的，两者的并置客观上具有对比性和隐喻性，于是意与象不可能是融为一体的，而是存在着张力。

比较接近中国古代诗意境的意象派诗，是那些比较客观地描写自然景物的诗。如被认为是意象派高峰作品的杜立特尔（1886—1961）的《山林仙女》："卷起来吧，大海——/ 卷起你针尖般的松，/ 把你的无数巨松 / 泼向我们的巉岩，/ 以你的青翠向我们扑来吧，/ 盖住我们，用你冷杉的水潭。"不过，仔细考察起来，此诗的意象与中国古代诗的意境仍然不同。它用了明显的拟人手法，又以"大海"的形象来对森林进行比喻性描写，因而整首诗的意象具有二重性，不完全是原样的，意与象也不是完全融合的。其中"冷杉的水潭"是西方诗艺中传统的"意象叠加"，在中国古代诗中很难找到。更重要的是，中国古代诗有重意的传统，而此诗却看不出有什么意义，即使能读出某种意义，大概也是理智性质的，而不像中国古代诗的意境那样，其底蕴总具有伦理道德和人格理想的性质。意象派创作原则的核心是庞德所说的"一个意象是在一刹那时间里呈现理智和情感的复合物的东西"。意象派诗人依据这一原则创造了不少新颖独特的意象，对西方诗艺有独特贡献，但意象派诗的症结也在这里。它的许多意象确实是情与理的复合物，不过那"理"主要是理智，所以有些意象只是巧智的表现，像一种高级的智力游戏，缺乏社会意义。如休姆（1883—1917）的《码头之上》"静静的码头上，半夜时分，/ 挂在那里，它望上去不可企及，/ 其实只是个气球，孩子玩过后忘在那里。"意象新奇，但不免有"为意象而意象"之嫌。这是意象派的致命弱点，它使该派成为昙花一现的诗派,虽然它的影响很久远。

浪漫主义诗歌和意象派诗歌之外的其他西方诗歌意象中,接近中国古代诗意境的更少。所以,总的说来西方抒情诗是不具有意境的。诚然,我们是在较严格的意义上来界定和辨析意境。这样做的一个好处是可以避免将意境这一概念泛化,致使它真正的民族特色隐而不彰。

(三)意象的审美特性

中国古代抒情诗意境基于物我同一,那意境便只有一个基本的审美特性,即中和性。西方抒情诗意象基于主客(物我)二分,其意象便有两个基本的审美特性,即偏向主体一方的心灵性和偏于客体一方的形式性。上文曾说西方抒情诗意象具有既重意的表现又重象的刻画的特点,从审美特性看,那重意的表现就体现审美的内在心灵性,那重象的刻画就体现审美的外在形式性。

意象的审美心灵性一般与审美形式性结合着,但有时那感性形式的"象"很淡薄,甚至没有,这时就是偏于纯心灵的审美性,就会凸显抒情主人公的"自我"形象。如雨果(1802—1885)的《当一切入睡》一诗。全诗两节,只看第二节:"我总相信,在沉睡的世界中,/只有我的心为这千万颗太阳激动,/命运注定,只有我能对它们理解,/我,这个空幻、幽暗、无言的影像,/在夜之盛典中充当神秘之王,/天空专为我一人而张灯结彩。"有时,意象的审美心灵性隐而不显,只偏于显示其审美形式性。极端的审美形式性是洗尽了心灵的意而只有纯粹的象,这就是形式主义了。如唯美主义诗人普吕多姆(1839—1907)的《天鹅》一诗,共32行,读来全然感觉不到诗人心灵的搏动,所有的只是纯客观的精细描绘;又如上文的意象主义诗《码头之上》,更多的则是在诗的音乐性、语言组合、诗行排列上的形式主义意象的创造。

意象的审美心灵性可以造成壮美或称崇高的美学风格。根据康德美学,崇高是主体借对象的威力而提高自己,所以崇高的本质是主体自身心灵的崇高。崇高风格在西方叙事文学尤其是悲剧中最突出。在抒情诗中也有表现,如在浪漫主义诗歌中就较明显。审美心灵是复杂的,除崇高之外,也有体现为平常、平庸乃至卑微、绝望的时候。由此造成的美学风格也是多种多样的,如反讽、幽默、调侃、无奈等,这类风格在现代主义抒情诗尤其后现代主义抒情诗中较多。审美形式性造成新奇的美学风格。在西方诗史上,尤其自近代以来,诗歌意象的审美形式是在不断求新求异。由于意象中的"意"与"象"具有一定的内在统一性——"象"表现"意",由象的审美形式性所形成的新奇风格在一定程度上可以概括由意的审美心灵性所形成的崇高等诸种风格。实际上,西方抒情诗中具有崇高等风格的意象往往就是新奇的。所以,如果我们说中国古代抒情诗意境的总体风格是优美,西方抒情诗意象的总体风格是新奇,大致不会错。

三、西南亚抒情诗的意象

(一)意象的一般特点及审美特性

就意象作为美与真、善的关系看,西南亚抒情诗意象的特点是主要以善为基础,与善结合。西南亚三种宗教文化都基于人神关系。人神关系不可能是求真的关系,而只能是求善的关系,而且是一种追求至善的关系,因为神是至善的象征。但在人们的现实生活中,除了这种人与神的宗教关系外,必然还存在着人与自然、社会的关系。所以,诗的意象除主要基于宗教的善之外,必然还基于一定的非宗教的真和善,并与这样的真和善结合。

就意象的意与象的关系看,总的来说,西南亚抒情诗是既重表现意,又重刻画象。若就三种抒情诗比较而言,希伯来抒情诗偏重表现意,阿拉伯、波斯抒情诗偏重刻画象,印度抒情诗大致是意象并重。这些下文将分别论说。

就意象与意象之间的关系看,西南亚抒情诗不像中国古代抒情诗那样意象密集,意象与意象之间显出并置性和跳跃性,而是类似西方抒情诗那样意象疏朗,意象与意象之间显出逻辑性和连续性。

西南亚抒情诗意象中,有的也像西方抒情诗意象那样具有一定的审美心灵性和审美形式性,前者如希伯来抒情诗意象,后者如阿拉伯、波斯抒情诗意象;有的也像中国古代抒情诗意象那样具有一定的审美中和性,如印度抒情诗意象。不过,比较起中西抒情诗意象,这些审美特性不算突出。那么,西南亚抒情诗意象突出的也是不同于中西抒情诗意象的审美特性是什么呢?是神灵性。这是由它们所从属的宗教神性文化所决定的。

在西南亚抒情诗意象中,也有由一定的审美心灵性所造成的崇高风格和由审美形式性所造成的新奇风格,希伯来抒情诗意象偏于前者,阿拉伯、波斯抒情诗意象偏于后者;也有由一定审美中和性造成的优美风格,印度某些抒情诗意象即如此。这些都是与中西抒情意象(意境)类似的美学风格。西南亚抒情诗意象所具有的独特的审美风格,则是由其审美神灵性所造成的神秘风格。这种神秘风格与西方中世纪宗教性抒情诗的神秘风格类似,与西方近、现代某些象征主义诗歌的神秘风格则有所不同。前者主要是由宗教神灵的超验性和神秘性造成,其意象可以是明朗的,不一定晦涩。后者中有的也多少包含一定的宗教(基督教)神秘因素,但主要是由关于宇宙、人生本质的神秘含义及其直觉、梦幻等表现手法所造成,意象常常晦涩难解。

西南亚三种抒情诗意象在上述审美神灵性和神秘风格的强弱浓淡程度上各不相同。除这种共同的审美特性和美学风格外,它们各自还有独特的审美特性和美学风格。

(二)希伯来抒情诗意象的审美特性

就西南亚抒情诗意象共同的审美神灵性看,希伯来抒情诗意象的审美神灵性最强。这种抒情诗构成犹太教经典《圣经》的一部分这一事实即可证明这一点。从作品的实际情况看,希伯来抒情诗意象大多与宗教神灵关联着,并且主要与那唯一的上帝亚卫关联着,上帝亚卫成了希伯来抒情诗的主要意象。

然而,希伯来抒情诗意象的这种神灵性在美学风格上造成的神秘性并不强烈,即它的神秘风格并不鲜明。这是因为希伯来抒情诗的内容的现实性很强,大多是关于该民族的生存、斗争、成功与失败,以及日常爱情生活等。虽然所有这些最终都归结为神的旨意和作用,带有浓厚的宗教色彩,但究竟现实感强,易于理解,并不感到神秘。它不像阿拉伯和波斯的某些苏非派诗那样,由于写内心与神的感通而显得神秘莫测,也不像印度的某些具有泛神论思想的诗那样,从万事万物中流露神性,充满神秘气息。

与阿拉伯、波斯和印度抒情诗意象比较,希伯来抒情诗意象还具有审美心灵性特点。希伯来抒情诗中存在大量的"我",他或者是诗人,或者就是上帝。这些"我"直抒胸臆,感情激昂,显出很强的自我心灵性。造成这种自我心灵性的原因,从宗教根源上看,在于希伯来人在犹太教的人神二分关系中相对地对人这一方的自觉和重视。根据《圣经》,人为上帝所造,是上帝意志的体现,但人又是相对独立的,应该独立思考,为自己的行为负责。《圣经》记载上帝多次与他的子民以色列人(即希伯来人)立约即是证明。希伯来诗中也常有上帝对人的"恩赐""宽恕"和"惩罚"之类的说法。这与阿拉伯的伊斯兰教有所不同。伊斯兰教虽然也是人神二分关系,但其教义中关于人的独立自主性没有那么突出。相反,它有所谓"前定论",即认为人一生的经历和命运早已被真主安排好了,人多少是被动地实现他的安排(犹太教中也有类似观念,但没有那么明确)。这更不同于印度宗教,后者自来有人神同一观念,它造成印度抒情诗意象的一定程度的审美中和性。希伯来抒情诗意象却没有这种审美中和性,它所具有的除共同性的神灵性外,便是基于人神二分关系中偏于人这一方的心灵性。

总之,就西南亚抒情诗意象共同的审美神灵性和神秘风格看,希伯来抒情诗意象的神灵性很强,其神秘风格却较淡薄。就它独特的审美特性和风格看,它具有审美心灵性和相应的崇高风格。这却与西方抒情诗意象较接近,因为后者也有这种审美特性和风格。

（三）阿拉伯、波斯抒情诗意象的审美特性

与希伯来抒情诗意象比较,阿拉伯和波斯抒情诗意象的神灵性不算浓烈,其主要表现是后者中除了某些意象直接与神灵有关外,更多的意象是关于世俗生活的,如情人、美酒、人生经历以及生活智慧等。但某些阿拉伯抒情诗尤其是波斯抒情诗意象的神秘风格却比希伯来抒情诗意象要鲜明。这主要指具有伊斯兰教苏非派思想特色的抒情诗意象。苏非派宗教哲学认为真主本原地内在于信徒的心灵中,信徒通过内心修炼,沉思入迷,可以直觉真主并与之合一,具有泛神论意味。这种神秘主义宗教观念用诗的意象表现出来往往更增加了它的神秘性。如哈菲兹在一首卡扎尔诗中写道:"虽然尚未看到你的容颜 / 成千的人已经望眼欲穿, / 尽管你刚刚含苞待放, / 百只夜莺已在对你啼啭。/ 假如我来到你的住地, / 却并非什么荒唐无稽; / 世上有多少像我一样的人, / 深切的情思都向着你。"哈菲兹受苏非派思想的影响(但他有反对苏非派禁欲主义而醉心于美女和醇酒的享乐的一面),在这首诗里,他把对真主的无限的爱以及期望与之在内心结合的愿望,以男女之情的形式表现出来。哈菲兹在另一首卡扎尔诗中就更明确地说明他把对真主之爱比作情人之爱:"我那真主的秘密 / 一直隐藏在帷幔里, / 让我们从她的面颊上, / 把她醉意的面纱揭去。/ 你那新月似的蛾眉呵,它的媚态在哪里? / 我的命运的球被你的曲棍,任意地抛来抛去。"这种诗有时与真正的情诗混淆难分。

诗歌意象的审美形式特性不可能根基于宗教的人神关系,因为这一关系中无论人的心灵性一方还是神灵性一方,都是抽象的、精神性的,而意象的感性形式是根源于物象的,所以它只能基于人与物的关系。前文曾论说过西方抒情诗意象的审美形式特性就是根基于人与物(主客二分)的关系。在阿拉伯和波斯的宗教神性文化中,其抒情诗意象的审美形式性及作为其基础的物我关系的客观条件是什么? 从传统看,蒙昧时期的阿拉伯诗歌就喜好和善于描写自然物象。伊斯兰教产生后逐步建立起政教合一的阿拉伯大帝国,其科技和其他方面的文化相当发达,是世界中古史上辉煌的一页。这实际上是中古阿拉伯文化所包含的物我关系中相对重视物一方面的体现,它也就是诗歌意象审美形式性的客观基础。此外,学习和借鉴基于主客(物我)二分的古希腊的科学、哲学,尤其是亚里士多德(前348—前322)的《诗学》,也有极重要的作用。阿拉伯诗论家就侧重学习《诗学》中的模仿论、隐喻等修辞手法及有关语言形式方面的东西。再次是阿拉伯民族语言的作用。阿拉伯语言很丰富,同义词多,能仔细描绘自然景物和复杂事物。阿拉伯诗人注重语言表达,善于遣词造句已成传统。此外,伊斯兰教经典《古兰经》极富于修辞艺术,被认为是阿拉伯语言修辞艺术的顶峰,这也必然会对阿拉伯抒情诗意象的审美形式产生重要作用。

(四)印度抒情诗意象的审美特性

印度抒情诗意象的神灵性较突出,其神秘风格也较突出。印度的宗教历史最悠久,从公元前三千多年前延续至今不断,具有宗教色彩的抒情诗大量存在,其中许多就是单纯颂神的。由于这两点,印度抒情诗意象的神灵性自然就显得很强了。印度宗教哲学的核心是"梵我同一",它贯穿印度思想文化的发展历程。"梵我同一"是一种宗教泛神论,具有浓厚的神秘性。因此,带有宗教色彩的印度抒情诗意象具有较突出的神秘风格。

印度抒情诗意象不可能具有像希伯来抒情诗意象那样的审美心灵性,因为印度宗教的人神同一观不可能使诗的意象突显人的心灵一方。它是否具有像阿拉伯、波斯抒情诗意象那样的审美形式性呢?具有,但那不是它的独特处。它独特的审美性是中和性。

让我们结合印度诗学来考察。印度诗学在公元7世纪以前主要是"庄严论"。婆摩诃(7世纪)的《诗庄严论》开其端,论述明喻、暗喻、谐音、叠音等数十种庄严和多种诗病。狭义的庄严指修辞方式,其实质是词语的曲折表达。婆摩诃在《诗庄严论》中说:"理想的语言庄严是音和义的曲折表达。"广义的庄严指诗的形式美因素。檀丁(7世纪)在《诗境》中说:"形成诗美的因素被称作庄严。"就可知诗的庄严是关于意象的审美形式。意象的审美形式性造成意象的新奇风格。印度抒情诗意象在一定程度上具有这样的风格,例如古代伽梨陀娑的《云使》和近代泰戈尔的抒情诗中随处可见新颖奇妙的意象。

印度诗学强调形式性有一定的形式主义倾向,这也是对诗的独立性的一种自觉。这一点与阿拉伯诗学类似,只是没有后者那么突出;更重要的是,它没有停留在单纯的形式上,而是进一步探索形式的审美意味(情感),这就由审美形式性的论说转向了对审美中和性的论说。用印度诗学术语说,就是由庄严论发展到味论和韵论。

中和性是中国抒情诗意境的审美特性,它基于"天人合一"的中国古代文化,它所显出的物我同一、主客相融是直接的、充分的。而印度抒情诗意象的审美中和性在很大程度上是基于"人神同一"的观念,其意象的物我同一往往通过"人(我)神同一"和"物神同一"这种泛神论思想的转化(在泰戈尔诗中较突出),所以意象的"象"往往不能完全是原样的，"意"与"象"之间往往也不是真正浑然融合的；加之"神"终究为人所创造，又是一种精神的东西，所以在意象的所谓主客相融和物我同一中往往仍然显出偏向主观自我一边。印度抒情诗意象因其一定程度的审美中和性而显出一定程度的意境性，但由于上述原因，那意境性没有中国古代抒情诗的意境性突出和典型。

意象的审美中和性造成优美风格。与中国古代抒情诗意境的优美风格比较，印度抒情诗意象的优美风格显得并不突出，但与同属于神性文化的希伯来抒情诗和阿拉伯、波斯抒情诗比较，却显得较突出。印度诗学的风格论常说到甜蜜、柔和、壮丽等诗德（诗德即风格要素），前两种更普遍，它们就是优美风格的要素。

西南亚三种抒情诗意象共同具有审美神灵性特点及相应的神秘风格，这与中国古代抒情诗意境的审美中和性及相应的优美风格、西方抒情诗意象的审美心灵性和形式及相应的崇高和新奇风格不同。就它们三者比较而言，希伯来抒情诗意象具有心灵性特点及崇高风格，与西方抒情诗意象接近。阿拉伯、波斯抒情诗意象具有形式性特点及新奇风格，也与西方抒情诗意象接近。印度抒情诗意象既有形式性及新奇风格的一面，这与西方抒情诗意象接近，又有中和性及优美风格的一面，这与中国古代抒情诗意象接近。西南亚三种抒情诗通常归属东方诗歌和东方文学，其实，它们与西方欧美抒情诗接近的地方较多，而与古代中国和日本的抒情诗接近的地方较少。

四、中国现代抒情诗的意象

（一）意象的一般特点

中国古代抒情诗意象以善为基础，与善结合着；西方抒情诗意象以真为基础，与真结合着；中国现代抒情诗意象如何？它与前两种情况都有关，但基点与后者相同，即：它以真为基础，与真和善结合着，有时甚至以善为主导。

前文曾指出，中国现代抒情诗的情感主要已不是人伦情感，而是自我情感。从真、善角度看，人伦情感直接基于善，虽然它必然更深入地基于真，自我情感则直接基于真，虽然它也可以并常常负载善的内涵（但并不必然如此）。中国现代抒情诗中那些单纯表现自我真情的诗，就是单纯体现真的基础的诗，如许多爱情诗只是两性真情的流露，看不出有什么善恶观念。又如那些仅仅表现刹那间感受甚至本能感觉的诗。这种诗当代很多，如王家新（1957—）的《空谷》："没有人，这条独自伸展的峡谷／只有风／只有满地生长的石头／／但你走进来的时候，你感到／峡谷在等着你／峡谷如一只手掌在渐渐收拢／你惊慌得退回去，在峡口才敢／回过头来，峡谷空空如也／除了风，除了石头。"这类诗西方有，中国古代却绝无。但更多的情况是在自我情感或自我感受的真实基础上，明显地结合着真理知识，尤其善恶观念的意象。前者如哲理诗意象，后者如反映民族救亡、体现社会道义等诗的意象。这类意象在一定程度上就可以说是以真为基础却以善为主导的，20世纪三四十年代的现实主义诗歌意象和20世纪80年代的某些朦胧诗意象就大体如此。

就意象内部意与象的关系看，中国现代抒情诗在总体上已是既重意的表现，又重象的刻画。重意的表现有两种情况：一种是直抒胸臆，不借助形象，此种情况早期现代抒情诗尤其多；另一种情况是用形象来表现意，这就构成意象。无论哪种情况，总的来说，中国现代抒情诗都重在意的表现，而不是重在表现那意。大约也是由于传统的作用和现代中国的特殊国情，现代抒情诗有时也相当重视"表现的意"，尤其是当诗人们被要求反映一定现实状况和表现一定的社会责任和理想时。这一点与古代抒情诗相近而与西方抒情诗不同。

中国现代抒情诗既然重意的表现，就必然也重象的刻画。后者的表现在于不再像古代抒情诗那样用单纯的"兴"的手法，而是运用多种手法。"兴"的手法其实就是重意轻象的手法，那兴象只起开头作用，甚至可以与诗的主旨无关，真有点"得意忘象"的意味。后来虽然兴象成了诗的有机整体的一部分，即成了意象，但往往仍重在意象的"寄托"即意上，而不重在象本身。中国现代抒情诗却运用比喻、象征、暗示以及幻觉、错觉、瞬间印象、冷漠描述等多种手法，这些手法及其所刻画的形象本身成了诗艺的重要目的乃至唯一目的。与刻画"象"的手法的转化和多样化相应，现代抒情诗对"象"的刻画较集中而细致，有的意象因而有一定的典型性，如郭沫若的"天狗"、闻一多的"死水"、徐志摩的"康桥"、戴望舒的"丁香姑娘"、艾青的"大堰河"等。

就意象与意象之间的组合关系看，中国现代抒情诗已不是意象密集，而是意象疏朗；意象与意象之间不是并置和跳跃，而是具有逻辑和连续关系。主要原因在于现代诗构思方式已主要不是散点透视，而是选取一两个形象来细致刻画，并且不避分析和推理。另一个原因是现代汉语中增多了关联词语并富于分析性。中国现代抒情诗中的某些现代主义和后现代主义诗中也有意象密集和并置、跳跃的情况。但这种情况与古代诗有所不同，即它往往由不同时空状态下意象的"立体交叉"所引起，或者由意象的无意识涌现和其他荒诞组合所引起。如北岛（1949—）《白日梦》中的一节："向日葵的帽子不翼而飞 / 石头圆滑、可靠 / 保持着本质的完整 / 在没有人居住的地方 / 山也变得年轻 / 晚钟不必解释什么 / 巨蟒在蜕皮中进化 /……"

（二）意象与意境辨析

首先看意象中的"象"是原样的还是变形的。中国现代抒情诗意象显然一般是后一种情况。其直接原因是现代诗人一般已不运用直观性的"兴"的手法，而是依赖想象，运用在不同程度上改变对象的比喻、象征、梦幻等手法。徐志摩《再别康桥》一诗具有一定的意境性，它的一个特点就是其中的形象大多是原样的。

其次着意象是整体的、均衡的还是单个的、突出的。现代抒情诗意象一般也不是后一种情况。现代诗人已不采取俯仰远近的游目方式来观照和描写对象，而是聚焦于一两个形象。前一种方式能使诸意象大致均衡，并构成一个类似自然景观的整体，那就是意境，后一种方式则造成单个意象的突出，通常围绕这个意象也形成一个有机整体，那就是现代诗中经常出现的以一个意象为中心的意象群。例如闻一多《死水》一诗，围绕"死水"这个中心意象，第一节用了"涟漪""破铜烂铁"等意象来描写，第二节用"翡翠似的铜绿""桃花似的铁锈"等意象来刻画，第三、四节又用"花蚊""青蛙"等意象来衬托。郭沫若的《天狗》和《凤凰涅槃》、戴望舒的《雨巷》、艾青的《太阳》和《大堰河》以及舒婷的《致橡树》用的意象描绘也是这样。

再次看意象中的意与象是浑然融合，还是存在着张力。现代抒情诗意象普遍是后一种情况。读现代抒情诗，我们能明显感到诗人是在着意用"象"来表现"意"，这就使意与象不能浑融而是存在张力，或者说使意象具有二重性乃至多重性。如"死水"意象中的象是沉寂而肮脏的一潭水，其意则指某种丑恶、腐败和亟待变革的生活或社会或其他东西。北岛《白日梦》中有诸多意象，每个意象有自身的画面和意义，而全部意象又指向某种意义。古代诗意境显然不是这样。《再别康桥》中的意与象能达到较大程度的融合，所以有一定的意境性。但以下诗句："那河畔的金柳 / 是夕阳中的新娘""在康桥的柔波里 / 我甘愿做一条水草""不是清泉，/ 是天上虹 / 揉碎在浮藻间，/ 沉淀着彩虹似的梦""夏虫也为我沉默"等，以及诗中不断出现的"我"，使读者的头脑中同时出现康桥以外的意象如"新娘""彩虹似的梦"等，使诗的意与象不能完全融合，不能真正做到物我同一。读者会感到诗中流露的惆怅和别有深意的离情终究是诗人的感受，是通过对康桥景物的多少有所变形的描写而表现出来的，在物我关系中仍然偏向了"我"的心灵一端，与古代诗中典型的意境仍有较大的差别。

最后看意象是虚实相生，还只是以虚生实。虚实相生的关键，一方面在于作为"虚"的"意"必须超越自我个体的普遍情感，另一方面在于对作为"实"的"象"的描绘必须是轮廓性的，以便使诸象构成的整体有充足的空间，让"意"涵容其间，与"象"相互生发、相互依存。而现代抒情诗的情感主要是自我情感，所以在主观方面已失去造成虚实相生的条件，它在对物象的运思和描绘上已是焦点透视，仔细描写，所以在客观方面也失去了造成虚实相生的条件。它所能做到的，主要是从自我出发，化情思为形象，即以虚生实，而不大可能真正把自我融入物象，让物象自然流露情思，即不大可能真正以实生虚。

《再别康桥》一诗有无虚实相生的特点？若分节看，有些诗节的情绪主观，物象实在，不能有虚实相生的特点，如以下两节："那河畔的金柳，/ 是夕阳中的新娘；/ 波光里的艳影，/ 在我的心头荡漾。/ 软泥上的青荇，/ 油油的在水里招摇；/ 在康桥的柔波里，/ 我甘心做一条水草！"但由全部诗节组成的整体画面却是较空阔的，诗的情绪能涵容其间，显得空灵流动，在一定程度上具有虚实相生的特点。这是该诗具有一定意境的重要标志。

中国现代抒情诗中像《再别康桥》那样带有较多意境的诗很少。一般诗追求意象的新奇、精简，而不是追求意境的优美、空灵。所以从总体上看，中国现代抒情诗不是富于意境美，而是富于意象美。我曾指出，意境是以"天人合一"观念为根基的德性文化的产物，在以"主客二分"观念为基础的现代社会中，它已经不是抒情诗追求的目标。那么，像《再别康桥》那样带有一定意境性的诗，是否仍有发展的可能？这个问题下文将回答。

（三）意象的审美特性

中国现代抒情诗意象的审美特性已不是中和性，而是心灵性和形式性。这是因为，具有主客二分心态的现代诗人所创造的诗的意象已不可能具有真正的中和性，而只能具有或者偏于主体一方的心灵性，或者偏于客体一方的形式性。即便诗人有意追求某种中和性，那也是在主客二分基础上的中和性，与古代诗意境所具有的那真正物我同一的中和性有所不同。

意象的审美心灵性一般与审美形式性结合。也有偏于纯粹心灵性的意象，它出现在直抒胸臆的抒情诗中，这种意象主要是诗人的自我形象。中国现代抒情诗中有不少这样的作品，名篇如闻一多的《心跳》、北岛的《一切》等。与西方抒情诗比较，中国现代抒情诗意象偏于纯粹形式性的较少，也缺少相关的理论。"第三代诗"中的某些口语诗、荒诞诗有偏于纯形式的东西，虽然在他们自己看来也许别有深意，但给人的印象只是纯形式的创造。

主要由于古代诗传统的作用，现代诗人中也有自觉或不自觉地追求意象的审美中和性造成的意境，所以某些现代抒情诗也有一定的意境性。但这种中和性和意境性已经是在主客二分观念的基础上产生的，它实际上是在意象的审美心灵性和形式性两端之间寻求一种相对的平衡，所以往往在根本上仍然或者是偏向心灵性的，或者是偏向形式性的，对现代抒情诗来说前一种情况为多。上文曾指出《再别康桥》一诗的意境性终究是偏于诗人心灵一方的。

这种寻求意象的心灵性和形式性之间相对的中和性，可以成为中国现代诗的一种追求。不过，具有这种中和性的意象严格说不宜叫意境，只宜说具有意境性。其实，这种在主客二分基础上的相对中和性倒类似西方诗歌和文化中的古典性。古典性就是在主客二分基础上对理性与感性、主体与客体的统一性的追求，它是西方文学艺术乃至整个文化曾经多次试图复归的理想。在这种意义上，诗歌意象的这种审美中和性的追求可以成为中西诗歌艺术的共同理想。

意象的审美心灵性常常造成崇高风格。中国现代抒情诗意象的崇高风格比古代抒情诗更明朗，也更普遍。郭沫若、闻一多、穆旦、艾青、北岛、海子等人的某些诗歌意象都存在崇高风格，甚至在女诗人舒婷的柔中带刚的风格中也有崇高的成分。20世纪80年代杨炼（1955—）等人的寻根诗意象也带有崇高雄浑的风格。但比较起西方抒情诗来，中国抒情诗意象的崇高风格则不算突出。究其原因，传统文化的阴柔性是潜在的制约因素，某些现代诗中不同程度存在的审美中和性也抵消着这种崇高、壮美风格。由其他审美心灵性造成的相关风格，如反讽、荒诞、幽默、无奈等，在中国现代诗中也存在，在"第三代诗"中特别突出。如第三代诗人提出"非崇高"口号，并付诸创作实践，韩东的《有关大雁塔》和《你见过大海》即是典型。后者中反复写道："你想象过大海 / 然后见到它 / 就是这样。"结尾则说："你不情愿 / 让海水给淹死 / 就是这样 / 人人都这样。"大海这最浩瀚最强有力的东西，在拜伦、普希金和郭沫若、舒婷等人的笔下都是崇高的象征，而在这里，大海就是大海，一点也不崇高，诗中充满嘲弄的语调，体现了反讽的风格。

意象的审美形式性造成新奇风格。中国现代抒情诗意象的新奇风格没有西方抒情诗突出，但比中国古代抒情诗突出得多。新奇风格可以概括属于心灵性的崇高风格以及反讽、荒诞和无奈等风格，因为崇高等心灵特征往往与新奇的形式特征同时体现。郭沫若笔下的把日月和"全宇宙来吞了"的"飞奔""狂叫"的"天狗"（《天狗》）、闻一多笔下的"能点得着火"的"一句话"（《一句话》）、艾青笔下的"誓向我滚来"的"太阳"（《太阳》）、北岛笔下的"飘满了死者弯曲的倒影"的"镀金的天空"（《回答》）、海子笔下的"站在太阳痛苦的芒上"的"我"（《麦地与诗人》）等新奇的意象，都出现在具有崇高风格的诗中。显示审美心灵性其他诸风格的新奇意象更多，有的新奇而精警，如"如残叶溅 / 血在我们 / 脚上，/ 生命便是 / 死神唇边 / 的笑"（李金发《有感》）。

有的新奇得近于怪异,如"我从耳朵里探出半个脑袋"(宋琳《兀鹰飞去城市》)。像后者那样通过荒诞组合而造成的怪异意象,在第二代诗中屡见不鲜。

既然审美心灵性的崇高等诸种风格可以概括进审美形式的新奇风格中,我们就可以说中国现代抒情诗意象的总体美学风格是新奇;它与西方抒情诗意象的新奇风格相近,而与中国古代抒情诗意境的优美风格不同。

第三节 中外抒情诗的手法和体裁

一、中外抒情诗的手法

抒情诗的手法用以选择和组织题材,熔铸意象。抒情诗的基本手法是描写和抒情,中外抒情诗皆如此。所不同的只是:就描写而言,中国古代抒情诗简约,外国抒情诗细致;中国古代抒情诗多用起兴、寄兴方法,外国抒情诗多用赋形、变形方法。就抒情而言,中国古代抒情诗多为客观化抒情,外国抒情诗多为主观化抒情。中国现代抒情诗的手法类似外国抒情诗的手法,但仍保留了某些传统手法的因素。

(一)简约描写与细致描写

中外抒情诗手法上最容易感知到的差别是前者的简约描写与后者的细致描写。试比较白居易(772—846)的一首七律《赋得原上草》与美国诗人弗罗斯特的一首十四行诗《丝蓬》。前者为:"离离原上草,一岁一枯荣。野火烧不尽,春风吹又生。远芳侵古道,晴翠接荒城。又送王孙去,萋萋满别情。"后者为:"她,犹如田野里的一顶丝蓬,/ 正午,一阵和煦的夏日柔风 / 拂干了露珠,根根游丝变得温和 / 在牵索中自由自在地轻轻飘动,/ 它那中央的支撑柱一雪松,那伸向无垠天空的高高蓬顶,/ 那显示出这灵魂自由的蓬顶,/ 仿佛对每一根游丝都不欠情,/ 它不受任何约束,只是 / 轻轻地被无数爱与思想的丝带 / 与周围世界之万物系在一起,唯有当一根游丝微微拉紧 / 在夏日变幻莫测的空气之中 / 它才意识到最轻微的一丝束缚。"前者寥寥数语而形神兼备。后者14行仅为一个句子,刻画精细,惟妙惟肖,也相当传神。在艺术效果上可谓各有千秋,但描写的简约与细致判然有别。

外国抒情诗的描写可以分为内在心理描写和外在景物描写。心理描写一般以内心独白为主,往往与直抒胸臆的抒情方式结合着,这在西方抒情诗中最突出。有的心理描写还结合一定的叙事和戏剧对白成分,以增强描写的细腻性和微妙性。典型的如英国诗人约翰·多恩(1572—1631)的某些诗。这种艺术传统在现代诗人艾略特、庞德、威廉斯（1883—1963）等的诗中被发扬光大。西南亚抒情诗的心理描写也较细致，如在波斯诗人哈菲兹的诗中，在印度古代抒情诗《云使》中。更多的当然是外在景物描写。西方抒情诗的景物描写大多结合着表现明显的主观情思，例如上文《丝蓬》一诗。有的景物或事物描写则相当客观，如前文说到的唯美主义诗歌《天鹅》，全诗 32 行，全是对天鹅外在形态的精细描绘。希伯来抒情诗中也有对人物进行细致描写的，如《雅歌》第 4 歌对男子美貌的刻画用了 20 行诗。印度抒情诗《云使》对景物的描绘细致、生动，如对一株无花果树的描绘用了两节 8 行。

中国古代抒情诗中《离骚》的心理描写稍多一些，其后汉代抒情诗中仍有一定的心理描写成分，但没有形成传统。景物描写在六朝时曾有过"期穷形而尽相"的求"形似"的倾向，如谢灵运（385—433）诗对自然景物的精细描摹，但很快被纠正。至唐诗宋词，简约描写已成艺术传统，求神形兼备和偏求"神似"成为风尚。

中国古代诗简约描写在艺术上根源于"兴"的手法。《诗经》时代的兴象仅起开头作用，往往一两句之后便不再着墨。如《关雎》一诗仅开首两句描写兴象，其后 18 句都不再提到它。后来，兴象虽然成为诗的有机组成部分，甚至靠它们构成意境的"境"，但往往也是刻画简约，只要能传情达意即可。既要能传情达意，又力求描写简约，必然注重景物特征的描写，这就造成"写意"手法和贵"神似"的传统。

古代诗简约描写甚至与"天人合一"的文化观念有关。"天人合一"观在意境中体现为"物我同一"，后者即是意境中意与象的浑然融合。要做到这一点，就只能对"象"做轮廓性简约描写，如此才能使"意"显出既是诗人所表现的，又似乎是物象本身就具有的。如若对物象做细致描写，就多少会显现只属于那事物本身的即与人无关的意义，反之，如若对诗人的心理细致描写，对"意"详加阐发，就多少会表现只属于诗人本身的即与事物无关的东西。这样，就不能做到意与象的浑然融合，做到"物我同一"。西方诗歌对事物的细致描写最早体现于古希腊的"模仿"说，这个学说在中古时代曾影响过阿拉伯和波斯的诗歌艺术。模仿性描写经近代诗歌表现论的改造而变成赋形和变形的诗歌表现手法。西方诗歌对心理的细致描写大约受过希伯来《圣经》诗歌中对诗人自我心理描写的影响。它的突出表现是近代浪漫主义诗歌对自我意识的细致描述。模仿事物形象的细致描写和表现自我心理的细致描写，体现了西方文化根基上主客二分的两极性。西南亚抒情诗的"人神二分"的宗教文化及相应"主客二分"的世俗文化，对诗歌描写艺术的要求也类似西方诗歌。

（二）起兴、寄兴与赋形、变形

中国古代抒情诗的手法总称"赋""比""兴"。若与外国抒情诗手法比较，赋、比实为两者共有，唯有兴才是中国古代诗歌的独特手法。单就中国古代诗艺看，兴也是最基本的最重要的手法。钟嵘（？—5187）似乎已见出这点，他在《诗品序》中对三者的次序做了调整："故诗有三义焉：一曰兴，二曰比，三曰赋。"

"赋"指直言陈述，"比"就是比喻。"兴"的说法最多，其中刘勰（465?—520?）说的"兴者，起也"（《文心雕龙·比兴》）、朱熹（1130—1200）说的"兴者，先言他物以引起所咏之词"（《诗集传》），意思相近，也较恰当。这些说法可以溯源至《礼记·乐记》中关于音乐起于"人心之感于物也"之说，后来刘勰的"应物斯感"说与之一脉相承。

兴是最基本的手法，它与比、赋的最常见的关系是兴中兼用比、赋。如杜甫的《旅夜书怀》："细草微风岸，危樯独夜舟。星垂平野阔，月涌大江流。名岂文章著，官应老病休。飘飘何所似，天地一沙鸥。"整体手法是兴，其中包含着赋、比，前四句是起兴，"细草""危樯""星""月"等都是兴象，第五、六句陈述感慨，是赋；末二句自喻飘零的沙鸥，以抒悲怀，是比。古人说比、兴的差别在于"索物以托情谓之比，情附物也；触物以起情谓之兴，物动情也"。比、兴两者的关系多如此，这样是整体手法与局部手法的关系，即先"触物以起情"，然后因所感发之情而"索物以托情"。有的诗通篇是对兴象的描写，并不兼用比、赋，如前引《辛夷坞》《江雪》等诗。那些兴象所引发的情思何在呢？尽在不言之中，在由诸兴象构成的意境中。

兴手法有一个从初级发展到高级的过程。《诗经》是兴手法的开端，为初级阶段，是单纯的起兴。其兴象大多仅作为诗的开头，与诗的情思的关联不紧密，甚至没有什么关联。这是民歌的兴手法的特点，后代民歌乃至现代民歌中的兴手法仍然是这样。《离骚》主要运用赋、比，兴的成分其实不多。但在兴手法的发展过程中它起着重要的转折作用，即由民歌的单纯的起兴手法，变为兴象与情思紧密关联乃至相互融合的寄兴手法。西汉诗中的兴手法在《古诗十九首》中最突出，有的兴象已与诗的情思融合无间，如《庭中有奇树》等诗篇，但总的说来兴象还是较单一，还不能构成意境。经魏晋六朝至唐宋，寄兴手法完全成熟。其标志有二：一是多视角起兴，由远近高低等诸多兴象构成一个能虚实相生的艺术整体；二是情思与兴象浑然融合，往往形成意境。由此形成中国古代诗歌的借景抒情、托物言志的基本模式（通常是先景物后情志）。由此亦可知，成熟的兴手法即寄兴手法往往造成意境，或者反过来说，意境需要由寄兴手法来造成。中国古代诗意境的独特性与其寄兴手法的独特性是统一的。

外国抒情诗的独特手法是赋形与变形。赋形指给抽象情思以具体形象，变形指对形象进行较大程度的改变。赋形、变形各自都是诸多手法的总称，或者说是诸多手法的共同特征。赋形主要有拟人性赋形和象征性赋形。此外还有比喻性赋形，即将抽象情思比喻为具体事物，但这种手法较少出现。拟人手法最古老，上古神话中的神就是由拟人手法创造的。印度《吠陀》诗集中就有许多拟人手法，其中大多数是把具体事物比拟为人，属于拟人性变形手法（详下文），但也包括把抽象情思化为人格神的拟人性赋形手法。拟人性赋形手法在泰戈尔诗中更常见。希伯来《圣经》诗中也有这种手法，如将智慧拟人化为"我"在诗中说："人类呀，我要向你们诉说，/ 我要向地上的每一个人呼吁。"（《箴言》第8章）古希腊神话和史诗中拟人手法很突出，其中就包括拟人性赋形手法，这种手法后来作为传统手法而普遍运用于西方抒情诗中。在西方抒情诗中，智慧、理性、信仰、道义、爱情、和平以及邪恶、伪善等抽象观念和相应的情感，常常被赋予人格形象。西南亚抒情诗中也有这种手法。中国古代抒情诗中这种手法却很少见。

象征性赋形是将抽象情思用相应的物象表征出来，使那情思形象化。这一手法中外抒情诗都有自觉或不自觉的运用，并各自形成若干固定的象征形象，如西方诗中玫瑰象征爱情，十字架象征受难和赎罪，中国古代诗中则有松、竹、梅、菊、兰、莲等人格象征形象。西方19世纪末与20世纪初曾有一个声势显赫的象征主义诗歌运动，产生了许多优秀的象征主义诗篇。象征主义诗歌的特点，一是所象征的意义往往具有神学尤其是哲学形而上学的深玄；二是象征形象具有随意性和奇特性，不像传统诗歌的象征形象那样是约定俗成的。由于有这两个特点，有些象征主义诗歌晦涩难解。

中国古代抒情诗中的象征手法不多，或者说不明显。如杜甫的《孤雁》一诗："孤雁不饮啄，飞鸣声念群。谁怜一片影，相失万重云。望尽似犹见，哀多如更闻。野鸦无意绪，鸣噪自纷纷。"读者既可以把孤雁看作象征形象，认为它象征某种心境或情境，也可以把它当作比喻形象，即诗人自比孤雁；还可以把它看作兴象，诗所表现的意绪由孤雁念群这情景本身引发出来。前两种情况中意与象之间存在着一定的张力，寓意较明确；后一种情况中意与象有较强的融合性，虽有寄托却显得无所寄托，富于意境性。就此诗本身看，它更倾向于后一种情况，所以它也体现着中国古代诗意境和寄兴手法的独特性。若拿象征主义的咏物诗如叶芝的《天鹅》、里尔克的《豹》等来比较，即可见出《孤雁》这类中国古代诗的象征手法的不明显性和它独特的意境性。中国古代诗中也有较明显地运用象征手法的作品，如屈原的《橘颂》、李商隐的《锦瑟》等，但为数甚少。

从上述可见外国抒情诗的赋形手法与中国古代抒情诗的兴手法的一个重要的不同点：前者从诗人自身出发，将已有的情思化为感性形象。后者从现实事物出发，从事物中感发情思。前者显然有较多的自我性、主观性,后者则有更多的社会性、客观性。尽管象征主义诗人艾略特提倡诗的"非个人化"和"寻找客观对应物",但由于西方人文文化固有的自我特性,西方抒情诗实际上不可能真正普遍地做到"非个人化"和"寻找客观对应物",艾略特本人就没有完全做到。其实,他的"寻找客观对应物"这一命题本身与中国古代诗学中的"应物斯感"和"触物以起情"等命题,在一定程度上也显示着上述赋形手法与兴手法的差异。

变形手法主要有比喻性变形、拟人性变形和扭曲性变形。比喻从类别上分为明喻、暗喻和转喻等。从方式上则可分为两种情况:一种是用具体事物比抽象情思,这即是上文说的比喻性赋形,诗中用得不多;另一种是用具体事物比具体事物,这是比喻性变形。后一种情况之所以叫"变形",是因为说一事物"像"另一事物,或"是"另一事物,究竟是事物形式上的一定程度的改变,与中国古代诗中保持事物"原样"的兴手法有所不同。当然,这种变形一般不大,比起扭曲性变形不算明显。

比喻性变形手法,中外抒情诗都广泛运用,外国抒情诗中运用得尤其多。中国古代抒情诗中赋形和变形手法都不算很多,因为它更多地用了兴手法。中国古代诗中比喻的特点是多"近取譬",即相互比较的事物之间的关系较近,类似点较明确,变形不大,喻象优美。外国诗中的比喻多"远取譬",即相互比较的事物之间的关系较远,类似点往往是诗人的一个新发现,因而变形较大,喻象新奇。

拟人性变形指把事物比拟成人,这种手法外国诗中较多。上文所说的外国古代诗中的拟人手法,就大多是这种拟人性变形手法,例如印度诗中的许多神(指自然神如太阳神、黎明神等)就是用这种手法创造的。近代西方诗中如"幽暗从那边的茂林之中/睁着无数黑眼睛张望。"(歌德《相逢又离别》)把幽暗拟人。中国古代诗中也有这种手法,如"相看两不厌,唯有敬亭山"(李白《独坐敬亭山》),"数峰清苦,商略黄昏雨"(姜夔《点绛唇》),都是把山峰拟人。

扭曲性变形在中外传统诗歌中就有,指用夸张或其他超现实的幻想手法的创造,李白诗句"燕山雪花大如席"即是。但扭曲变形作为一种普遍手法主要运用于西方现代主义和后现代主义诗中,主要由诗人的主观幻觉、无意识、梦幻和词语的奇特组合造成。例如艾略特的诗句:"我知道女仆们潮湿的心灵/正向着地下室的铁门沮丧地发芽",(《窗前的早晨》)"正当朝天空慢慢铺展着黄昏/好似病人麻醉在手术桌上",(《阿·普鲁弗洛克的情歌》)又如法国诗人艾吕雅(1895—1952)的诗句:"她婷立在我的眼睑上。"(《恋人》)

变形与原样相对,可知外国抒情诗尤其西方抒情诗的变形手法与中国古代抒情诗的兴手法不同。这种不同的原因，如果结合西方抒情诗的赋形手法一起考虑，首先在于各自的出发点不同。西方诗人从自我出发，而自我意识中包含着超越现实社会的纯主观的东西，如个人的生理、心理感受及超验的幻想和玄思等，这些不能单纯用现实物的原样形态来表现，而必须同时用与现实形象不同的赋形和变形的形象来表现，方能较完整地表现自我个体，这是西方重个体的智性文化的反映。中国古代诗人从现实对象出发，对象的形象就能保存原样，从对象所感发的情思中虽然也有自我性，但那自我性是自我意识中已经消融在现实对象和社会群体中的那一部分。这是中国古代重群体德性文化的反映。

（三）客观化抒情与主观化抒情

情感在本质上都是主观的，但在对它的表现和抒发的方式上，却有客观化和主观化的分别。客观化抒情，指不是诗人情感的直接表露，而是用客观事物的形象来表现，并且那情感与事物形象融为一体，仿佛从客观事物本身自然流露出来，而不是诗人的有意表现。总之，是偏于无主观的"我"的抒情。主观化抒情包括两种方式：一种方式是直抒胸臆式的直接抒情；另一种方式是借用事物形象来间接表现，但仍然显出诗人的主观意图及其他主观色彩。总之，是偏于主观的"我"的抒情。比较而言，中国古代抒情诗偏于客观化抒情，外国抒情诗偏于主观化抒情。

中国古代抒情诗为什么偏于客观化抒情？有两个方面的原因：一方面是中国古代抒情诗的情感主要是人伦情感，人伦情感是一种群体意识，具有较大的社会性和现实性，在这种意义上，它也就具有一定的客观性，这是主体方面的客观性。另一方面的原因在抒情方式上，中国古代抒情诗的基本抒情方式是"触物以起情"。情感因事物而感发，它必然受制于那事物，因而必然是具有一定现实性和社会性的共同情感、客观性情感，而不可能是与客观现实无关的纯然主观的个人感受或者超现实的主观玄想。这一点与以上说的中国古代诗歌的情感因人伦性质而具有客观共同性是一致的。从事物形象方面看，由于兴手法对物象（兴象）的客观的、原样的描写，由于由此造成的意境中意与象的浑然融合，诗中的物象就自然呈现，情感从物象自然流露出来，由此显出抒情的客观化。中国古代抒情诗中最富客观性的诗，是那些仅仅由对物象的描写而构成纯粹意境的诗，如前列举的《辛夷坞》《江雪》等诗。其次是那些在对物象的描写中结合着一定的叙事和直接抒情的诗，这种诗也有意境，如前列举的《旅夜书怀》《孤雁》等诗。可见中国古代诗的客观化抒情是与兴手法及审美上的意境效果相统一的。它甚至与古代诗简约描写的手法有关，若对诗人的心理细致描写，那情必显出较强的主观性；若对事物细致描写，那事物本身的意义（性质）

会排斥诗人情感的融入。若仅对事物进行特征性简约描写，便能使诗人的情思显得似乎也为事物本身所有而被客观化。

中国古代抒情诗中也有主观化直接抒情的情况，先秦和汉魏诗中较多，屈原的《离骚》、汉代女诗人蔡琰（177—？）的《悲愤诗》和《胡笳十八拍》等最为突出。但这一时期中更多的还是以"触物起情"的方式，运用起兴手法，用兴象来间接抒情，只是那兴象还较单一，与诗的情思还不能充分融合，主观抒情的成分仍然较重。晋宋时期对景物描写的偏重加强了客观化抒情，至唐便形成了客观化抒情的传统，虽然李白等人的某些诗中有较多的主观化抒情。唐以后的诗，尤其词和曲中，虽然对自我情感的主观表现有所增加，但并未改变中国古代诗客观化抒情的大局面。

与中国古代抒情诗比较，外国抒情诗的情感的主观性更强。西方抒情诗的情感主要是自我情感，主观性最大。西南亚抒情诗情感的特质在于其宗教性，宗教情感虽然也有群体性和社会性，但究竟因其超现实性而显得较主观。

外国抒情诗的主观化抒情有两种方式。一种方式是主观化直接抒情，这在西方抒情诗和西南亚抒情诗中都相当普遍。西方抒情诗直接抒情的特点是多为诗人内心的独白和感叹，这与其情感的自我个性有关；西南亚抒情诗直接抒情的特点，则多是向神祈祷和倾诉，这与其情感的宗教神性有关。直接抒情的手法常常与一定的说理结合着，这在西方抒情诗中较突出。直接抒情的诗虽然缺乏形象性，但由于其抒情性仍能成为名篇佳作。如俄国诗人普希金（1799—1837）的《我爱过你》："我爱过你，也许，我的爱情／在心底还没有完全熄灭，变冷；／可是让它不再把你打搅吧，／我不想以任何事使你烦闷。／我爱过你，不抱希望，不吐声息，／有时羞怯躲避，有时满怀妒忌，／我爱得如此温柔，如此真诚，／愿上帝保佑有另一个人这样爱你。"

另一种方式是主观化间接抒情，即用形象来抒情。为什么这种抒情仍是主观化的呢？这是因为，从根本上说，那情不是由事物感发的，即不是"触物以起情"，而是诗人在先已具有的，不过是创造一个形象或者"寻找一个客观对应物"来表现而已。因此，那形象与情感并不是融合的，而是存在着张力，那形象也不是真正客观的、原样的，而是被赋形或变形的形象。这样的形象化的抒情就仍然带着较强的主观性。这种借景物和事物形象来抒发主观情思的诗在西方抒情诗中最普遍，诗的名称常常是"致……"或"……颂"，著名的如雪莱的《西风颂》、普希金的《致大海》等。这种主观化间接抒情的诗在西南亚抒情诗中也很普遍，如哈菲兹在一首卡扎尔诗中写道："我心中埋藏着一座火山，／那火焰已把苍天点燃；／太阳射出的万道金光，／仅仅只是这火势的一闪。"激情的表现非常形象化，但也很主观。

从上述可知,外国抒情诗的主观化抒情与前述赋形、变形的手法及其所铸造的张力性意象效果是统一的。它甚至与前述细致描写的手法也是统一的,对抒情主体心理的细致描写必然造成主观化抒情,对抒情对象的细致描写则有两种结果:一种结果是纯客观的细致描写导致无情可抒的冷漠的形式主义(事物本身的性质和特征阻止诗人情感的融入);另一种结果是对事物的比喻或象征性细致描写造成主观化抒情,因为其实质是借以描写主体自身,如前举《丝蓬》一诗中的比喻性和拟人性描写。

外国抒情诗中也有客观化抒情的诗,如某些唯美主义和意象主义作品,如果读者能体验出某种情感的话。某些象征主义作品中,如果其象征意象类似中国古代诗中的象征性形象,其抒情也会显出是客观化的。印度抒情诗中那些具有一定审美中和性和意境性的诗篇,也是客观化抒情的作品,如前文列出的小诗《春季》。但在外国抒情诗中,这类客观化抒情的诗为数甚少。

二、中外抒情诗的体裁

(一)抒情体与叙事体

为什么中国古代抒情诗发达而叙事诗不发达?有诸多原因。从中国古代诗歌艺术本身看,构成诗的古代汉语富于综合性而缺乏分析性,而这又是由中国古代思维的特点所决定的。中国古代思维是直觉性综合思维占优势,理智性分析思维较贫弱。古代儒、道、佛三家都主张直觉地把握事物整体乃至整个宇宙人生。其中道家庄子的"心斋""坐忘"和佛家的自得心性、顿悟成佛的思维方式更突出,完全排斥概念分析和逻辑推理。这样的思维方式和相应的语言文字必然有利于抒情诗的创造,而不利于叙事诗的创造,因为叙事诗要描述人物行动和事件的细节和发展变化,需要理智分析和逻辑推理做基础。总的说来,外国语言及相应的思维富于分析性,有利于叙事诗的创造。

古代汉语所造成的格律音韵也有利于抒情诗而不利于叙事诗。这可以从以下几点去考虑:第一,中国诗的节奏是音顿节奏,语音上的音顿与语义上的意顿是基本统一的。这于短篇的抒情诗有利,于长篇的叙事诗却不利,因为它会在后者中造成一种单调性,并不利于详细叙述事件,细致刻画人物。外国诗语言的节奏,无论是重轻节奏、长短节奏或其他节奏,都不必与语言的意义节奏统一,语音上节奏的整一性并不妨碍语义的流转和变化,这就有利于在诗中叙事和说理。第二,中国古代诗的韵作为节奏是与诗的音顿节奏同质的,即它是诗的节奏的一部分,并且是在最重要的节奏点(行尾)上的那一部分,所以中国古代诗不能没有韵。韵有利于抒情诗,在一定程度上却不利于叙事诗。外国诗的韵不与其节奏同质,它独立自足,所以它可以存在,如在许多抒情诗中,也可以不存在,如许多长篇叙事诗。第三,中国语言极富于音乐因素,由它构成的诗的节奏、韵、平仄、对仗等具有很强的、独特的音乐性,这样的音乐性只宜出现在短小的抒情诗中,而不宜出现在长篇的叙事诗中。这是使古代诗人迷恋抒情诗而忽略叙事的一个原因。

从诗歌艺术本身看还有两个原因:一个是作为中国古代诗学的开山纲领的"言志"说出现很早,它的正统地位和定势作用显然有利于后来的抒情诗的发展,而不利于叙事诗的发展。西方诗学的奠基理论是"模仿"论,它的出现也很早,对其后叙事诗的发展也有促进作用。另一个原因是中国古代诗人大多是志在仕宦的知识分子,而不像外国诗人那样大多是专业诗人,即景即兴赋诗和抒怀尤其适合于他们的志趣和创作心态,而虚构长篇故事以娱乐读者却不大适合他们。

从美学基础看,中国古代美学重视美善相兼,也就重视诗的教化作用,抒情诗是达到这一目的的直接而简洁的体裁,而叙事诗却没有那么直接和简洁,其故事的包容性和娱人性还可能附带不利于教化的东西。此外,中国古代美学尚中和、喜优美,抒情诗尤其是富于意境的抒情诗是其理想体现之一。叙事诗尤其是史诗性叙事诗所具有的矛盾冲突、英雄行为、悲剧命运及相应的崇高风格等,都不是中国古代的审美趣味。从宗教资源看,外国叙事诗都始于史诗,史诗直接来源于宗教神话,而且宗教神话也是史诗之后各种叙事诗的永久性资源。中国古代没有丰富而系统的神话资源,史诗乃至叙事诗就失去了产生和充分发展的条件。从文化背景看,中国古代"天人合一"的德性文化应是最终根源,是以上诸多原因的原因。人与自然景观和社会纲常和谐一致的那种圆圆融融的理想境界,只有通过抒情诗尤其是意与象浑然融合的抒情诗才能达到,而西方的主客二分文化和西南亚的人神二分文化,则造成了偏于客体性的叙事诗的发达和偏于主体性的抒情诗的兴旺这样的双重景象。

我们无须问西方为什么叙事诗发达,因为上文已基本回答了这个问题。我们只向:西方为什么叙事诗很早就发达而抒情诗却在近代才繁荣?简要说,西方哲学和文化基于主客二分观念。西方文化首先合理地偏重于客体,这就形成了科学传统,在文学上则发展出包括史诗在内的叙事文学传统和"模仿"理论。至近代,西方哲学和文化又合逻辑地偏重于主体,高扬主体性便是抒情诗繁荣的根本原因。总之,西方的主客二分文化及对客体、主体的依次偏重,便先后造成了叙事诗和抒情诗两者的发达。

西南亚地区两种体裁的情况如何?希伯来《圣经》诗歌主要是抒情诗,其次是哲理诗,无严格意义的史诗。不过,其抒情诗中的叙事成分较重,如《哀歌》和《雅歌》。

伊斯兰教产生后的阿拉伯诗歌中，可以说抒情诗和叙事诗同样发达，其叙事诗也出了不少名篇。波斯是文明古国，但皈依伊斯兰教前其抒情诗和叙事诗都不算发达。改信伊斯兰教后的中古波斯诗中，抒情诗与叙事诗也是齐头并进地发展的。印度上古的《吠陀》诗集中主要是抒情诗，但最著名的还是稍后出现的两大史诗《摩诃婆罗多》和《罗摩衍那》。中古时代抒情诗和叙事诗都发达，代表诗人伽梨陀娑在这两种诗体上的成就都很高。近代泰戈尔的抒情诗和叙事诗也都有成就，但获得殊荣的是他的抒情诗集《吉檀迦利》。总的说来，西南亚的抒情诗和叙事诗都发达（希伯来除外），但不像西方那样有一个先叙事诗后抒情诗的次序，而是两者大体同时发展和繁荣。这当然与其人神关系的宗教文化有关，神是精神客体，人对他的情感和信仰需要抒情诗去表现；然而，与神和宗教相关联的是丰富而又系统的神话故事，后者必然孕育出史诗和其他形式的叙事诗。

（二）体裁的一般特点

中外抒情诗的体裁在篇幅长短、格式宽严和体式多寡上各不相同。

从中国古代诗的主要诗体看，律诗 8 行（排律不算），绝句 4 行，词和曲以小令为主，也短小，古体诗长短不定，以短小的居多。西方抒情诗体最流行的是商籁体，每首 14 行（故又译名为十四行诗）。英美流行一时的意象诗一般较短小，但在很大程度上正是由于受中国古代诗体和日本俳句体的影响。希伯来诗的平行体、贯顶体篇幅大多较长。阿拉伯和波斯抒情诗中常用的卡扎尔体大多在 20 行以上。只有波斯的鲁拜体每首 4 行，类似中国古代的绝句。总的来看，外国抒情诗的主要诗体的篇幅比中国古代抒情诗主要诗体的篇幅要长。抒情诗篇幅的长短有无优劣之分？这似乎很难定论。美国诗人兼批评家爱伦·坡（1809—1849）在其《诗的原理》一书中说只有短诗"留下最明确的印象"，因为"一首诗必须刺激"，让人激动，但是由于心理的规律，一切刺激都是短暂的。我们至少可以认为，像中国古代那样短小的诗体易于记忆和流传。

许多中国古代抒情诗至今被人们熟记于心，吟诵于口，是外国抒情诗不能比拟的。

诗的格律的基本要素是节奏，其次是韵。诗的节奏是某种语音特征在诗行中有规律的反复。中外诗歌各自的语言不同，所以那语音特征就不同，从而形成不同质的节奏。中国诗语言的特征主要是音顿（音组及其后的顿歇），所以中国诗的节奏是音顿节奏。英、法、俄等诗语言的主要特征是重轻音，所以它们的节奏是重轻节奏。语音特征虽然不同，但在诗行中有规律地反复却是共同的。所谓"有规律地反复"，一是指每次反复的时间大致相等，二是指反复的次数一定。如中国古代诗以音顿作为节奏单位来反复，大多为双音顿，有的句末是单音顿，单音顿读长一点，带一点拖音，所以与双音顿大致等时。诗句（行）多由三个音顿或四个音顿组成，即每句诗内音顿反复三次或四次，这就是三顿五言诗和四顿七言诗。又如，英语诗以音步为节奏单位，音步大多由一个轻音和一个重音组成，若是先轻后重就是最常见的抑扬格，若是先重后轻就是扬抑格。每行诗一般包含四个或五个音步，即有四个或者五个音步的反复。法语诗的节奏单位称音段，它常见的十二音诗每行有三个或四个音段的反复。希伯来诗的节奏单位可以称为韵步，它的诗行通常有三个韵步的反复。可见不同语言的诗歌节奏的性质和形式不同，但都具有某种语音特征的节奏单位的有规律的反复，它们（不同语言的节奏）的宽严是不大好比较的，实际上是大体相近。

韵是有规律地反复的同一声音。中外抒情诗在韵式的宽严上差异较大。作为有规律地反复的同一声音是韵；作为这声音的有规律的反复，又是节奏，这是一种音顿节奏。所以，在中国古代诗中，韵作为节奏是诗的整个音顿节奏的一部分，不可或缺。中国古代诗中不用韵的极少，这是与外国诗不同的。如西方诗不但许多叙事诗、剧诗不用韵，抒情诗也有不用韵的。又如，希伯来诗不押脚韵，印度古代诗歌也不押脚韵。但中国古代诗的韵式却较单一，大多押随韵。《诗经》的韵式较多样，但从楚辞起就变单一了，一直到后来的词才又变得丰富一些。为什么会如此？主要原因就是在中国诗中韵是节奏的一部分，韵式变化多样，就会损害节奏的整一性。所以我们看到，在律诗和绝句中不但只押随韵，只押平声韵，而且一韵到底。外国抒情诗的韵与节奏不同质，所以不用韵并不影响诗的节奏性。然而，它一旦用韵却可以韵式多样，因为这样也不会对节奏有多大影响。西方诗的韵式有单音韵、双音韵乃至三音韵之分，有阳韵、阴韵之分，有随韵、交韵、抱韵、遥韵之分。在具体诗中韵式的安排多种多样，如十四行诗的韵式就复杂多样而又严格。

诗的格律要素除节奏和韵外，还有双声、叠韵、象声、对仗及诗行的排列等，中国古代诗还有独特的平仄规律。中国古代古体诗的格律较宽，它只讲究节奏和韵，节奏形式也较为自由，可以五言、七言混用，有的还兼用三言、九言等，韵式多为随韵，不论平仄。但律诗、绝句和词的格律却很严格，因为除讲究严格的节奏和韵的规律外，还讲究复杂而严格的平仄规律，律诗还要求严格的对仗。律诗的格律大约是世界诗律中最严格的，它的音乐性也无与伦比。

比较起来，中国古代诗在格律上有三点为外国诗所不具有。其一是平仄规律及由它和其他格律因素所造成的独特的音乐性。其二是在意义、音响、结构和排列上的对称性，其中尤以律诗的对仗最为精美。希伯来诗中的平行体诗的对称性与这种对称性有某些类似之处，但没有那么规整和强烈。其三是视觉上的"建筑美"，其中主要是均齐的美，如律诗、绝句的均齐形式的美；此外也有对称的美，如《诗经》中的某些诗的对称形式和词、曲中的某些对称形式。外国诗在格律上也有两点为中国古代诗所不及。其一是在节奏的整一性中却能保持诗的意思的流转。典型的如前引《丝蓬》一诗，它是用一句话组成的十四行诗，可知其语义表达上的挥洒自如。中国古代诗的音顿节奏决定了一句（行）诗就是一个句子，偶尔有两句合起来才是一个句子的情况，一般也断在句子的半中。其二是韵式的多样性和严格性。

诗的狭义体式是就诗歌形式的整体特征而言的，其形式较稳定。中国古代诗中常用的狭义体式是五言、七言律诗和绝句，五言、七言古体诗，此外还有词和曲，每首的句数一定，每句的字数一定（曲可以加衬字）。西方抒情诗中常用的诗体是十四行体。此外还有回旋体、板顿体、楼梯体等有固定形式的诗体，但用得不多。希伯来诗的主要体式是平行体，每节多为两行，节数不定，但要求两行的意思要对称。阿拉伯和波斯抒情诗的常用体式是卡扎尔体，一般由 7~15 个联句组成，一韵到底，最末一联出现诗人的名字。波斯抒情诗中还有每首 4 行的鲁拜体。中国古代抒情诗中常用的稳定体式较多，外国抒情诗常用的稳定体式较少。后者中的许多体式是不稳定的，是诗人写作时量体裁衣地创造的，它们是广义的体式。

仅以诗节的特征命名的体式为广义体式。每节两行的诗体叫双行体。这种体式在中国古代诗中很难找到，在西方却运用较广泛。在英国诗中，每行五音步的双行体称为英雄双行体，是运用最多的双行体。每节四行的诗体为四行体，中国古代《诗经》中多运用这种体式，《离骚》全篇亦可划分为这种体式。四行体诗在西方诗中很普遍。在阿拉伯、波斯诗中亦如此。印度诗从《吠陀》诗集起就大多为四行一节，《云使》全诗即四行体。此外，每节三行、五行、六行、七行、八行乃至更多行数的体式，在外国抒情诗中也不时出现，大多为诗人根据自己的需要而创造。如邓恩的《早安》一诗就是每节七行，又如希伯来平行体诗大多为每节二行，但也有每节三行或四行的。中国古代诗中却很少这样的体式。

（三）中国现代抒情诗的体裁

中国现代诗的体裁在总体上分为自由体和格律体。中国古代诗中并无真正的自由诗，只具有自由诗的某些因素。《诗经》中有少数作品的形式较自由，西汉乐府中的《铙歌十八曲》全是杂言诗，句式参差不齐，显得更为自由，突出的如《战城南》《有所思》等，但它们不是自由诗，因为一是它们有韵；二是它们的自由形式都是音乐的产物。如《铙歌十八曲》的曲调来自西北少数民族，较为复杂，于是合乐的歌辞也不得不富于自由变化。自由体诗形式是西方诗人的创造。近代弥尔顿、布莱克（1757—1827）、歌德、雨果等人的诗中已出现某些自由诗因素。19世纪80年代，法国象征主义诗人兰波（1854—1891）、魏尔仑（1844—1896）等为了突出象征主义诗歌的暗示性对诗的格律有所突破和创造，如突破诗行的固定音数，并提出"自由诗"（verselibere）这一术语，但他们的"自由诗"并不是真正的自由诗，因为仍然讲究诗行的音数，只是不一定是传统的每行10音或12音，仍然讲求诗的音乐性。自由诗的真正开端是美国诗人惠特曼（1819—1892）的诗，它全然不讲音步规律，不押韵，诗行长而散漫。自由诗形式成熟于庞德等人的意象诗，这种诗形式自由却不散漫。此后，自由诗在西方尤其美国便大量出现。

20世纪初，胡适等人创立新诗（中国现代诗）形式，包括自由体形式和格律体形式。这一创立并不是单纯引进，也有传统的根源，那就是他认为中国诗歌形式也是进化的（进化论也是西方思想），曾经发生过三次"诗体大解放"，它们依次是从《诗经》到《楚辞》，再到五七言诗，最后到词和曲。现在从词和曲到新诗形式是第四次大解放。所以新诗形式应像词和曲那样参差不齐，但不要平仄和韵脚。不过，胡适在理论尤其创作上确实借鉴过英美诗的形式。首先是像英美诗那样分行、分节和用标点，其次也受到当时正蓬勃发展的意象诗的自由形式的影响（当时胡适正在美国）。稍后郭沫若模仿和借鉴惠特曼式的自由诗形式，在《女神》中写出了更成熟的自由体新诗。值得提及的是，翻译外国诗对创立和发展新诗形式也发生过作用。胡适承认其《尝试集》中只有14首诗是"真正的白话新诗"，其中就有三首是译诗。这三首译诗的英文原文其实都是格律诗，但胡适把其中两首译成白话自由诗形式，另一首则译成白话格律诗形式。稍后冰心译泰戈尔的英文散文诗《吉檀迦利》，对白话自由诗形式尤其白话"小诗"形式的产生和发展也有促进作用。

中国自由诗形式的最大特点，是可以有韵并用韵较多。其原因一是汉语易于押韵，二是传统诗歌普遍用韵的影响。西方自由诗一般是不用韵的。另一个特点是格律成分较多，有的自由诗形式实际上是半自由体或称半格律体。原因之一也是汉语易于构成一定的格律形式（但公认的最恰当的形式至今未探索出来），另一原因则是中国现代诗史上不断探索格律形式所发生的影响。

中西自由诗形式的地位差异较大。西方从自由诗产生以来，格律诗形式仍然是主流，自由诗只是在美国大约是占优势的。中国的情况相反，新诗自产生以来自由诗始终是主流，数量比格律诗多得多。这种情况并不正常。

格律体新诗与自由体新诗几乎同时萌生。上文曾指出，胡适最早的白话新诗中，就有一首叫《关不住》的译诗大体上具有格律形式，它的绝大多数诗行都包含三个音顿，只是音顿所包含的音数还不很整齐，也押韵。可知它虽然是从一首英语格律诗翻译过来，但一旦译成汉语格律诗，它就具有了传统的音顿节奏的音律，而不再具有英语格律诗的重轻节奏的音律。在胡适的《尝试集》的后一部分，这种具有雏形格律形式的诗就更多一些。郭沫若《女神》诗集中也有若干这种具有雏形格律形式的诗。这些雏形的格律诗一般都是新诗从旧诗词发展而来的过程中不自觉地创造的。

格律体新诗的自觉创造和初步成熟是在新月派时期，该派的闻一多、徐志摩、朱湘（1904—1933）等人进行了卓有成效的探索。闻一多的《死水》《夜歌》等诗的格律的完满性至今无人超越。他在著名的论文《诗的格律》中总结他的创作经验时指出，《死水》等诗每行由三个二字尺和一个三字尺构成，是他最满意的试验。这里闻一多借鉴了英语诗的音步规律，借用"音尺"（即"音步"）来作为诗行的节奏单位，但音尺的构成却不是英语诗音步中的重轻音形式，而是汉语的一个词或词组，即一个音顿，所以他的这种二字尺和三字尺构成规律实际上是汉语诗的二音顿和三音顿构成规律。从新月派之后至当今，不断有人自觉地探索着格律体新诗。最著名的是20世纪50年代的何其芳，他发表了《论现代格律诗》一文，提出现代格律诗应借鉴古代诗形式。他给现代格律诗下的定义是："按照现代的口语写的每行的顿数有规律，每顿所占的时间大致相等，而且有规律地押韵。"但他当时照此原则写出的现代格律诗并不成功。现代格律诗在理论和实践上都亟待更深入的探索。

第五章　中国民间文学与域外戏剧

第一节　欧洲古典戏剧及其特点比较

古代世界戏剧按区域影响可分为三大古老戏剧文化：古希腊及其影响下的欧洲戏剧，古印度及其影响下的东南亚戏剧，中国及其影响下的朝鲜、越南、日本戏剧。若以形态特征为准，又可划分为西方（欧洲）科白性戏剧与东方（亚洲）乐舞性戏剧两大体系。日本古典戏剧的发生、发展是一种特殊的历史现象，它的外域影响较重，但又确实成功地经过了日本化，成为民族性鲜明的艺术，在接受区域影响的民族（国家）中具有特别的典型价值和世界性意义。

欧洲古典戏剧在世界戏剧中占有相当重要的地位。它以希腊为发祥地，经历了古希腊戏剧、文艺复兴戏剧、古典主义戏剧三个高峰时期，形成独立、完善、统一的戏剧体系，因表现形态的科白性特征，我们统称为西方科白性戏剧，与中国、印度、日本为代表的东方乐舞性戏剧遥相呼应。

古希腊戏剧是世界上最古老的戏剧，早于公元前 5 世纪即已成熟，形成世界戏剧文化的第一个高峰。希腊戏剧起源于酒神祭典。其中，酒神颂歌演变为悲剧，即兴滑稽表演演变为喜剧。

希腊悲剧取材于神话史诗，主人公为神或英雄，主题反映神、人与命运的悲剧性冲突，风格严肃、崇高、悲壮、恐怖。并且，它保留了酒神颂歌的歌队合唱成分。

希腊悲剧最高成就代表为三大悲剧诗人：埃斯库罗斯、索福克勒斯、欧里庇得斯。埃斯库罗斯（约公元前 525—前 456），恩格斯称之为"悲剧之父""有强烈倾向的诗人"。他的剧作充满爱国热忱，歌颂民主精神和民主制的胜利，主人公都具有巨人式的坚强意志和雄伟气魄。主要作品有《波斯人》《乞援人》《被缚的普罗米修斯》等。索福克勒斯（约公元前 496—前 406），他的剧作间接反映雅典社会的现实和心态，重视写人。从他开始，"三联剧"改为 3 个各自独立的悲剧，并首创锁闭式结构。他的剧作标志着希腊悲剧的成熟。主要作品有《俄狄浦斯王》《安提戈涅》等，其中，《俄狄浦斯王》成为编剧学中锁闭式结构的典范。欧里庇得斯（约公元前 485—前 406），被誉为"舞台上的哲学家"。主要作品有《美狄亚》《特洛亚妇女》等。欧氏剧作标志着旧日英雄悲剧的结束,现实社会问题和日常生活气息变得十分突出,描写对象已由"神"转为"人"。写实的手法和性格心理分析技巧(尤善于描写妇女)构成欧氏独特的悲剧风格,对后世产生深远影响。

希腊喜剧兴起晚于悲剧,剧目多政治讽刺剧和社会讥讽剧。希腊喜剧最伟大的剧作家是阿里斯托芬(约公元前448—前380),恩格斯称之为"喜剧之父""有强烈倾向的诗人"。他的剧作结构松散自由,语言生动优美灵活,朴实的民间口语配合城市雅语,主题现实、严肃。主要作品有《阿卡奈人》《鸟》等。

公元前4—前2世纪,希腊戏剧在此间成就较大的是以"现代喜剧之父"米南德(前342—前291)为代表的"新喜剧"。戏剧理论方面,亚里士多德(前384—前322)的《诗学》是世界上第一部文艺理论著作。

公元前3—前2世纪,罗马戏剧在希腊影响下繁盛起来,主要成就是喜剧。代表作家为普劳图斯、泰伦斯等。戏剧理论方面有贺拉斯(前65—8)的《诗艺》。

中世纪欧洲戏剧的唯一形式是宗教剧,直到14世纪才出现适应城市市民需求的道德剧和笑剧。法国中古笑剧《巴特兰律师》是其中最优秀的一部。

14—16世纪,文艺复兴运动展开,欧洲古典戏剧以英国和西班牙最具代表性。英国的威廉·莎士比亚被马克思称作天才的戏剧家;西班牙的洛卜·德·维伽创立了民族戏剧,被尊为"西班牙戏剧之父"。

威廉·莎士比亚(1564—1616),文艺复兴时期的"巨人"之一,是欧洲,也是世界戏剧史上绝无仅有的伟大戏剧家,主要剧作有《仲夏夜之梦》《威尼斯商人》《理查三世》《罗密欧与朱丽叶》《哈姆雷特》等37部。莎士比亚以他深邃的洞察力和博大精深的思维,使他的剧作内容达到了那个时代所能达到的深刻程度,阐发出新兴资产阶级人文主义的光辉思想。其戏剧的艺术成就也很显赫。第一,精细的心理分析和复杂的性格刻画。第二,取材广泛,推陈出新,沿用历史、故事传说与前人戏剧的旧情节赋予新的内容和生命,并继承了民间戏剧和古典戏剧的传统。第三,悲喜剧结合,崇高与卑下融为一体,多取双线情节和开放式结构形态,舞台时空较自由。第四,语言精练,语汇丰富,富有诗感,表现力和形象力极强。第五,生动地描绘英国文艺复兴时期广阔的现实生活图像和福斯塔夫式的社会背景——"五光十色的平民社会",真实地揭示了社会的某些本质。

西班牙的维伽(1562—1635),其剧作强烈表现了人文主义精神和西班牙民族感情。主要作品有《羊泉村》《看守菜园的狗》等。

17世纪的古典主义兴起于法国,蔓延西欧,前后达200年。古典主义文艺以戏剧最为突出,代表性作家有高乃依、拉辛和莫里哀。理论方面,布瓦罗(1636—1711)所著《诗的艺术》,被称作"古典主义法规"。

高乃依(1606—1684),法国古典主义戏剧的创始人。主要剧作有《熙德》《贺拉斯》等。其中,《熙德》是法国第一部古典主义悲剧。他的剧作语言典雅,冲突尖锐,结构严谨,人物心理刻画极为细致。

拉辛(1639—1699),其剧作达到了古典主义悲剧创作的高峰。在严格的古典主义规范的约束下,他能够成功地运用锁闭式结构和"三一律"原则(如《安德洛玛刻》),同时又以心理分析见长,其中描写贵族妇女尤为突出(如《费德尔》)。

莫里哀(1622—1673),其剧作因具有阿里斯托芬的"喜剧精神"和意大利即兴喜剧的通俗性,注重性格描写远甚于角色类型而登上世界喜剧的顶峰。主要作品有《可笑的女才子》《伪君子》等。

19世纪初,因著名的《欧那尼》事件(1830),古典主义戏剧终究被新兴的浪漫主义戏剧所取代。

与东方古典戏剧相比,欧洲古典戏剧明显具有下列特点:

一、表现形态的科白性特征

欧洲古典戏剧虽与东方古典戏剧俱属于诗体戏剧,但其艺术本源比较单一和明确。早期文艺复兴戏剧和古典主义戏剧主要是以希腊戏剧为典范。"言必称希腊",从戏剧样式到戏剧理论甚至戏剧题材皆需从希腊找依据,因此,基本形成了以希腊戏剧为轴心向各国民族戏剧做辐射性影响的格局。

希腊戏剧直接产生于酒神祭典种古老的原始宗教仪式。它的原初与东方戏剧一样,也是以歌舞为主体。但在形成戏剧的过程中,歌舞成分逐渐减弱,以至后来分离出去另行发展为独立的单体艺术品种(歌剧、舞剧等),故事表演则不断加重,对话(白)与动作(科)遂成为主要表现手段,以至一直沿袭至今。

因此,可以这么说,是古希腊的歌舞孕育了希腊戏剧,而希腊戏剧却用科白(对话与动作)取代了歌舞,并由此奠定了欧洲戏剧两千多年来的基本表现形态。

公元前4世纪,亚里士多德提出了影响深远的"摹仿论",他在《诗学》中对希腊悲剧做了总结性的概括:"悲剧是对于一个严肃、完整、有一定长度的行动的摹仿,它的媒介是语言,摹仿的方式是借人物的动作来表达,而不是采用叙述法。"这儿,他强调了悲剧的"摹仿"生活行动的功能,强调了悲剧中语言和动作的重要地位。在"摹仿论"的写实美学思想引导下,欧洲戏剧一直追求故事情节、戏剧情境和人物性格的真实再现,因此,较为接近生活的对话和动作必然成为主要表现手段。例如文艺复兴戏剧和古典主义戏剧即是如此,它们除保留诗体外,歌队已不复存在。尽管有时根据剧情需要出现一些歌舞片段,也是以剧中人的身份,作为一种生活场景的穿插,构成戏剧行动的一部分。至于近、现代写实剧则更为明显。因此,在欧洲语系中,"戏剧"(Drama)一词原意即动作、行动,到中国又译为"话剧";演员为 Acton 一幕为 Oneact 等。由此可见,科白性是欧洲戏剧形态的主要表现特征,这与以乐舞性为主要特征的东方戏剧恰成对应。

东方古典戏剧的形成体现了多源综合的过程,是歌、舞、乐、诗、科白等多种艺术因素的交融结合。除了日本的"狂言"(科白剧)之外,歌舞是重要(如印度梵剧)或主要表现手段(如中国戏曲、日本能乐、人形净琉璃、歌舞伎)。以中国古典戏剧(戏曲)为例,在长期发展过程中,歌舞不仅不减,反而得到强化,甚至渗透到其他艺术成分中,使戏曲艺术更为精美,即使科白也加以音乐化、舞蹈化,以利于情感的抒发和意象的表现。

二、戏剧类型两极化

欧洲古典戏剧严格区分悲剧与喜剧两种类型,并形成两极化的特点,此乃首创于古希腊。

悲剧来自酒神祭典中的酒神颂歌,喜剧则来自祭典中的狂欢歌舞和即兴滑稽表演。这种源的分流自然形成两种不同的戏剧类型,并产生相应的成熟的悲、喜剧理论加以制约,其中以亚里士多德的《诗学》和佚名者的《喜剧论纲》为代表,对这两种戏剧类型定义、特征、题材来源、主人公、情趣、语言、风格、社会功能等方面做出严密的规范和严格的划分,而且,几乎处处都表现为一种相反的断论,这就是戏剧类型的两极化现象。

欧洲古典戏剧有一个同悲、喜剧类型的两极化相关联的问题,就是一直存在着重悲剧轻喜剧的倾向,并竭力保持悲剧这种类型的纯粹性,严禁悲喜剧因素混杂。这个传统也是从古希腊开始的,其原因大致为:①喜剧内容粗俗,放浪不羁,它来自民间狂欢歌舞和滑稽表演,属于"下等人"观赏的艺术,不如悲剧典雅、高尚,故不合奴隶主贵族口味,也因此引进雅典较迟,直到公元前501年才被官方承认,公元前487年被允许正式参加比赛。②酒神祭典中,喜剧剧目只是作为悲剧演出的调剂和搭配,以疏散观众中因悲剧引起的悲痛情绪和气氛。酒神祭典的戏剧竞赛日程安排是每天上午演三个悲剧加一个萨提洛斯剧(一种谐谑场景的故事穿插),下午则演一个喜剧。显然,喜剧的地位和数量远不如悲剧。③每年勒奈亚节(酒神诞生)祭礼仪式后都要进行喜剧竞赛，因早期剧目内容带有原始纵欲欢乐色彩，有时还涉及上层统治者的秽事隐私，未免有伤尊严，故政府假"狂放淫乱"之名，由祭司严加控制在"内部演出"，不娱外宾。而喜剧成熟后，又处身于民主制环境，得以对现实政治和执政所为加以抨击和干预，但其结果势必招致当权者的反感和恼怒，因此对喜剧倍加贬斥和压制。另一方面，悲剧对出身高贵的古代英雄的赞美和颂扬，更能够无形中激发奴隶主阶级的情感共鸣和一种同类的优越感。这大约是重悲剧轻喜剧的最主要原因。

这种发端于古希腊的悲、喜剧的两极化和悲、喜剧比较观，也为文艺复兴戏剧家所继承和发展，它以 16 世纪意大利文艺复兴戏剧为代表。但除了出现一些仿古剧（悲剧和喜剧）的创作之外，更多的是理论阐述。古典主义戏剧经过法兰西学士院的权威性总结，使严格划分悲、喜剧类型和严禁悲喜混杂进一步经典化，以致成为古典主义创作法规的主要内容之一。这方面以高乃依、拉辛的悲剧创作和理论，莫里哀的喜剧创作和理论以及布瓦罗的悲、喜剧论最有说服力。如高乃依的悲、喜剧比较观是："喜剧与悲剧的不同之处，在于悲剧的题材需要崇高、不平凡的和严肃的行动，喜剧则只需要寻常的、滑稽可笑的事件。悲剧要求表现剧中人所遭遇的巨大的危险，喜剧则满足于对主要人物的惊慌和烦恼的模拟。"而布瓦罗更把悲剧看成是崇高的诗体，应该表现崇高的（君主、贵族、廷臣）人物的严肃生活，而喜剧则只能表现庶民或城市富裕资产阶级的种种笑谈。并且"喜剧性在本质上与哀叹不能相容，它的诗里绝不能写悲剧性的痛"。

应该说，悲剧和喜剧这两种戏剧类型，自然需要有一个"质的规定"作为量定的准衡。但这种界定如果达到绝对化的程度，难免不走向片面和荒谬，何况时代、阶级和视阈的制约还将影响到人类认识事物的客观性和科学性。上述那些古典戏剧家和理论家对悲、喜剧的思考和认识就是这样。他们的共同贡献在于基本上概括了两种戏剧类型的不同美学本质特征和形态特征。但其缺陷也很明显：①缺乏辩证的眼光。为了强调"种类"的纯粹性，严禁悲喜混杂，忽视悲喜之间的共存性、共通性和转化关系，以及二律背反、相辅相成的美学原理，使之绝然的两极化。②强调了悲剧的肯定性和喜剧的否定性功能，忽视了悲剧的否定性和喜剧的肯定性功能的存在。③狭隘的阶级偏见。表现为单凭人物身份地位来确定其为悲、喜剧描写对象和重悲剧轻喜剧的倾向。

在欧洲古典戏剧中，也有一批文艺复兴戏剧家如瓜里尼、维伽、莎士比亚等提倡悲喜混杂并成功地付诸创作实践，弥补了以上认识的部分不足。但他们的理论或实践都是以不否定悲、喜剧两种基本类型的划分或存在为前提。

这种强大而深刻的古典悲、喜剧意识长期主导着欧洲戏剧，并且还被引进美学领域。悲剧与喜剧幸运地成为后世西方各派美学体系所公认的基本范畴之一，因而一直是学术界探讨的永不过时的命题。

若依照欧洲古典悲、喜剧理论的划分标准观照东方，我们将会一筹莫展。因为东方古典戏剧一般都具有悲喜交错的特征，没有类似西方悲、喜剧类型的界定理论和与此有关的各种规范性禁令，也不单纯以悲或喜来确定剧目的贵贱，更没有形成悲剧与喜剧绝然两极化的创作现象。

我们如果站在美学的山巅上重新审视古老的东方戏剧长河，穿透历史的表象做深层的反思，考虑到东西方民族不同的社会文化心理（人文环境）和哲学思维背景以及美感经验方式，就会发现东方戏剧并非不存在美学意义上的悲剧和喜剧，虽然在中国、印度，大量的悲剧和喜剧中都或多或少含有悲剧性、喜剧性两种因素，但这并不妨碍它们的悲、喜剧属性。例如难分高低的关汉卿《窦娥冤》和王实甫《西厢记》并列为中国古典名剧，前者完全可以界定为悲剧，后者则可界定为喜剧；又如在后世地方戏曲中亦有"苦情戏"与"玩笑戏"之说，当然，它们的所指尚不能覆盖全部悲、喜剧剧目。而印度梵剧之冠《沙恭达罗》尽管拥有喜剧的抒情性开场和大团圆结局，但我们仍可毫不费力地把它纳入悲剧范畴。此外，同样有着团圆结局的《罗摩传后篇》也是著名的梵剧悲剧作品。

东方戏剧中唯一近似欧洲古典悲、喜剧分类的是日本早期古典剧种——能乐与狂言。前者主演悲剧性故事（由亡灵再现生前事迹），文词典雅，主人公多是历史、传说、小说（物语）中的武士贵族及其阶层女子，供贵族与上层武士观赏。后者主演民间日常生活中的喜剧故事，科白为主，语言粗俗，接近自然生活。主人公多是下层武士、市民、农民等，贵族和僧侣往往作为被讽刺的否定性人物出现，剧目深受平民和下层武士欢迎。与其人物卑贱相呼应，狂言地位低下，以至只能穿插在能乐演出间歇，以调剂剧场气氛之用。这与古希腊的"羊人剧"以及后来欧洲的幕间剧功能一样。但能乐乃是以歌舞为主要表现手段，其剧目虽充满哀怨、悲剧性情调，并不一定都是悲剧性结局。例如著名的音乐剧目《熊野》，女主角母病不能归，仍作强颜欢笑之痛苦心境令人同情，而结局则为观音显灵相助，因而获准回家，其愿望基本得到满足。

十分有趣的是，西方古典悲、喜剧的某些分类特点却是东方古典戏剧（不论悲、喜剧）的共性。例如，就主人公的身份、地位而言，为了加强和丰富戏剧的传奇色彩以及可信性、熟悉程度，印度古典戏剧的主人公多为两大史诗和神话、传说、宗教故事中的人物，中国、日本（除能乐外）的古典戏剧对主人公并无明确限制，但也主要是来自历史、神话传说、传奇、小说。就语言而论,在印度梵剧中,上流人物用梵文雅语,妇女与下等人用梵文俗语;中国古典戏剧中则是生旦语言端庄隽雅,净丑语言粗俗,上等人用官白,下等人用方言。就结局而言,印度、中国、日本的古典戏剧,无论悲剧还是喜剧,多取大团圆的喜剧结局等。值得注意的是,这些在西方古典戏剧中分属于悲剧或喜剧的规范要求,并用来作为划分悲、喜剧的重要依据,到了东方古典戏剧中,倒反成了悲、喜之间的相通点。究其原因颇为复杂,但至少说明一个问题,即与西方古典戏剧以悲、喜剧为界雅俗分流的走向不同,东方古典悲、喜剧所着力表露的是,东方民族那种雅中有俗、俗中有雅、雅俗共赏的审美习惯和情趣。

正因为东西方古典悲、喜剧在创作特征、审美形态、审美情趣和习惯等方面呈现出较大的异别性,所以,只能说东方戏剧缺少的仅仅是西方模式的(纯粹的)悲剧和喜剧。随之产生的是,与西方古典悲、喜剧类型两极化现象相对照的东方悲、喜剧的交融性特征。东方悲剧不排斥喜剧性和通俗性成分,多理想化的结局,表现为一种"乐感性悲剧";东方喜剧则不排斥悲剧性和肯定性因素,也不排斥风格文体的抒情性和典雅性,最典型的例证就是中国古典名著《西厢记》,这是一出家喻户晓的肯定性的、含悲剧色彩的抒情喜剧和诗剧。总而言之,东方古典戏剧是体现了鲜明的东方文化背景的特殊悲剧观和喜剧观。

三、高度集中的创作原则

戏剧艺术不仅受到舞台体现的制约,而且还得接受经济的约束,即需投入最少的人力、物力、财力以取得最佳的演出效果,因而是一种比小说、史诗等叙事文学样式更为集中、简练、浓缩的艺术形态。这个原理对东西方来说,具有共通性。但由于它们各自的舞台体现观念不同,对集中、简练、浓缩的具体评判尺度和表现方式的选择大相径庭。

就欧洲古典戏剧而言,从古希腊开始,在模仿自然,写实求真的美学观引导下,趋于对生活(包括外在具象)的逼真模拟和再现。

"镜子"是西方理论界流行最广的一个比喻物,欧洲不同时代和流派,不约而同都爱用镜子比喻文学艺术,反映了一个大地域的文化群体拥有的共同美学观念。"镜子"说强调文艺作品反映生活的客观性和真实性。因此,舞台便成为截取生活实景的镜框,舞台时空也自然成为生活时空的翻版。于是,让观众置身于舞台"魔术师"所制造的"幻觉"世界中,忘却看戏,相信一切都是真实的生活,这便是戏剧最大的成功。为此,从布景、服装、道具到化妆无不追求具象化和真实感。这种舞台时空的确指性必然导致舞台时空的相对稳定甚至固定不变,并迫使剧作家在创作构思时就对剧中人物的行动（故事情节）进行艺术的切割分幕，舞台上只能展现某一确指时空中可能发生的行动，而在此之外的行动只能推向幕后或过去，借助叙述、暗示联想等方式来表达。因此，这就特别要求戏剧结构——戏剧动作在时间、空间中的组织——高度集中和统一；也因此，在欧洲古典戏剧的舞台上，时间、空间、戏剧动作的"三位一体"是构成戏剧艺术真实性的基本条件。

这个高度集中的创作原则首先确立于古希腊戏剧。古希腊戏剧演出于露天广场，随着表演故事的成分加重，布景从简易的示意性绘图逐渐过渡到固定的具象性实景。公元前 5 世纪后期，古希腊的戏剧舞台发生重大变革，后景墙开了三个门，并固定为宫殿景或街景。中门较大，为王家宫廷出入口，供主角使用；右门供第二个演员或从客居处上场使用；左门系不重要人物或来自外乡、荒凉地方的人物上场使用。从此，希腊舞台上便有了明确的、特定的具体空间（环境）制约。显而易见，正是希腊戏剧舞台和布景的实像化和空间的具体确定性促成了希腊戏剧的舞台固定时空观念。古希腊的任何一个天才的剧作家都得按照自己所面临的舞台样式结构剧情。例如，至少要把剧中主人公纵横散漫的行动巧妙地组织到后景墙的三个门所规定的具体空间里进行，这就需要高度的集中。

希腊戏剧结构的高度集中还受制于它的表演体制。例如悲剧，角色虽多，只有三个演员（歌队除外）。同场对话的角色始终不超过三个，唯有把戏集中到这三个人物身上，才是剧作演出获得成功的希望，这便又促成了剧中人物及其动作的高度集中。

为了人物、事件（动作）、时间、地点的高度集中，大多数希腊悲剧从接近高潮或危机处写起，一旦开场确定了故事发生的时间、地点，就固定不变到剧终。往事通过回顾、倒叙逐步披露，又因披露使危机进一步加深，促使矛盾冲突激化和解决，这就是所谓的锁闭式结构形态。最典型的例证是《俄狄浦斯王》，事件发生的时间不超过半天；地点始终在王宫前，舞台展现的是俄狄浦斯王正在追查杀害老王的凶手，40年的往事不断披露，最后导致真相大白，原来凶手正是自己，弑父娶母的大悲剧终于爆发。

这种戏剧结构高度集中的创作现象经亚里士多德总结为"整一律"。在他的《诗学》中，"整一律"的主要精神还是强调情节的完整，使之成为有机的整体。为此，明确提出了行动的单一，甚至单一的结局。

文艺复兴时期的戏剧家，在亚里士多德《诗学》基础上提出"三一律"的戏剧创作法则：情节应构成一个有机整体，行动应发生在同一地点，剧中时间应以一昼夜甚至12 小时为限。"三一律"把戏剧高度集中的原则推向死板、苛刻的地步，使之变为一种创作难度极大的舞台艺术；它自身也成了后世长期争论不休的问题。

意大利文艺复兴戏剧家斤斤计较舞台上行动、时间与空间的一致，还有其合乎逻辑的理论思维。他们继承了古希腊的摹仿论思想，戏剧既然刻意摹仿自然与人生，就应追求生活的真实感，台时空的实像化和固定势在必行，又因此必须"事、地、时"高度集中。可惜矫枉过正，以至斯卡里格会要求把情节安排得与真的事实极为近似，使人信以为真，借以达到戏剧的目的。卡斯特尔维屈拉也才会提出令人看来十分荒谬可笑的见解。"戏剧应该是原来的行动需要多少小时，就应用多少小时来表现。""不可能叫观众相信过了许多昼夜，因为他们自己明明知道实际上只过了几个小时，他们拒绝受骗。"请相信他是以非常认真严肃的态度说这番话的。因为这时的他还不知道东方（例如中国）恰好存在着一种与他们相反观念的戏剧，却让观众相信舞台上的几分钟实际上度过了若干年。

摹仿论的传播，刺激了剧场建筑和舞台布景的写实化发展趋向。15世纪后期，在绘画方面发明了文艺复兴写实精神的远近法（透视原理），1508年首次应用于阿里奥斯托的喜剧《卡萨里亚》。舞台上出现教堂、房舍、塔楼、庭园等真实背景。1580—1584年，维琴察建造了奥林匹克剧场，舞台中央设有一个大拱门，左右各设三个小拱门，布景固定。

舞台布景的写实化以及部分景具的固定化，造成舞台时空的相对不变，从而推进了剧本结构的高度集中，因为倘不如此便不能适应这种写实舞台的演出，其结果终于出现了"三一律"的创作法则。

把高度集中的创作原则推向极端的是17世纪的古典主义文艺思潮。在与法国封建王权高度集中的政治要求同样思维方式的演绎下，产生了对应的艺术上高度集中的原则规范。

古典主义戏剧的创作规范化理论，从某种意义上说，正是建筑在文艺复兴戏剧理论和成果的基础上。法国的古典主义者原封不动地搬来了意大利的"三一律"，还有严禁悲喜混杂以及"五幕三人体制"等。总之，可谓集古希腊、古罗马以来古典戏剧经典法则之大成，并使之凝铸为神圣不可违背的戏剧创作的绝对法规。对法国古典主义创作经验和成果做出权威性总结的是布瓦罗，他在1669—1674年五年时间内写出了《诗的艺术》。书中表明他对戏剧结构高度集中原则的理解就是"三一律"规范。

通过"三一律"的规范制约以达到戏剧创作的高度集中，这恐怕只是欧洲古典戏剧的独家专利。其实，欧洲戏剧的高度集中原则，并非仅仅表现为"三一律"或锁闭式结构形态，而后者这种往事倒叙与现在行动展现的结合，因时间、地点的宽紧不一，也不见得都符合"三一律"。说到这儿，我们不应忘记还有一个天才的"例外"莎士比亚，他的剧作大多呈开放式结构，时间、地点不受限制，但因动作一致，情节成有机整体，同样体现了戏剧的"集中"精神。而另一方面，富有意味的是，他的巅峰之作《哈姆雷特》和最后"诗的遗嘱"《暴风雨》却又采用锁闭式结构；《暴风雨》还严格遵循了"三一律"。不过，莎士比亚大多数剧作终因不合"规范"，首先遭到文艺复兴的同行们，如本·琼生的非难，其次又被启蒙主义者伏尔泰讥笑为"喝醉酒的野蛮人"。由此可见，在欧洲古代剧坛，"三一律"的影响是何等根深蒂固！确实，作为戏剧高度集中原则的产物——"三一律"和锁闭式结构形态已经成为欧洲相当一部分剧作家的创作思维模式，直至近现代戏剧，易卜生的写实剧便是一例，并远及中国的近现代话剧。曹禺的《雷雨》堪为中国话剧锁闭式结构的典范。

现在让我们比较一下东西方戏剧结构学说间的共通与歧义。

首先，东西方古代的戏剧家都充分认识到情节结构（布局）在戏剧艺术总体工程中的重要地位。早在古希腊时期，亚里士多德就强调在悲剧的六个成分中，"最重要的是情节，即事件的安排。因此悲剧艺术的目的在于组织情节（亦即布局）"（《诗学》第六章）。

东方古典戏剧的有关论述，最早见于印度的《舞论》，作者言简意赅地道出了戏剧的本质性特征："戏剧将编排吠陀经典和历史传说的故事，在世间产生娱乐。"此处编排故事即结构情节之意。14世纪的日本，能乐大师世阿弥在《花传书》中也毫不含糊地论断："一切演技都是以它的情节为中心才能产生各式各样的表演形式。"而中国清代戏剧家李渔更是感慨万分："填词首重音律，而予独先结构者。尝读时髦所撰，惜其惨淡经营，用心良苦，而不得被管弦、副优孟者，非审音协律之难，而结构全部规模之未善也！"可见，东方戏剧也非常看重情节的结构。

其次，东方古典戏剧同样重视舞台的集中体现，但主要是指人物与事件（动作）的单一，这与欧洲古典戏剧的动作一致，即亚里士多德所说"只限于一个完整的行动"，以及卡斯特尔维屈拉的"单一的主人公的单一事件"可谓异曲同工。

东方古典戏剧虽然在戏剧行动上明确提出集中单一的要求，但这种制约性要求却没有向时间和地点方面蔓延。还有一个奇特的现象，东方戏剧一向以舞台程式规范严密著称，却始终不曾出现"三一律"那样苛刻死板的创作规范。这可以说是东西方古典戏剧结构学说中一个明显的歧义。

东方古典戏剧从发生渊源、舞台时空观念和艺术本体的审美追求三个视角察看都不存在"三一律"的生长土壤。

　　从发生渊源来看，东方古典戏剧大多与说唱及叙事艺术有关。印度梵剧的诞生与两大史诗的演唱方式紧密相连；日本能乐与物语影响不可分割，而人形净琉璃即来自说唱净琉璃与木偶戏的结合，中国戏曲的来源之一也是说唱艺术。因此，在东方戏剧的形态特征中，作为代言体的同时，多少带有叙述体的成分或痕迹。例如中国古典戏曲里的副末登场、自报家门、角色跌出戏外与观众直接交流以及采用富调曲牌演唱等；日本能乐中的人物自报家门、鬼魂自述等；印度梵剧开场先由戏班主人介绍剧情，然后再引入正戏的体例以及歌舞插曲等。这些非写实性场面的穿插与剧中情境显然发生了间离现象，即代言的情境化与叙述的非情境化促成了舞台时空的分裂，因而经常"破坏"舞台时空的确定性，致使无法对它进行单一性规范。此外，东方古典戏剧按照自然时序把故事情节从头到尾、原原本本地展现在舞台上，这也是承继了说唱文体的特点，且已形成东方观众的传统欣赏习惯和审美需求。这种故事全流程视象化的结构形态，时间上占有相当的长度，地点变换较多，因此既不可能也没有必要像欧洲"三一律"及锁闭式戏剧那样，将故事情节集中到单一的时间或地点内发生。从某种意义上说，倒是东方戏剧自由展示情节的方式更接近生活的自然形态，而本是写实求真美学观指导下产生的"三一律"创作原则，由于过分追求时间、地点的高度集中，反倒不"真实"了。

　　其次，与欧洲舞台的写实表演和固定时空相反，东方戏剧的舞台多取虚拟表演和自由时空观念，这就为剧中故事全流程视象化的付诸实践创造了先决条件。例如中国戏曲处理舞台时间的原则是"有话则长，无话则短"，几分钟可以表示一夜、数月、数十年，也可以几秒的思考唱上数十分钟。而处理舞台空间的原则是"景随人意"而变迁，一桌二椅可以作为桌、床、山、城、楼……；空荡荡的舞台可以感觉到是江河湖海，是天空白云，是闹市，是荒野等；剧中人物可以骑马、行船、坐轿、交战、上天、下海，几乎无所不能。深受中国戏剧文化影响的日本能乐、歌舞伎也大致如此。印度梵剧虽没有留下演出的实证，但从剧本体例来看，仍可推断出虚拟表演和舞台时空自由的特征。确实，虚拟表演和舞台时空的自由保证了全部剧情都能够在舞台上正面表现出来，剧作家只需考虑能否展示而不必担心能否实现。同时，中国古典戏曲与日本的能乐都采用装饰性或象征性的舞台背景，本身不代表任何特定的时空环境，这也为突破时空制约和虚拟表演提供了充分发挥的余地。在这种虚拟性舞台上，时间与空间随着剧情需要自由变动，呈现为确定的和不确定的、流动的等不同状态，可以是单一的，也可以是多重的时空组合。中国古典戏剧舞台上就有同场展示不同时空中发生事件的现象，《缀白裘·月城》（即后来地方戏中的《张古董借妻》）便是一例。

这恰好是欧洲写实戏剧,如亚里士多德所认为"不可能"的。因此,东方古典戏剧,一般来说,除了事件、人物以及场面的相对集中外,对时间、地点并不需要像"三一律"那样加以限制。

此外,东方古典戏剧的舞台时空制约比欧洲古典戏剧更为自由、开放,这不仅在于对戏剧舞台时空容量的不同尺度的测定,而且是因为艺术本体的不同审美追求和表现手段所造成。欧洲戏剧的情节由动作与对话构成,更适于对生活进行写实性描绘和制造舞台实像的幻觉。欧洲舞台常被视作生活的镜子、历史的幻象、人生的缩影和实验室,戏剧情节虽然单一,却比较复杂和浓缩,叙事密度显然较东方戏剧大。舞台充满大量细节性和动作性场面,这必须以确指的固定时空做背景,为人物主体行为逻辑提供实证性的客观环境依据。东方古典戏剧以主情性为"神",乐舞性为"形",会合成艺术本体的审美特征。其中歌舞是重要或主要表现手段。中国戏曲,王骥德曾概括为"并曲与白而歌舞登场",也即王国维所总结的"以歌舞演故事""必合言语、动作、歌唱,以演一故事"的含义。日本世阿弥亦说,能乐"表现一个剧目的情节的,就是念唱的词章,由念唱产生动作"。因此,东方戏剧从剧作开始就必须留出相当篇幅给歌舞表演,叙事单一,但比欧洲戏剧更为简练,舞台十分空灵洒脱。再加上歌舞表演的程式化和象征性,迫使舞台环境只能相应变形与虚化以协调之,因而与实际生活距离较大。同时为了实现抒情写意的审美追求,更重视情感与心理逻辑的真实,而有意淡化生活逻辑的合理性。只要有利于情感抒发,甚至"舍景言情",出现所谓"情通理不通"的现象,但因约定俗成,仍为观众所默许。所以,东方古典戏剧的舞台时空真实主要存在于观众与演员的会意之中,而不在于舞台实象的再现。这也是它对剧中时间与空间要求不甚严格的原因之一。

四、人本位、人性、人道主义思想特征

由于欧洲地域特殊的经济、政治、文化历史环境,古典戏剧的三大高峰不仅在艺术上创造了人类奇迹般的成就,而且在思想上也达到了所处时代的巅峰。概括而言,人本位、人性、人道主义就是贯穿欧洲古典戏剧的核心思想。

欧洲社会,从古希腊开始,就逐渐形成以城市经济为主导的商业性、开放性特征。古代希腊,由于爱琴海的环抱与土地贫瘠的自然条件,导致了向海外贸易与扩张的生存意识,也促使各城邦商业、手工业的空前繁荣,其结果造就了一个强大的商业、手工业奴隶主集团,为了巩固和扩大商业、手工业者的既得利益,例如"公平"竞争与合理纳税,需要得到国家从体制、法制到政策的保证,于是依仗他们雄厚的经济实力,在政治上便提出民主制的要求。就是这种社会商业化和政治民主制的生存空间,

为文学艺术、科学、学术思想的繁荣和活跃提供了自由发展的广阔天地,也培育了希腊民族狂放不羁、英雄主义的性格特征和以个人为本位的价值观。例如商业的竞争性,明确以私利目的为前提,这便滋长了以自我为核心的利己主义;海上航行,与险恶的大自然搏斗,体现了人的伟大力量和才智,也激发探索、拓展、幻想和冒险的精神;而正是历险的英雄业绩本身催促了史诗、神话等叙事文学的发达。但另一方面,也因竞争与冒险,成败生死的瞬息万变和孤注一掷,又让希腊人陷入对神的膜拜和命运不可知的恐惧,因而转化为一种浓厚的宗教迷狂(酒神狂欢)和放纵、尽情享乐的思想。在古希腊,人们最崇尚的是那些因追求财富、享乐、名誉、权力、美女……而与命运、环境进行顽强不屈、不惜牺牲、勇于进取的个人英雄行为。例如伊阿宋为盗取金羊毛历经艰险,而成为希腊人所崇拜的英雄;又如希腊联军只是为了夺回一个美女海伦而发动了十年之久、劳民伤财的特洛伊战争,但统帅阿伽门农却因此以英雄身份载入史册等。其中最根本的一点是,经过生产、贸易、战争等实践后的希腊人毕竟开始动摇了对原始神明坚信无疑的信念,代之以对人的本质力量的不断发现,最终认识到世界是以人为中心展开的一幅轰轰烈烈、喜怒哀乐的生活画卷。

因此,古希腊戏剧虽然源于宗教祭典,取材于神话史诗,带有一定的宗教色彩和神话气氛,但体现的却是泛神论和人本位的现世思想。无论悲剧或喜剧都是模仿人的行动;悲剧尤其颂扬人的崇高与伟大(例如《被缚的普罗米修斯》)及人的才智与力量(如《安提戈捏》中对人的赞美),强调人和神或命运——实质是社会环境与自然环境——的冲突,谴责命运的不公及非正义性(如《俄狄浦斯王》);歌颂民主,反对寡头专政(如《安提戈涅》);进一步发展为人应当掌握自己的命运,人人平等一系列进步要求,闪发出人道的火花。这在欧里庇得斯笔下最为突出,他的《美狄亚》便是妇女掌握自己命运的最典型写照。他还在《赫拉克勒斯》中说:"神们的事情我一直不以为可信,将来也未必相信。说什么一个人生下来就是别人的君王,这都是歌者的胡说。"公开表示对神和王权的怀疑。难能可贵的是他还由衷地发出了对奴隶、平民、农夫等"下等人"的同情和赞美,如在《伊翁》中说:"奴隶只是那个名义给他带来耻辱,而他并不比自由人坏到哪里。"在《俄瑞斯忒斯》《伊菲革涅亚在陶洛人里》等剧中屡屡提起社会上的奴隶、平民是更具道义、更为高贵和幸运的人。例如,当判决俄瑞斯忒斯的公民大会争执不下时,有个正直之士出来为他辩护。剧作家是这样描绘此人的:"外表上不好看,却有丈夫气,在城市里很少碰到他,但很有见解,身家清白,行为上无可责难。"这就是"唯一保护我们土地的人,是个农夫"。欧里庇得斯的思想已经突破所处时代和阶级的局限,开始萌发了后来席卷欧洲的人文主义意识。正像欧洲社会继承了古希腊的商业性、开放性特征一样，文艺复兴运动也继承了古希腊的人本位思想，建立起鼓吹人性、人权、人道主义，要求个性解放、自由平等的人文主义思想体系。这些在以莎士比亚为代表的文艺复兴戏剧中得到最充分的艺术体现。哈姆雷特、奥赛罗与苔丝德梦娜、罗密欧与朱丽叶等，都是他精心塑造的人文主义理想人物。在《哈姆雷特》中，莎士比亚热情洋溢地颂扬道："人是多么了不起的一件作品！理性是多么高贵！力量是多么无穷！行动多么像天使！了解多么像天神！宇宙的精华！万物的灵长！"又在《暴风雨》中借人物之口惊叹："真是奇迹，世界上有这么多美妙的生物！人类真美！美好的新世界啊！"这些充满对人与人类世界的热爱和赞美之辞更是不朽的千古绝句。莎士比亚通过笔下人文主义理想人物的毁灭，愤怒控诉了封建专制、封建观念以及社会邪恶势力摧残善美事物、扼杀人性、反人道的罪行。

古典主义虽然拥护王权，主张克制个人感情，但仍然反对封建专制和宗教信条，批判不符合资产阶级理性的封建道德。例如拉辛总是按照自己的方式来表达他的人道主义理想，他的剧作《安德洛玛刻》通过人的优越的个性、人权和专制政权、封建特权的悲剧性冲突，赞美了忠贞的爱情和高昂的民族气节；而《费德尔》在揭开人类情欲的复杂世界时，歌颂了人类纯洁的感情、忠贞的爱情以及坚定的道德品质，指出私欲所引起的毁灭性激情，将逼人走上犯罪的道路。费德尔愿以王冠与国玺换取希波利特斯的爱情，也表现了剧作家对王权的蔑视和对个性的尊重。此外，拉辛笔下的安德洛玛刻最终采取发动人民来驱逐杀王凶手；他的另一剧作《阿达利》则以人民起义杀死暴君、拥戴新王做结束，这些都体现了剧作家主体意识中的民主性精神。莫里哀的喜剧更是出色地继承了文艺复兴人文主义思想和现实主义传统，一直保持反封建、反教会的鲜明特点。例如《伪君子》着重揭露了僧侣的欺诈与伪善面貌；《悭吝人》肯定了年青一代追求个人幸福自由和个性解放思想。至于欧洲近现代戏剧的人道主义精神则更为强烈。因此，人本位、人性、人道主义是欧洲戏剧的核心思想。个性解放，维护个人的自由和权利，即所谓"不自由、毋宁死"，以及个体与环境不可调和的冲突等，都是古典戏剧创作最有特色的主题，以致反映冲突成为欧洲戏剧的基本特征。

由于不同的政治经济背景和民族文化心理，东方社会自身没有形成成熟的资产阶级人道主义思想体系。中国古典戏剧的几次高峰期都是阶级矛盾或民族矛盾激化时期，因此创作内容上以反封建、反礼教的人民性、民主性倾向和反侵略、反异族统治的民族本位意识占主流。儒家思想影响下的中和之美、道德感、忧患意识、群体和谐意识等决定着中国戏曲的内容与形式。印度古典戏剧的宗教意识特别浓重，当然也有人民性和民主性强烈的剧作；日本古典戏剧几乎既具有中国古典戏剧的道德教化又兼备印度古典戏剧的宗教影响特点。总之，东方民族的整体观念较强，与西方民族拥有不同的道德价值观。西方民族长期处于商业性、民主化环境，性格奔放、外向，强调个性发展，尊重个人的自由平等权利，一切以自我为核心，崇尚个人英雄主义，为了个人享乐和物质利益勇于竞争、冒险和标新立异，并以个人与群体的对立冲突为荣。古代东方民族长期处于奴隶主或封建主专制的农业性社会，形成严密的思想统治和道德体系，提倡舍生取义、自我牺牲，群体高于一切，压抑个性发展，节制私欲，排斥为个人利益或权利奋斗（如中国的"克己复礼"），强调人与自然、人与人之间和谐、合一的关系，儒家的"仁""善""谦""让"，佛家的"忍""舍"等，都是作为高尚人格和美德的衡量尺度。以上述内容为主题的东方古典剧目简直多不胜数。中国直到16世纪（明中叶）产生资本主义萌芽的生产关系后，才出现一些歌颂个性解放（如《牡丹亭》）和新兴市民反暴斗争（如《清忠谱》《万民安》）的剧作。日本在17世纪前后，因人形净琉璃和歌舞伎的诞生，也开始创作反映市民生活和思想感情的新剧目，借以表现封建义理与普通人性的冲突。

同时，与上述思想特征相联系，欧洲戏剧的兴代总是伴随一定的文化思潮和流派。例如古典戏剧的三大高峰都有特定的思想体系或文化思潮为背景，并产生相应的戏剧流派，它们之间存在着紧密的从属关系，而且这种现象还具有跨国性或全欧性特征。文艺复兴运动和人文主义思想体系产生了以莎士比亚、维迦为代表的文艺复兴戏剧（流派）；古典主义文艺思潮产生了古典主义戏剧流派。希腊戏剧的文化背景虽未明确命名，但是古希腊发达的社会科学思想（如唯物主义和辩证观念，泛神论和人本位的现世思想，摹仿论，民主观念等）与特殊的宗教观（神人合一，命运观念，象征生命、享乐、狂热和民主化的酒神精神），都给予希腊戏剧内容与形式以深刻的影响，因而形成辉煌的希腊戏剧文化。这种对文化思潮的伴随性在欧洲近现代戏剧中表现得尤为显著。

东方古典戏剧的兴代，似乎没有这种现象，而更多与政治（政治制度、阶级斗争与民族斗争形势）、经济（商业、贸易的茂盛、城市的兴起）、道德或宗教的文化氛围直接关联。印度、中国、日本古典戏剧的各个繁盛期，都没有出现声势浩大的文化运动或思潮。中国明代中叶思想界王阳明学派举起反对程朱理学的叛逆旗帜，与之相呼应的戏剧界也有《牡丹亭》这样鼓吹个性解放的杰作，但中国资本主义实在太脆弱，在上层建筑内无法形成波澜壮阔的文化思潮（运动）和从属它的戏剧、文学流派。中国古代的所谓流派之争主要还是就艺术风格和形式（如文采、本色、协否音律等）而言,日本古典戏剧也基本如此。

第二节　印度古典戏剧及其特点比较

印度古典戏剧(梵剧)虽晚于古希腊,但公元前后即已成熟,其文学成就并不比古希腊低,许多著名古典剧作家的剧作都达到同时期世界戏剧的最高峰。

我们从公元前 3000 年的摩亨约达罗的湿婆狂舞雕像的遗迹可以推断,在古印度早就有酬谢和祈祷湿婆神的原始艺人的存在,而湿婆则是传说中主司音乐、舞蹈、戏剧之神。

在公元前 3000—前 1000 年形成的《吠陀》诗集中,我们也可以找到一些有关原始征伐模拟仪式和戏剧性对话体诗的记录,因此又有《吠陀》成剧之说。公元前 10—1 世纪,印度处于奴隶制社会。宗教祭祀、民间迎神赛会都要进行戏剧性表演活动,节日佛像出巡便扮演佛本生故事。宗教对戏剧发展起了推动和保护作用。公元 1 世纪,佛教诗剧兴盛,当时南印度的庙宇就有演剧和保藏剧本的传统。

两大史诗——《摩诃婆罗多》和《罗摩衍那》不仅为古典戏剧提供了丰富的材料,而且影响到古典戏剧的语言、格律、文法、风格、思想内容。

公元前不久至 12 世纪是印度社会由奴隶制衰亡到封建制确立与发展的漫长时期。这时期初,出现了专业剧团、剧场、文人剧作家和剧作,得以集中人才和智力去提高戏剧水平,使之成为精美完善而独立的艺术。

大约公元前后,印度古典戏剧趋于成熟。马鸣(约公元 1—2 世纪)是我们知道的印度史上第一位剧作家,他的 3 部残存剧本是现有古典戏剧中最早的一批遗产。其中《舍利佛传》是九幕剧,表现佛陀两大弟子舍利佛和目犍连改信佛教出家的故事。

稍晚于马鸣的另一位剧作家是跋娑(约公元 1—2 世纪),他的作品统称为"跋娑 13 剧",其中著名的有《神童传》《善施传》《惊梦记》等。《惊梦记》是当时最杰出的剧作。它被列为印度古典名剧,并译为多国文字,影响波及国外。

约公元 2 世纪,印度最古老的戏剧论著——《舞论》完成,宣告了印度古典戏剧高峰期的起始。

约公元 2—3 世纪,首陀罗迦(生卒不详)的优秀剧本《小泥车》(10 幕剧)问世。这是印度古典戏剧高峰期的开山性典范之作。《小泥车》在艺术上取得很高成就,成为世界古典文学中的名著。

公元 4—5 世纪,印度出了一位具有世界声誉的伟大诗人、剧作家——迦梨陀娑

（约 350—470 年），他著有《摩罗维迦》《广延天女》《沙恭达罗》等剧。其中，《沙恭达罗》不但代表了印度古典戏剧和文学的高峰，而且成为世界文学史上最伟大的诗剧之一，体现了同代戏剧文学的最高水平。

迦梨陀娑笔下的沙恭达罗是印度和世界文学中最完美、最富有人性和柔情的女性之一，是剧作家理想美的结晶，也是印度人心中崇高至善的女性楷模。此外，《沙恭达罗》的情节、结构和语言运用也显示了作者惊人的才华和卓越的技巧。因此，《沙恭达罗》千百年来成了印度梵语古典文学的典范。1789 年译为英语，风靡欧洲，在中国先后有十种汉译本。作者迦梨陀娑也被誉为"印度的莎士比亚"。

《沙恭达罗》之后，印度古典戏剧开始衰落。约公元 7 世纪戒日王时期，印度进入封建社会，古典戏剧形式主义成风，宫廷艳情剧迅速发展起来。主要作品有戒日王（生卒不详）的《璎珞传》《妙容传》《龙喜记》。

约公元 8 世纪，薄婆菩提的戏剧成就书写了衰退期戏剧最有光彩的一页。他写有剧本《茉莉和青春》《大雄传》《罗摩传后篇》等。

在《罗摩传后篇》（七幕剧）中，薄婆菩提抓住罗摩休妻的要害——不合天理人情大做文章，提出一系列具有民主性的进步见解，热忱地为无辜弃妇呼冤，猛烈抨击和否定封建夫权的集中体现——休妻制。其雄健风格与迦梨陀娑的柔媚婉转恰成对照。在印度戏剧史上，两人一刚一柔堪称双璧。

在衰退期中还有两个借历史喻射现世的重要剧作《罗刹和指环印》（七幕剧，毗舍佳达多作）和《结鬘记》（六幕剧，婆吒那罗衍作），作者大约都是生活在 6—9 世纪。

公元 9—10 世纪，印度古典戏剧形式主义倾向更为严重。胜财的戏剧论著《十色》的诞生宣示古典戏剧时代即将结束，至 11 世纪，终于名存实亡，逐渐敛迹。

与中国、日本、欧洲古典戏剧比较，印度古典戏剧具有下列特点：

一、表现形态的综合性和虚拟性

从形式看，印度古典戏剧是歌、舞、诗、白相结合的综合型戏剧，更接近中国和日本的古典戏剧，同属东方乐舞性戏剧体系。但同中有异，中国古典戏剧是熔歌、舞、诗、白为一炉的表演艺术，它歌中有诗，歌舞合一，即使道白也讲究音乐气韵以及舞蹈化的身段、锣鼓点或音乐节奏的配合。印度古典戏剧（梵剧），从现存的剧本体例来看，在一般情况下，诗、歌、舞、白、哑剧等表现手段是作为独立的成分以交替穿插的方式存在，不像中国戏曲那样多重复合融为一体，尤其不可能用音乐节奏统制舞台表演并贯穿于剧的始终，但与欧洲古典戏剧相比则差异较大，欧洲戏剧属重摹仿写实的科白性戏剧体系，在古希腊戏剧中，歌队唱诗，有时亦舞，甚至还介入剧情。不过总的说来，只作为叙述者或剧的背景存在，一旦进入正剧，人物仍以对白为主，其他成分极少。文艺复兴戏剧与古典主义戏剧虽然都以诗对话，但表演趋于写实，歌舞手段已不成为必需要求，仅有的歌舞穿插被看作剧中规定情景或人物行动的有机组成，从而只是一种生活自然的真实模拟。因此，欧洲古典戏剧的综合性程度，尤其是歌舞成分显然弱于印度古典戏剧。但另一方面，由于印度古典戏剧的乐舞间断性，它的其余以对话与动作表现故事的部分，相对而言，又比较接近欧洲古典戏剧，当然，这只是指文学形式，至于舞台体现则异同南北。

印度古典戏剧的舞台体现采取自由时空原则和虚拟性表现方法。例如在《沙恭达罗》中，剧中场景草地、林中、河边等，主要依靠演员的台词和动作揭示；舞台提示中常用"绕行"表现从一处到另一处的时空变换。至于国王豆扇陀的"飞车追鹿"，沙恭达罗及女伴的"浇花""摘花状"等，恐怕都得通过虚拟表演才能实现。

印度古典戏剧的这一舞台特性，显然与中国、日本的古典戏剧一脉相承。正如苏珊·朗格所认识的："印度、中国、日本的戏剧 —— 在远东都是如此 —— 不仅能表现事件、感情，甚至连物也能被当作表演的对象。诚然，他们有舞台道具，但其作用是象征的而不是自然主义的。为了扩大其形式上的含义、扩大整个戏剧的情感效果，甚至可以牺牲对情感的模仿。与情节有关的道具是通过姿势简单地暗示出来的。一个偶然登上战车的国王，只需用一个动作就可以表示这架战车。"

印度古典戏剧的自由时空、虚拟性舞台观与欧洲写实剧的固定时空、实景化、幻觉化舞台观确实存在着明显的歧义，这也是东西方戏剧不同美学追求所产生的舞台体现观念的根本区别。

二、戏剧体制的规范化

印度古典戏剧在剧本文学、演出体制和表演艺术等方面都有着固定的严格的程式规范分类。这和中国、日本古典戏剧相近，而与欧洲戏剧相异。欧洲古典戏剧重个性创造，强调模仿写实地再现生活，故较少严密的程式规范束缚。即使在文学创作原则上形成某种规范性制约，也难以维持永久不变的局面。欧洲有所作为的剧作家其艺术成就和贡献往往就表现在对这种规范原则的突破甚或另创新的流派方面，因而随时代和文艺思潮的流变发生多次新旧规范（形态）的更替，例如先后有亚里士多德式（包括后来的古典主义"三一律"）和莎士比亚式结构样式以及悲、喜剧的严格界限和对这种界限的突破。中国古典戏剧虽然也有严密的程式规范，但随音乐结构、声腔体系的不同以及由此引起的文学样式的变化有南戏、杂剧、传奇等体制之分。印度古典戏剧一旦规范化后便成经典，较少变异，因此，它最有成就的剧作家恰恰是完善这种规范的人,他们的杰作也就成为某种规范的典范之作。

首先,印度古典戏剧依照剧目的品格把戏剧类型严格分为"十色"和"十八次色"。如根据历史传说改编的有"那它加"(大剧、正剧)、"地摩"(神秘剧)、"毗耶瑜珈"(战事武剧),创作剧目类有"婆罗加蓝拿"(Pmkaran,极所作剧)、"婆罗诃萨那""婆那""毗提",后三种是独幕喜剧;杂串有"安迦"(独幕剧);此外,尚有两种传说剧"娑摩婆迦罗"(超自然戏剧)、"伊诃摩伽"等。其中最主要的还是"那它加"和"婆罗加蓝拿"。"那它加"取材于史诗或其他古典名著(传说故事、宗教经籍),主角必是帝王将相、皇后公主、神人天仙等高贵人物,内容既写爱情,又写侠义,还写政治斗争,多属宫廷剧范畴,如《沙恭达罗》。"婆罗加蓝拿"选材较为自由,可根据现实生活创作,或来自传说,但具体剧情却由作者随意虚构。主角身份不限,婆罗门、和尚、商人、官吏、隐士、闲人均行。内容表现男女情爱,勾画世态人情,多属庶民剧范畴,如《小泥车》。这种分类极似古希腊悲剧与喜剧的界定内容,但在印度古典戏剧中却为悲、喜剧共同遵守。

同时,剧本创作和演出体制上也形成一套完整的笃定格式。一个剧目一般为五到十幕,每幕又分成若干场,以人物上下场为界。演出开场时有"引子"(序剧),祝词后由戏班主人或舞台监督说话,介绍剧名、作者、暗示登场人物,起着定场作用。此外,如《沙恭达罗》的"引子"中还有舞台监督与女角打诨的插曲。在《小泥车》的"引子"里也来上一段戏班主人与他妻子的科诨表演,这与中国古典戏剧中的"楔子""副末登场"以及日本戏剧中的"序"的作用相近。剧终有尾诗、吉祥语,采取歌唱方式,每幕落幕时有过场插曲(近似古希腊歌队插曲),交代幕间情节。剧本正文动作提示比古希腊戏剧繁多细致,对话插有诗句,有说有唱有舞,除对白还有独白、旁白,剧中上等人用(梵文)雅语,妇女和下等人则用(梵文)俗语,以及故事情节的悲欢离合和大团圆的结局等,都与中国、日本古典戏剧极为相近。在表演方面,印度古典戏剧亦有类似中国和日本戏剧中的表演行当分工(角色分类定型)现象。如梵剧剧本常常标明男主角(Nayaka),相当于中国戏曲的生行;女主角(Nayika),相当于中国戏曲的正旦;丑角(Vidusaka),相当于中国戏曲的丑行;歹角(Pratinavaka),相当于中国戏曲的白净。此外,还设有许多其他次要的配角,以提供演员分配角色时参考。

更令人惊叹的是,从《舞论》中我们了解到印度古典戏剧还具有无比精细严密的表演程式规范,而这一切又都纳入"情"与"味"结合的美学思维网络之中。

印度古典戏剧把戏剧的基本情调分为八种:艳情、滑稽、悲悯、暴戾、英勇、恐怖、厌恶、奇异(《舞论》第六章)。与此同时,也就有相应规范的表演程式体现。例如,

"艳情"的表演程式（随情表演）是"眼的灵活、眉的挑动、行动、戏弄、甜蜜的姿态等"。其中"相思"的表演（不定情）是"忧郁、困乏、疑惧、嫉妒、疲劳、忧虑、焦灼、睡意、梦、嗔怪、疾病、疯狂、痴呆，死亡等"。

又如"滑稽"：是以常情（固定的情）笑为灵魂。它产生于不正常的衣服和妆饰、莽撞、贪婪、欺骗、不正常的谈话，显示身体缺陷、指说错误等别情。它应当用唇鼻颊的抖颤、眼睛睁大或挤小、流汗、脸色、掐腰等随情表演。不定的情是伪装、懒惰、散漫、贪睡、梦、失眠、嫉妒等。

对"滑稽"的灵魂——笑亦做了六种程式规范：上等人采用"微笑""嬉笑"，中等人采用"欢笑""冷笑"，下等人采用"大笑""狂笑"，并对眼、颊、鼻、牙齿、头、肩、手等的神态、动作、程度都不厌其烦地进行具体限定。

其他几"味"，我们就不再引用了。综上，我们既看到了印度古典戏剧对角色情感分类和表演程式进行规范的精细性和直感性，但也暴露出它琐碎而呆板的缺陷。与中国、日本古典戏剧中的表演程式相比，似乎艺术美的提炼不够，更接近自然生活原貌，同时，对于程式在具体人物和情境中的变通和创造也不及中国古典戏剧那么灵活多变。当然，这只是指《舞论》的时代及其论述内容而言。

三、审美品格的主情性和典雅化

印度古典戏剧取材史诗和古代传说，带有一定的神秘色彩和传奇性，这点与欧洲古典戏剧相同；其次，着力渲染英雄美人之间的悲欢离合、缠绵情爱，故神奇、浪漫和抒情成分浓重。"每本梵剧都以寄寓一种思想和情感为主，故戏剧的节目在戏剧家看来是第二等的事情。节目可以从最流行的典故或传说中取出，不必为个人的创作。"看重情感抒发，轻视题材、情节的独创性，这又与欧洲古典戏剧相区别。

因此又说，"印度戏剧略掉希腊悲剧最重要的动因，每剧都含着一个人生很深沉的悲痛为人事所无能为力的。故在剧中表演侠义和爱恋的情节，其中的主人主妇当要经过一番悲欢离合（为天时人事所迫，一切的事情都不能由自己做主），然后达到他们理想的境地"。

印度古典戏剧以梵语（相当于汉语中的文言）为创作语言，即使俗语也经过梵语化，除前期戏剧外，较少民间气息。剧中抒情诗与散文对白交互更迭，诗的部分采取古典格律，文法多比兴和格言，形象感和哲理性较强，富有诗意和韵味，因而风格纤丽华贵，清逸高雅。这方面，《沙恭达罗》可谓典范之作，该剧抒情诗约占全剧文字的一半，诗剧气氛极浓。

印度古典戏剧的主情性和典雅化与中国古典戏剧的净化原则相通，舞台上也排斥暴力、凶杀、粗俗、污秽的场面,表演出来的事物当以能够发动观众的情操与避免损伤观者感情为准。所以有许多事情是在舞台上不应表演的,如国家的变故、王侯的败亡、城邑的围困、杀害、死亡及一切悲痛的事迹都不应显然地表演出来。究其原因,印度古典戏剧推崇主情美学,刻意创造"味"(情调)和"情"(情态)的最佳结合,同时,讲究情感的节制和适度原则,追求温柔敦厚、哀而不伤、怨而无恨、委婉柔和与"圆满"的审美情趣,故人物、情节多理想化结局。这些与中国、日本古典戏剧的风格、情调和美学思想颇有相似之处。欧洲古典戏剧同样讲究典雅、适度,避免刺激性场面,但更重视情节与性格的写实求真,悲剧多具崇高、雄伟精神和美的毁灭主题。

四、印度的宗教人生品位

印度的宗教影响极其深广,印度古典戏剧中的宗教因素也比较显著。首先,宗教文化和宗教精神渗透剧作家的创作意识,例如劝善、轮回业报、勿抗恶、舍身忍辱等宗教思想制约着剧中人物、情节、主题思想的安排。其次,除了极少数剧作反映现实生活外,印度古典戏剧取材主要来自宗教性较强的两大史诗、故事海、往世书之类历史传说和一部分宗教经典中的故事,带来原著中的宗教色彩。再者,宗教利用戏剧作为宣传教义和争取信徒的工具,也加强了戏剧的宗教性。例如宗教祭祀、迎神赛会时都有演剧的习惯,佛教戏剧家马鸣的《舍利佛传》等三个戏剧残卷,以及在我国新疆发现的另一个梵剧译本《弥勒会见记》都是直接宣传教义反映佛的前身出家成佛故事的著名剧本。

诚然,印度古典戏剧也非常重视戏剧的教化作用,如《舞论》的作者所说的:我所创造的戏剧对于遭受痛苦的人、苦于劳累的人、苦于忧伤的人、(各种)受苦的人,及时给予安宁。这戏剧将增长智慧,教训世人。

但印度古典戏剧乃是用一种"梵"或"涅槃"的宗教精神去"教训世人"和"给予安宁"。所谓"梵",意译为清净、寂静、离欲等,是婆罗门教或印度教修行达到"梵我如一"最后解脱的最终目的,即不生不灭、常住的、无差别相、无所不在的最高实体,也是宇宙的最高主宰。所谓"涅槃",意译为灭度、寂灭、无为、圆寂等,是佛教全部修行所要达到的最高理想,一般指熄灭"生死"轮回而后获得的一种精神境界,或指具有"常、乐、我、净"四德的永生之佛身。因此,在印度古典戏剧中,对于痛苦、悲剧性一类的事件常常抱有一种超脱的冷静态度,直接的后果便是导致大团圆的喜剧结局。对此,苏珊·朗格也有过精辟的见解:因为印度教和佛教都把生命看作是灵魂在更长久的历程中的一个插曲,灵魂在达到最终目的涅槃之前,必须经历许多化身。尘世中的斗争并没有使灵魂消磨净尽;那些命运中具有浓厚趣味的剧中人物是一些永恒的神；对他们来说，不存在死亡，而有无限的潜力，因为没有什么厄运等待他们。这里，只有感觉与情感的平衡节奏巍然挺立在变动不居的物质世界中。

印度古典戏剧在思想内容上具有很大的劝谕性，"忍""舍"的宗教意识，通过阴柔温和的感化方式，对矛盾取平衡调和的态度，以求得个体与社会之间的和谐。因为人生只是无数次轮回再生的一环，胜败荣誉无所谓，所以那些无辜受害的主人公始终在"无为""超脱"的精神状态中等待着事实真相大白或对方的觉醒。沙恭达罗、悉达为什么不会采取美狄亚那种疯狂而残忍的复仇行动？也不会像穆桂英那样死后成鬼再去活捉王魁？以及秦香莲的"女审"，甚或状告开封府刀铡陈世美？原因恐亦在此。这是三个民族不同的社会文化心理产生的三种不同道德观念支配的弃妇典型。

印度古典戏剧的宗教意识往往还表现在剧的结局。例如《沙恭达罗》的剧尾，在豆扇陀终于找到沙恭达罗，与妻儿共享天伦之乐的热烈气氛中，天帝英地那之父问他还有什么要求时，他却做了一个与规定情境极不协调的奇怪回答："愿永生全能的英武的湿婆免除我下一世的痛苦，不要让我投生在这终将毁灭的、罪与罚的人世间。"完全是一种厌世的感慨！

像这样的突发性的"剧终点题"，似乎使人难以找到与他阖家团圆的幸福有什么必然的内在因果逻辑。中国古典戏剧的团圆结局往往对破镜重圆的爱情婚姻寄予美好的祝愿，例如"愿天下有情人终成眷属""在天愿作比翼鸟，在地愿为连理枝"，或者是对"今生白头偕老，来世再作夫妻"的现世续缘性向往，因此，都是建立在明确的世俗观念基础之上。而印度古典戏剧的这种结局却带有鲜明的宗教超越精神，表现了主人公对人生虚幻的悲剧彻悟性，是从现世幸福转向对"梵"或"涅槃"境界的强烈渴求；也是为解脱尘世间轮回痛苦，迈向永生不灭世界的灵魂升华，《沙恭达罗》即是如此。

许多西方学者由于不理解东方悲剧的特殊观念和形式，运用西方悲剧概念套试印度古典戏剧，因而得出自相矛盾的片面结论，即一方面承认印度戏剧中浓重的悲剧性，另一方面又宣告印度人没有悲剧。例如欧洲印度文学研究权威威尔逊就在《印度剧作选·序》中说："虽然印度戏剧也会激起包括怜悯和恐惧在内的各种情绪，但却从来不最后给观众留下痛苦的印象。事实上，印度人没有悲剧。"

英国梵文学家 A.A. 麦唐纳教授也说："在印度舞台上，并没有悲剧。在戏剧中既没有悲剧的事故（例如死亡），也没有悲惨的结局，所以剧中的恐怖、悲伤及哀怜的情景，常为其快乐的结局而减轻。"

其实，一个民族自有对悲剧的特殊理解和表达悲剧的方式，比如当我们看到《广延天女》，自然会想到中国的《织锦记》；看到《沙恭达罗》，自然会想到《琵琶记》；看到《罗摩传后篇》又会想到《孔雀东南飞》。但仔细一想，还是不一样。显然，宗教意识的影响，使印度古典悲剧在表现形态上具有许多独特的民族个性色彩。但是，我们既然可把《织锦记》《琵琶记》《孔雀东南飞》当作中国式的悲剧，为什么不允许印度人把他们的《广延天女》《沙恭达罗》《罗摩传后篇》看作他们的悲剧呢？

当然，在古印度农业性奴隶制社会环境中，宗教思想成为那个时代的统治思想，从而严重地限制了印度古典剧作家对生活的深入认识和开掘。因此，在印度古典戏剧中，虽然也有《神童传》《小泥车》《广延天女》《茉莉与青春》这样具有一定叛逆精神的作品，但总体来看，对矛盾欲触即离，欲怒即敛，创作品格上的自主性和否定现实的彻底性、激烈性尚嫌不足。

它不像欧洲戏剧那样在摆脱中世纪对宗教的附庸之后，明确地转向反映现实、模仿人生，张扬作者独立人格和主体意识，鼓吹人本位和个性解放，并且从古希腊戏剧开始就强调个体与命运、环境的不可调和的冲突，感情自由、奔放、高昂。它也不像中国古典戏剧，宗教观念淡漠，对人生抱乐天入世的态度，世俗剧影响远大于宗教剧，加上成熟较迟，所处环境已是封建社会阶级矛盾和民族矛盾激化时期，而戏剧家社会地位卑下，又与民众密切联系，民主性、人民性和民族本位意识都较强，反封建礼教、反黑暗统治、反异族入侵和民族歧视压迫、否定丑恶现实的反抗品格和报国思民的忧患意识强烈。日本古典戏剧的宗教影响亦很深刻，但服务于人情与义理冲突的世俗主题，特别在狂言、人形净琉璃、歌舞伎剧目中，充满批判现实精神。

总之，宗教意识和戏剧的宗教性，加上戏剧理论规范僵硬，戏剧内容脱离现实（题材狭窄限制）和形式上疏远人民（过分典雅化）等，导致印度古典戏剧逐渐走上形式主义道路，更加快了衰落的步伐，终于退出了世界戏剧舞台。

第三节　中国古典戏剧及其特点比较

中国古典戏剧，这里主要指 18 世纪末之前的中国戏曲。虽然它源远流长，但直到 12 世纪，也正是欧洲中世纪宗教黑暗统治下戏剧黯然无光和印度梵剧逐渐销声匿迹的时候，中国戏曲才应运而生。中国戏曲是世界三大古老戏剧之一，又是东方乐舞性戏剧在艺术的成熟性与完美性方面的代表。

中国戏曲主要来源于歌舞、说唱、滑稽戏三种不同的艺术形式。宋杂剧和金院本是中国戏曲的早期形态。宋元南戏（戏文）是中国最早的成熟戏曲形式，于 12 世纪

30 年代产生于中国南方。14 世纪 60 年代即元末明初,南戏终于取代北杂剧的地位,创造了中国戏剧史上又一个繁盛期。

南戏剧式由曲、白、科、介相间构成,剧本结构和各种艺术手段运用都有特定的规格,表现出更大的综合性。南戏的文学、演出形式和成就初步确立了中国戏曲的文学和艺术体现的基本品格。

南戏剧目极其丰富,代表作有标志南戏复兴的《荆钗记》《白兔记》《杀狗记》《拜月记》和《琵琶记》。这些戏把南戏创作推向了高峰。其中,高明(元末—1359)的《琵琶记》是南戏影响最大、成就最高的作品,在戏曲发展史上起着承前启后的作用。

12—13 世纪,北方也出现了一个新的成熟剧种——北杂剧(北曲)。北杂剧主要指元杂剧(元曲)。阶级矛盾和民族矛盾的激化、北方都市工商业的发展、蒙古统治者废科举、压制和歧视知识分子致使大量文人转向艺术事业以及"书会"创作实体的产生等,这些都促成元杂剧出现盛极一时的繁荣局面。

元杂剧的形成虽然略晚于南戏,但是它的鼎盛期——金末(1234 年)至元成宗元贞、大德年间(1295—1307)的到来却大大早于南戏。因此,这一时期是中国古典戏剧的黄金时代,元杂剧的辉煌成果叠聚成中国戏剧史的第一个高峰,并且是当时世界上成就最高的戏剧艺术。

元杂剧是以演唱为主,结合科白、舞蹈,由乐队伴奏表现故事的一种戏剧形式,并逐渐形成"四折一楔子"的剧本体制和(末或旦)一角主唱的演出体制。

元杂剧拥有一支前后共 90 多人的庞大作家队伍,剧作达 450 种,现存 150 种。著名的剧作家及其作品有关汉卿的《窦娥冤》《救风尘》等,王实甫的《西厢记》、马致远的《汉宫秋》、白朴的《梧桐雨》、纪君祥的《赵氏孤儿》、石君宝的《秋胡戏妻》、康进之的《李逵负荆》、郑光祖的《倩女离魂》、无名氏的《陈州粜米》、李行道的《灰栏记》、郑廷玉的《看钱奴》等。其中,《窦娥冤》《赵氏孤儿》被王国维评为"即列之世界大悲剧中,亦无愧色也"。《西厢记》与《俄狄浦斯王》《沙恭达罗》并列为世界三大古典名剧。它们同《汉宫秋》《灰栏记》《看钱奴》等先后被译成多国文字,产生了极深远的世界影响。

在元杂剧的繁荣景象中,艺术的激烈竞争促进了创作流派的形成,这就是以关汉卿(约 1230—1297)为代表的本色派和王实甫为代表的文采派两大主流。

元中叶起,北杂剧开始衰退。公元 14 世纪中叶至 18 世纪末盛行的主要剧种是传奇。传奇结构标"出",采取南九宫体制的南曲体系,演出体制为生、旦主角表演制,角色行当分为"江湖十二角色",表演艺术的程式性、虚拟性、节奏性特点愈见显明。

明代中期经过长期休养生息，经济十分繁荣，产生了资本主义生产关系的萌芽。思想领域出现鼓吹叛逆精神、反对程朱理学的王阳明学派和李贽的"异端邪说"，深受其影响的戏曲界开始活跃起来。此外，昆山腔的改革与发展大大推进了传奇艺术的成熟。明万历年间是传奇创作的鼎盛期。以汤显祖（1550—1616）的《牡丹亭》为标志，中国戏曲进入又一光辉年代，并与西方莎士比亚戏剧时代交相辉映，致使当时世界剧坛出现东西方戏剧双峰并峙的壮观景象。

明中后期的著名传奇还有号称"三大传奇"的《鸣凤记》《浣纱记》《宝剑记》。至明末清初，以李玉为代表的苏州作家群最为出色。李玉（约1591—1671）的代表作《清忠谱》在戏曲史上第一次把群众暴动的广阔背景搬上舞台，真实地再现了正直知识分子与城市人民反阉抗暴正义斗争的壮烈景象。

康熙时代出现了洪昇（1645—1704）与孔尚任（1648—1718），他们各自的千古名作《长生殿》和《桃花扇》，俱以强烈的民族感情和现实观照震撼剧坛。两剧标志着中国戏曲的现实主义创作前所未有的成熟，它们以丰润的思想艺术成就把中国古典戏剧推向新的高峰，堪称明清传奇的压卷之作。同时，《长生殿》《桃花扇》的出现也宣告了传奇盛世的结束。乾隆中期开始加强文化专制统治，同时随着昆山腔的日益贵族化、宫廷化，传奇终于没落，败在生气勃勃的地方戏脚下。

明清的戏曲舞台艺术走上了全面发展和高度综合的道路，为近代戏曲艺术奠定了坚实基础。同时，在明代戏曲理论批评的基础上，清代形成了完整、系统的戏曲编剧、音乐和表、导演理论，尤以李渔（1610—1680）的《李笠翁曲话》最为突出。

中国古典戏剧与欧洲、印度、日本古典戏剧比较，其主要特点如下：

一、发生、发展上的多源连续性

中国古典戏剧来源于歌舞、说唱、滑稽科白等多种艺术形式。在形成过程中，不断吸收新的艺术因素，包括外域外族的文化艺术，例如杂技、民间曲艺、木偶、武术等各种技艺，以丰富本体的艺术表现手段，体现充分的开放性和兼容性，使中国戏曲发展的长河百川归流，异彩纷呈。日本古典戏剧在形成过程中接受了中国古代文化艺术和戏剧文化的深重影响，因而表现为发生、发展上的亲和关系。印度古典戏剧的形成也与中国古典戏剧相近，有着一个多源综合过程（宗教祭祀歌舞故事表演与史诗演唱）。而欧洲古典戏剧源于古希腊酒神祭典，形成过程中歌舞成分不断减少，直至分离，另成歌剧、舞剧等新艺术样式，科白则成为主要表现手段，这种一源性和分解的走向，恰与中国相反。

同时，中国古典戏剧的艺术形态成熟后，虽有南戏、杂剧、传奇之分，但一直交替兴盛,始终保持连续发展,生命不息,并在 18 世纪之前即已形成四次艺术与创作的高峰,集中体现了中国古典综合艺术的最高成就和民族美学理想的结晶。戏剧文学不但成为中国文学史元、明、清各时期的主要内容,而且在世界戏剧中亦占有极其显赫的地位。它产生过像关汉卿、王实甫、高明、汤显祖、洪昇、孔尚任等具有世界影响的伟大剧作家和《窦娥冤》《救风尘》《赵氏孤儿》《西厢记》《琵琶记》《牡丹亭》《长生殿》《桃花扇》等传世佳作,并且达到了同代世界戏剧的高峰。以一国之人才和成就,尽得数世之风流不败,实是世界文艺史上独一无二之壮举。

欧洲古典戏剧虽然立有古希腊、文艺复兴、古典主义等不朽的艺术丰碑,但在公元 5 世纪至 15 世纪整整 1000 年内也曾败落不举;印度古典戏剧成熟很早,向人类奉献过许多精美的硕果,但衰退也早,公元 12 世纪便悄然消失在历史舞台的帷幕后面;倒是日本古典戏剧例外,不但具有多源连续性特征,而且保持了四大剧种(能乐、狂言、人形净琉璃、歌舞伎)并立的格局。

二、高度综合的一体性形态

中国古典戏剧与印度、日本古典戏剧同属东方乐舞性戏剧形态。它首先以高度综合的乐舞性特征区别于时间艺术与空间艺术一般综合的欧洲科白性戏剧。其次,中国古典戏剧不光是歌、舞、诗、科白、故事表演、音乐、曲艺、杂技、武术、美术等多种艺术形式和技能的紧密结合,而且达到交融一体的极致状态。在中国古典戏剧中,各种外来艺术因素或艺术手段,都要根据戏曲审美原则,经过舞蹈化、音乐化的重新熔铸,融入唱、做、念、打(舞)各类基本表现手法,使之达到精美的程度。这种一体性是高度综合形态的成熟性与完美性的优化体现。

中国古典戏剧艺术一体性统一于音乐的制约。"戏曲"之称即已说明戏与曲(音乐)之间的密切关系。戏曲音乐在中国古典戏剧中占有特殊的地位,这首先表现在戏曲文学与戏曲音乐的一体化。中国古典戏剧的声腔体系和音乐结构、体制决定剧本的文体、结构和样式,并随之变化而变化。不同的剧种、声腔体系也会造成剧本文体、结构样式的不同。例如元杂剧"四折一楔子"剧本体制即由北曲声腔体系的分宫联套音乐结构体制决定。传奇分出,采用南九宫体制的南曲声腔体系,使剧本结构更趋科学、完善。此外,在古典戏曲中,每一宫调都有不同调性色彩(悲剧性、喜剧性、悲喜皆可)与表现功能,而南曲、北曲的宫调调性又略有不同,选择某一宫调也即确定了这一折(出)剧情的基本情调,北曲每折只能一宫到底,南曲则每出可放宽到二至三个宫调等,这些戏曲音乐机制的不同特点,无不影响到剧本结构的内部构建区别。

中国古典戏剧的唱词格式是曲牌联套体，因此中国古代的剧作家必须精通音律，兼为"音乐家"。李渔曾经生动地描述了剧作家的填词之苦。

作文之最乐者莫如填词，其最苦者亦莫如填词。至于填词一道，则句之长短，字之多寡，声之平、上、去、入，韵之清、浊、阴、阳，皆有一定不移之格。此等苛法，尽勾磨人，作者处此，但能布置得宜，安顿极妥，便是千幸万幸之事，尚能计其词品之低昂，文情之工拙否？

这就是为什么中国古代剧论多为"曲论"，中国古代戏剧史几乎成为文学与音乐同步发展史的原因。

欧洲人把中国戏曲看成 Chineseopera，因为它与歌剧似乎都是属于演唱的剧式，其实不然。就音乐成分而言，区别也是明显的：欧洲歌剧以作曲家特别编写的新乐曲为主要表现工具，并由其音乐创作的独特性决定其价值。中国戏曲音乐则是在既定的剧种声腔体系的宫调曲牌范围内，按规定的程序进行不同组合的创造，组合的完善与完美便是其价值所在，而这一切却又必须在剧作家编写剧本时即予以一体化统筹。

音乐对中国古典戏剧的制约机能还表现在舞台上，戏曲表演必须统一听命于音乐的节奏。不仅歌舞，而且念、做、打，无论角色的内心活动还是外部动作，都得在音乐（打击乐，如锣鼓点）的强烈音响节奏中进行。这种音乐与表演的一体性派生出中国古典戏剧表现形式上的强烈节奏性特征。

欧洲古典戏剧没有上述情况。它对生活的模拟性，它的科白手段，它的强调由冲突与行动产生的戏剧性，都促使戏剧文学成为戏剧艺术的核心，演员只能在剧本规定的情境和行动制约下进行表演。为了更准确体现剧作的精神，希腊悲剧和喜剧诗人，莎士比亚、莫里哀等都曾经集编、导、演于一身，但后人所看重的仍然是他们的剧作成就。所以有人说欧洲的舞台是剧作家的天地，欧洲戏剧史几乎是一部戏剧文学史，而欧洲古典剧论则偏于创作论。欧洲古典戏剧表现形态中不存在受其他艺术因素（尤其是音乐）决定性制约的可能性，比如欧洲舞台也讲究"节奏"，它和戏曲节奏同样都体现了生活节奏的集中原理。但首先它是由演员自我设计和控制的一种内在要求，仅仅接受剧本规定情境的制约，而不像中国戏曲那样，更多地由乐队伴奏控制，演员必须服从音乐的指挥。其次，它的节奏处理更接近生活自然，而不像中国戏曲那么强烈、夸张，甚至变形。总之，中国戏曲的高度一体性，使参加综合的各艺术因素水乳交融、互相渗透和制约，这便给戏剧创作带来极大的难度。因此，欧洲剧作家在个性体现和创造性发挥方面要比中国古代剧作家自由随意得多。

印度、日本的古典戏剧（歌舞伎的成熟性已近似中国戏曲）虽然也有歌舞音乐成分，同样会影响到剧本样式，但相对来说，制约性毕竟没有那么大，至少不存在音乐体制决定剧本体制和按宫调曲牌填词的规格。印度古典戏剧的歌舞音乐在剧中以交错穿插的场面出现，所以只能说是一种间歇性的音乐制约，剧的其他部分主要由科白组成。富有意味的是，印度古典名剧《沙恭达罗》在中国却是由话剧团体而不是戏曲剧团搬上舞台，其原因恐怕即在于此。日本歌舞伎的音乐性和节奏感都很强，但歌舞分行，台上演员只有对白和舞台动作，歌唱职能则由地谣（歌队）担负。这是它们与中国古典戏剧在形态一体性上的微妙差别。

三、表现方式上的程式性和虚拟性

中国古典戏剧将原始的生活形态按照形式美的要求，加以变形和典型化，提炼成一套固有的、细密的、精美的程式规范，同时又固而不定、灵活变化，结合剧情和人物性格、心理状态、具体情境合理安排运用。这种程式性表现在表演、文学、音乐、舞台美术、演出体制等方面。其中以表演程式最为成熟、完善，也最有影响。

与程式性紧密相连的是虚拟性。中国古典戏剧舞台设置较为"简化"。写意的自由时空观念决定了戏曲舞台的时间、空间和人物行为可以采取虚拟方式表现出来，这就是最大限度利用戏剧的假定性原则，通过演员简练的、规范化的动作暗示观众，使之借助想象感受到并承认舞台上的客观存在，这便是虚拟性。戏曲艺术在虚拟性原则指导下，变有限为无限。结果，无所不能表现，无形胜于有形，可以收到意中之象、象外之意的审美效应，呈现出戏曲舞台独具的时空流动特性和空灵幽深的诗境。

欧洲古典戏剧也曾有过程式规范和虚拟表演的现象，但它在"摹仿论"的制约下，逐渐走上写实求真的创作道路，以自然真实地再现生活为准则，这不仅指事物的本质真实，还要求表象的真实，甚至细节的真实。

同是舞台虚拟性现象，中西戏剧依然存在着明显的差别，这主要表现为：舞台时空观念的相异。欧洲古典戏剧中的虚拟性现象仍体现为固定的时空观念。希腊悲剧舞台采用固定的三个拱门（表演区域）表示三个不同的时空环境，但一旦某一区域被确定成剧情具体时空环境后，就不只再同时做另一时空环境使用。莎士比亚的舞台构造亦是三个固定的空间区域，前场为不具体的地点，如广场、街道等，后场供室内戏用，另有二层高台阁楼，可做阳台、城楼或演出"戏中戏"用。与希腊悲剧一样，这三个空间（表演区）各自都存在着互相不能取代的时空定向限制，而每一空间被使用时乃因剧中确指的时空环境而呈固定不变的状态，尤其不能同时兼作另一时空看待。它的时空流动或变换只能按照生活原型逻辑，"越与原型相像"就"越见完美"。

这在莎士比亚也不例外,他曾在《哈姆雷特》中说过,戏剧"是人生的一个缩影",是"在自然面前举起一面镜子"。因此,即使他的虚拟舞台处理,也是以其生活逻辑的合理性为前提,包括采用接近于生活原貌的科白手段,以期给观众一种直接的生活真实感。在再现戏剧看来,中国戏曲的一般虚拟表演尚能认可,而那些突破生活时空的特殊处理,显然有违于生活真实的合理逻辑。桌子就是桌子,一个圆场,怎么可能又成了山顶、城楼呢?莎士比亚纵然才气横溢,但他剧作中如惊心动魄的哈姆雷特去而复归的海上之行,也只能靠角色的台词叙述交代。这对于中国戏曲的虚拟性舞台来说竟是毫不费力的事,早在14世纪的北杂剧中就已出现行舟江上、气势磅礴、英雄主义的《单刀会》了。

中国戏曲的舞台虚拟现象,可谓对写意的表现美追求的结果,确实,虚拟性舞台为表现美的时空体现争取到更多的自由。在戏曲的虚拟表演中,不仅讲究生活的实感依据,而且还要加以美化,为了美的完善,甚至超越生活的局部真实,从摹象美的工境升华到意象美的化境。为此,戏曲艺术的虚拟性又往往与程式化的舞蹈、音乐等手段结合,形成美的高度综合形式,因而具有极强烈的表现力,例如"趟马"的舞台体现。在程砚秋1932年所写的《赴欧考察戏曲音乐报告书》中,提及莫斯科观剧的一件趣事,苏联同行们也曾在写实的舞台上"以木凳代马,以棒击木凳就表示跑马"。由于没有舞蹈等其他艺术手段配合,结果形同儿戏,可想而知。

程式性、虚拟性的表现方式几乎是东方乐舞性戏剧的共同特点。比较而言,中国戏曲程式性、虚拟性程度更高,更为成熟、完善。这集中体现在能够正确处理形与神、虚与实、意与境、真与美、规范与变通、继承与创新等一系列矛盾的辩证关系。

四、审美倾向上的写意性和主情性

在中国传统美学"物感论"的支配下,古典戏剧的美学追求着重于写意传情,真实地反映客观世界的主观意象,淋漓抒发人物的强烈感情和微妙丰富的心灵感应。有人称中国戏曲为"剧诗",意即用戏剧的方式阐发诗的情、神、意、趣,以区别通常被看作是一种戏剧文本的"诗剧",这的确是很有见地的立论。中国古典戏剧特别强调它的音乐感和舞蹈化,并以剧中自然凝聚的意境(诗感)深浅和情趣(神韵)高低作为划分剧作艺术品格的依据,所以中国的戏剧论著不少皆冠以"曲品""剧品"。这个传统发端于诗。例如,清初王士禛就说过:"唐诗主情,故多蕴藉。"(《带经堂诗话》卷二十九)"蕴藉含蓄,意在言外。"(《蚕屋续文》)于是,这就需要"品"。

故而中国戏曲的写意性不仅是指艺术体现中强调主体意识的参与和渗透,还包括剧作所阐发的本体意味性,即中国古代文学艺术广泛存在的一种深刻的寓言精神，使作品成为寄寓剧作家情感的象征性符号。中国古典剧作家都十分醉心于对剧作"气韵""神韵""象外之意"的"妙悟"，这绝不是无缘故的。例如徐渭在《南词叙录》中说，戏曲填词（创作）"如作唐诗，自有一种妙处，要在人领解妙悟，未可言传"。王骥德则引用严沧浪以禅喻诗"禅道在妙悟"的说法，把戏曲的本色比作"禅道"，因而也要靠"妙悟"来领会。李渔更加明白地宣布"传奇无实，大半皆寓言耳"。此前，还有李贽已提出剧作有"画工"与"化工"二种品格层次之别。所谓画工，乃是"穷巧极工""其气力限量只可达于皮肤骨血之间"；而化工，则是"造化天工""其无尽藏不可思议"。可见也是看重戏曲作品所蕴藏的丰富内涵。所以，在中国古典戏剧的总体观照中，写意性和主情性要大大强烈于它的写实和叙事成分。

　　欧洲古典戏剧在"摹仿论"的引导下，力图自然、客观地反映生活，要求写实求真地再现生活中的人物、环境、细节，着意于具象的真实。由于继承史诗生动展现故事的传统和强调戏剧对人的行动的模仿，它的写实性、叙事性远大于抒情性。即便诗感最为强烈的希腊戏剧，留给我们印象最深的还是那些神奇的家族故事和巧妙的结构技巧，而莎士比亚剧作的抒情性远不及它"情节的生动性和丰富性"。

　　印度、日本古典戏剧同样具有写意和主情倾向。印度古典戏剧独享"情"与"味"结合的特殊美学观念，但它将人的丰富复杂的情感做出严格固定的分类未免太呆板僵化；日本古典戏剧苦心追求"幽玄"的审美极致，但又偏于风格特色的创建；中国古典戏剧写意传情的美学思想，既包含"意"与"情"的动、静形态变化，也包含内容与形式的审美追求，还含蓄摹形与取神、象形与象征等艺术体现中的应用原则。总之，它是指导中国古典戏剧艺术创造和产生各种具体特性的美学基础。

五、人民性、民主性、民族本位意识

　　中国古典戏剧形成和发展于高度发达、超稳定的中央集权封建制社会环境。这个社会的农业性、宗法性特点形成了以儒家思想为主体的民族文化心理，其首先表现为，天人合一的自然观。由于中国封建社会以自然经济为主要生产方式，长期处于小农经济的自给自足状态，加上地理、气候的优越条件，人与自然往往平安相处，呈现和谐、合作的关系，因此，对于"天"的态度，不像古希腊那样总是处于敌对的状态。在中国人的眼中，天是善的象征，一切皆由天命、天意，天的含义已从自然现象转化为正义精神，天成了公正、希望、信念的同义词。并且相信天总是帮助好人，惩罚坏人，因而养就一种乐天知命的精神，对生活持乐观态度和满足感。其次表现为大一统的社会伦理观。中国封建宗法制社会以血缘、家族联结和决定人与人的关系，伦理观念强，人情味重。从国家到家庭，群体意识特别浓，追求群体内部关系的平和、协调；

提倡"中庸"哲学和温柔敦厚、乐而不淫、哀而不伤的中和精神,形成凡事求全、求和谐、求圆满完美的大一统心理;强调社会秩序的规范化,各种矛盾依靠"礼"的调节和平衡,君臣、父子、兄弟、夫妻、朋友之间都有严格的"纲、常"规范制约。中国人讲局部服从全局(大义灭亲),个人服从群体(舍生取义),所以中华民族是一个高度理性化的民族,中国社会则是一个"礼治"的社会。重礼义(温良恭俭让),重道德和精神(所谓"忠孝节义""饿死事小、失节事大""士可杀而不可辱"等),推崇舍己救人、助人为乐,深明大义,或不乘人之危、不好色、洁身自好的"君子"和杀身成仁,"全忠全孝"的民族英雄,绝少肯定欧洲那种单纯追求物质利益、为金钱财富、美女、享乐而冒险、奋斗的个人英雄主义。中国人的人生价值不在于私利得失,而在于名和节,为群体(民族、家族、门庭)建树功业是人生在世的头等大事,实现所谓报效朝廷,光宗耀祖,封妻荫子的宗法性理想,为"赢得生前身后名"而奋斗。中国知识分子的最高追求是功成业就,名垂青史,为了名节,威武不能屈、富贵不能淫、贫贱不能移,甚至牺牲生命也在所不惜。因此是一种积极入世、向上、执着的人生态度。当然,在这个大一统的伦理社会中,也严禁"异端邪说"和损害群体利益的行为。对于胆敢破坏"礼"的制约的越规者,"乱臣贼子人人得而诛之",汉奸、卖国贼将遗臭万年,秦桧夫妇铁像至今还跪在西湖边上,惩罚也是极严厉的。由上述两点带来的结果是,在中国,宗教地位低下,宗教观念淡薄,因为中国的统治者用极严密的道德规范取代了宗教狂热在社会中的作用。这儿说的宗教不是指一般的宗教活动或普通的鬼神迷信观念,而是以宗教的名分,作为一种完整的人生意识,进而成为制约国家政权最高决策的思想理论基础。中国的大一统文化观,比较明智地对外来文化采取兼容并蓄的方针。因此,包括宗教,都得接受强大而正统的儒家思想的"同化",例如佛教本是诸行无常的出世思想,进入中原后,便渗入儒家的忠孝观念。"跳出三界外,不在五行中"的少林和尚,一旦国家危难还得尽忠报国。《目连戏》中的傅罗卜,前生是桂枝菩萨,今世便是救母的孝子,完成的仍是儒家的"教化"任务。其次,在中国,无论是外来的佛教,还是本土自生的道教,与"儒教"(姑且称之为教吧)之间都友好相处,互相渗透,所谓"三教合流"。在一般民众眼中,对此更加没有明显区分,因而出现宗教概念混乱,卑俗化、实用化的泛宗教现象。例如舞台上儒家的诸葛亮穿着道家的八卦衣,不以为怪。在民间《目连戏》中,和尚、道士、巫婆都可以占有一席之地,而无争执。中国历史上从没有出现全民族性的宗教狂热现象,更没有像欧洲那样教派对立,甚至爆发宗教战争的局面。一般来说,在中国,宗教接受政权制约,固若金汤的中央集权政体,可以利用宗教为自己服务,但决不允许宗教参与政治,干预国家机器的运行,如有,必作为国运衰败的反面教材而被历史否定。不像欧洲教会势力那么强大，往往可以直接控制政权，掌握国王的命运。由此，我们可以看到在中国古代的社会文化心理中都存在积极与消极的两个方面的因素，并且深刻影响着中国古典戏剧的思想特征。例如宗教观念淡薄，影响到中国古典戏剧内容的世俗人情化和非宗教倾向。"天人合一""和谐圆满""乐天知命"的宇宙观、人生观，又导致了中国古典剧作家在处理各种矛盾时往往抱一种"缓解"的精神。对天理永恒的坚信不疑，已成为中国民族文学特有的创作意识和审美历史积淀，诚如王国维所言，"吾国之文学，以挟乐天之精神故，故往往说诗歌的正义，善人必令其终，而恶人必罹其罚，此亦吾国戏曲小说之特质也"。而最重要的影响还是来自大一统的社会伦理观，它使中国古典戏剧在内容上极其强调道德精神的感化作用和以民族为本位的群体主义、英雄主义教育。

中国长期处于农业社会，稳固的自然经济结构不但淡化了民族的开拓精神和竞争意识，而且抑制了中国资本主义生产关系的生长，其自身不可能像欧洲那样产生鲜明的资产阶级意识的人文主义思想体系。中国古代的社会环境倒是创建了完整、严密、成熟的以忠义为核心的民族道德体系。它既具有封建性的一面又含有民主性的成分。这种民主性内容，包括儒家思想中的合理进步要求和朦胧的人文意识，例如民本主义、忧患意识、民族本位意识等长期熏陶着中国的文人剧作家，又折射到他们的剧作中。所以，中国古典戏剧只能以反映农民、小生产者为主体，波及包括中小地主进步知识分子在内的广大人民的思想意识和政治理想为主要内容，因而具有强烈的人民性、民主性和民族本位意识。

中国古典戏剧四大高峰（元杂剧、南戏、明传奇、清传奇）都是产生在阶级矛盾和民族矛盾激化时期。中国剧作家的社会地位低下，不像欧洲的同行们有国家（如古希腊）或王室（莎士比亚和法国古典主义）做后盾，但客观上反而促使他们深入民间，与人民共命运，因而熟悉人民的生活、思想感情和愿望，对阶级矛盾和民族矛盾有较深刻的认识。

中国古典戏剧的人民性具体表现十分丰富。不少进步剧作家通过自己的剧作为民请命，做人民的代言人，表达人民的心声。他们关心和反映了人民被压迫、被剥削、受奴役欺凌的痛苦生活（如《陈州粜米》），特别是妇女的不幸遭遇和悲惨命运（如《窦娥冤》）；赞扬人民的传统美德（如《琵琶记》）和勇敢、勤劳、智慧、善良的民族性格（如《救风尘》），从而表现他们渴望幸福、安宁生活的良好心愿，揭露黑暗的社会现实，歌颂人民的反抗精神。也有的剧作虽是描写统治阶级内部斗争，但客观上伸张正义，符合人民的道德和利益（如《赵氏孤儿》）。此外，还有一些反映人民反对战乱、思归统一愿望的剧作（如《拜月记》）。

古典戏剧中的民主性则集中表现为反对暴君专制，拥护明主开明政治；反对贪官暴政，拥护清官廉政（如包公戏）；反对封建王权，维护法制（如《蝴蝶梦》）；反对封建礼教束缚，歌颂婚姻爱情自由和叛逆精神（如《西厢记》）；有些剧作甚至赞扬了农民英雄和农民起义（如《李逵负荆》《水浒记》）。更可贵的是明代中后叶还出现了一些鼓吹个性解放和表现新兴市民阶层登上政治舞台的优秀作品（如《牡丹亭》《清忠谱》）。但是，中国古典戏剧中的民主性大多程度不同地与封建性掺杂或并存，反映了它的不彻底性。因此，只要对照一下欧洲人文主义思想体系，我们也不难找出两者之间的差距。

中国古典戏剧所处的时代（宋、元、明、清）也正是民族矛盾激化时期，因此，民族意识在剧作家笔下特别浓烈。不少剧作歌颂民族英雄，表现抗击异族入侵（如《精忠旗》）；缅怀故国，反对异族统治和歧视（如《汉宫秋》《桃花扇》），真实地反映了被压迫民族的民族意识和民族感情。

欧洲民族以个人为本位，强调个体在群体中的独立，常因个人利益或个人奋斗而与群体发生抗衡冲突。商业性社会促成了人才流动和竞争，因而对故土的依恋和民族意识都不及东方民族强烈。按现代的话说，为了寻找实现人生价值的最佳生存空间，客居他国，加入他国国籍，为他国效劳心安理得。而另一方面，为了本国利益重用外族人才也不足为怪，例如奥赛罗本是来自北非的摩尔人，他就因战功显赫被威尼斯公爵授以赛普勒斯总督重任。而在中国古典戏剧中，李陵降匈奴只能当作变节分子遭人唾骂；唐玄宗重用了"胡儿"安禄山，则成了天下大乱的"祸根"。至于像莎士比亚身为英国人，却歌颂丹麦王子哈姆雷特，而这位王子临死前又把自己的国家拱手相送给挪威王统治，这在中国古典戏剧中恐怕是绝无可能之事。再有高乃依的《熙德》，居然为当时法兰西的敌国西班牙的民族英雄唱赞歌，作为中国古代的剧作家更是想都不敢想。

中国文化以民族为本位，民族至上，强调个体与民族保持高度的和谐一致。在中国古典戏剧中，重民族，轻个人，重义轻利（如《牧羊记》中的苏武）；尽忠报国（如《精忠记》中的岳飞）、杀身成仁（如《双忠记》中的张巡、许远）等都是历代剧作家笔下反复出现的主题。中国人"民族根"的观念非常顽强，民族独立意识强于国家的观念，甚至为了民族整体利益而不惜牺牲个人的一切（如《崖山烈》中的文天祥）。无论何种情况下，哪怕被冷落、被迫害、走投无路，就是死都要忠于本民族的气节观至今不衰。因此，强烈的民族意识成为中国古典戏剧思想特色之一。

　　欧洲古典戏剧以人本位、人性、人道主义为思想核心，而中国古典戏剧内容则表现为人民性、民主性和民族本位意识。这显然是中西不同时代、不同社会环境和民族文化心理所致。

　　印度、日本的古典戏剧与中国一样，都很重视戏剧的教化作用。不同的是，印度古典戏剧发达于农业性的奴隶制社会，宗教意识成为那时代的统治思想，戏剧主要通过宗教思想的灌输来净化人的灵魂，达到"教训世人"的目的。其最终是对宗教的"梵境"，即清净、离欲、解脱的出世永生境界的追求，体现为一种宗教性的"顿悟"。中国古典戏剧则采取道德教化的方式，以促使人的道德完善，达到改变现实的目的，因此具有更大的现世性。日本古典戏剧呈现出兼有中、印特点的双重性，一方面受到中国文化的深重影响，强调戏剧的道德感化性能；另一方面自身文化晚熟，刚从奴隶制脱胎不久，作为原始心理的延续，还需要宗教精神的寄托。中日古典戏剧的不同之处，随着17世纪日本资本主义的发展，人形净琉璃和歌舞伎成为直接反映新兴市民生活和思想感情的市民戏剧（剧种，不仅是题材），而同时期的中国因为资本主义萌芽的薄弱，只有反映市民生活的剧目，没有单属市民的剧种。这个局面直到近代地方戏的兴起才得以改观。

参 考 文 献

[1] 施秀娟 . 中外文学风景 [M]. 桂林：广西师范大学出版社，2020.

[2] 任紫菡 . 中外文学比较研究 [M]. 昆明：云南美术出版社，2020.

[3] 周玲 . 中外文学通论教程 [M]. 北京：商务印书馆出版社，2019.

[4] 赵利民 . 中外文学理论问题研究 [M]. 太原：北岳文艺出版社，2019.

[5] 王晓平 . 百年中外文学学术交流史论下 [M]. 济南：山东教育出版社，2020.

[6] 刘建国 . 中外文学理论研究 [M]. 陕西师范大学出版总社，2017.

[7] 王振军，宋向阳 . 中外文学精品导读 [M]. 北京：中国广播电视出版社，2016.

[8] 龙娟 . 变异学视域下的中外文学研究新探索 [M]. 北京：知识产权出版社，
2020.

[9] 左怀建 . 中外文学经典导读 [M]. 杭州：浙江大学出版社，2015.

[10]（加）蒙哥马利 . 中外文学精品廊绿山墙的安妮 [M]. 南京：江苏人民出版社，
2017.

[11] 付八军 . 中外文学评析 20 部经典与畅销 [M]. 杭州：浙江工商大学出版社，
2017.

[12] 赵海燕 . 中外文学名作赏析 [M]. 苏州：苏州大学出版社，2014.

[13] 贺一舟 . 跨文化视域下中外文学比较研究 [M]. 北京：北京理工大学出版社，
2017.

[14] 张振宏 . 中外文学名著导读 [M]. 天津：天津科学技术出版社，2013.

[15] 张园 . 中外文学常识 [M]. 武汉：湖北教育出版社，2012.

[16] 程帆 . 中外文学名著导读 [M]. 长沙：湖南教育出版社，2012.

[17] 钱林森，周宁 . 中外文学交流史中国 - 北欧卷 [M]. 济南：山东教育出版社，
2015.